W0250133

Hittegolf

Van dezelfde auteur

All-inclusive
De vlucht
Zomertijd
Cruise
Après-ski
De suite
Zwarte piste
Bella Italia
Noorderlicht
Bon Bini Beach
Het chalet
Route du soleil
Winterberg
Goudkust
Mont Blanc
Costa del Sol
Sneeuwengelen

Bezoek onze internetsite www.awbruna.nl voor informatie over onze boeken, volg @AWBruna op Twitter of bezoek onze Facebook-pagina Facebook.com/AWBrunaUitgevers.

Suzanne Vermeer

Hittegolf

A.W. Bruna Uitgevers

© 2016 Suzanne Vermeer
© 2016 A.W. Bruna Uitgevers, Amsterdam

Omslagbeeld
© Elisabeth Ansley/Trevillion Images
Omslagontwerp
Wil Immink Design

ISBN 978 94 005 0713 5
NUR 332

MIX
Papier van verantwoorde herkomst
FSC® C110751

Dit boek is gedrukt op papier dat het keurmerk van de Forest Stewardship Council (FSC®) mag dragen. Bij dit papier is het zeker dat de productie niet tot bosvernietiging heeft geleid. Een flink deel van de grondstof is afkomstig uit bossen en plantages die worden beheerd volgens de regels van FSC. Van het andere deel van de grondstof is vastgesteld dat hiervoor geen houtkap in de laatste resten waardevol bos heeft plaatsgevonden. Daarom mag dit papier het FSC Mixed Sources label dragen. Voor dit boek is het FSC-gecertificeerde Munkenprint gebruikt. Dit papier is 100% chloor- en zwavelvrij gebleekt en wordt geleverd door Arctic Paper Munkedals AB, Zweden.

Behoudens de in of krachtens de Auteurswet van 1912 gestelde uitzonderingen mag niets uit deze uitgave worden verveelvoudigd, opgeslagen in een geautomatiseerd gegevensbestand, of openbaar gemaakt, in enige vorm of op enige wijze, hetzij elektronisch, mechanisch, door fotokopieën, opnamen of enige andere manier, zonder voorafgaande schriftelijke toestemming van de uitgever. Voor zover het maken van reprografische verveelvoudigingen uit deze uitgave is toegestaan op grond van artikel 16 h Auteurswet 1912 dient men de daarvoor wettelijk verschuldigde vergoedingen te voldoen aan Stichting Reprorecht (Postbus 3060, 2130 KB Hoofddorp, www.reprorecht.nl). Voor het overnemen van gedeelte(n) uit deze uitgave in bloemlezingen, readers en andere compilatiewerken (artikel 16 Auteurswet 1912) kan men zich wenden tot de Stichting PRO (Stichting Publicatie- en Reproductierechten Organisatie, Postbus 3060, 2130 KB Hoofddorp, www.cedar.nl/pro).

De vrouw lag onder een dun crèmekleurig satijnen laken op het sierlijke metalen bed. De witte rondgebogen staalconstructie aan het hoofd- en voeteneinde was hartvormig. Ze lag op haar buik. Haar rechterhand onder het hoofdkussen, haar linkerbeen wat opgetrokken. Haar zwarte lange haren vielen warrig over haar schouderbladen en een gedeelte van haar mond en wang. Haar ademhaling was rustig, alsof ze in diepe slaap was.

Er kwam een smalle streep kunstlicht door de zandkleurige gordijnen. Waarschijnlijk van een lantaarn voor het raam. Het licht legde de contouren van de kamer bloot. Tegenover het bed stond een barokke kaptafel waarop flesjes parfum en make-up prijkten. In de grote spiegel tekende zich het streepjesbehang van de tegenoverliggende muur af. De schilderijtjes aan de muur hingen een beetje uit het lood, alsof er te enthousiast met een stofdoek langs was gegaan. Op de stoel in de hoek lag een stapeltje keurig opgevouwen kleren. Naast het bed twee haastig uitgeschopte witte pumps.

De vrouw draaide zich op haar rechterzij en mompelde zachtjes in haar slaap. Het was niet meer dan onverstaanbaar gefluister. Haar schouder piepte onder het laken uit en onthulde het kanten bandje van een strak hemdje. Onrustig bewoog ze met haar benen. Iets had haar vredige slaap verstoord. Ze snoof een paar keer hoorbaar en bewoog subtiel met haar neus. Haar lichaam verstrakte en haar oogleden trilden. Toch bleven haar ogen dicht en bleef ze op bed liggen. Een rookpluim kwam onder de deur door en de vrouw kon niet langer doen alsof er niets aan de hand was. Er was geen twijfel meer mogelijk, ze rook een brandlucht! Razendsnel kwam ze overeind. Ze moest hier weg! Dit was niet goed!

In haar ondergoed rende ze naar de deur en trok hem open. Geschokt keek ze naar de roodoranje vlammen die aan de wanden likten en haar vluchtroute versperden. Ze gilde in de hoop dat iemand haar zou horen. Het snel naderende vuur dreef haar weer terug de kamer in. De rook werd dikker en haar ogen begonnen te tranen. De brandlucht prikkelde haar keel en ze begon ongecontroleerd te hoesten. Op de tast pakte ze een jurkje van de stoel en bond het voor haar mond en neus. Het hield de rooklucht niet tegen, maar het scheelde allicht iets. Ze rukte de gordijnen open en probeerde het raam open te maken. De hendel werkte soepel, maar hoe hard ze ook duwde, het raam bleef gesloten. Hoe kon dat nou?

Het vuur knetterde steeds harder en de warmte begon haar huid te schroeien. Ze had de deur van de kamer weer dicht moeten doen! Waarom had ze dat niet meteen gedaan toen ze het vuur in de gang zag? In paniek rende ze richting de deur, maar het was te laat. Tongen van vuur krulden zich al om de drempel. De huid van haar onderbenen trok strak en begon vreselijk te schrijnen. Ze kon de blaren bijna voelen opkomen. Huilend van de pijn rende ze terug naar het raam en bonkte er uit alle macht met haar vuisten op. 'Help!' Het hielp niet. Ze liep een stukje naar achteren, nam een aanloop en gebruikte de rechterkant van haar lichaam als stormram. Er klonk gekraak, maar ze wist niet of het afkomstig was van het raam of van haar pijnlijke schouder.

Het vuur naderde in rap tempo. Ademen was bijna onmogelijk nu. Ze werd steeds lichter in haar hoofd. 'Help! Help me dan toch!' Haar noodkreet veroorzaakte een nieuwe hoestprikkel die bijna niet te stuiten was. Ze zou hier verdomme toch niet doodgaan? Wanhopig sloeg ze weer met haar vuist tegen het raam. Een scherpe pijn sneed door haar hand en pols toen de ruit brak. Ze negeerde de pijn en het stromen van het warme vocht dat alleen maar bloed kon zijn. Met twee vuisten ramde ze de rest van het glas uit het kozijn. Angstig keek ze achterom. Het bed waar ze net nog vredig in had liggen slapen stond in lichterlaaie. De muur waar het bed tegenaan stond stortte in. Het zou niet lang meer duren voordat ook het plafond het zou begeven. Er was nauwelijks nog tijd. Zonder na te denken klom ze op het kozijn. Scherpe stukjes glas sneden door haar voetzolen als een mes door boter. Door de adrenaline voelde ze amper nog pijn. Die kwam vast later in volle hevigheid als ze dit zou overleven. Ze keek naar beneden, sloot haar tranende ogen en sprong.

Deel 1
Anoek & Cesária

1

Ik heb me teruggetrokken in een hoek van de grote tuin en zit op een gemetseld stenen muurtje. Mijn benen bungelen en met mijn hakken tik ik om en om tegen de stenen. De roze oleanderhaag achter me bloeit weelderig. Zachtjes raak ik de bloemen aan, streel met mijn vingers over de leerachtige bladeren. Was de oleander niet giftig? De bladeren van de grote palmbomen rond het zwembad ruisen zachtjes in de wind. Het onderste bladerschort is bruin en moet gesnoeid worden.

Het zwembad is nu nog leeg, maar aan het einde van de avond zal het vol met dronken mensen liggen. Zo gaat het altijd op deze feestjes. De tuin waarin ik me bevind, hoort bij de villa van Johan de Leeuw. Hij is een bekende Nederlandse filmproducent die af en toe ook wat 'serietjes' doet voor televisie, zoals hij zelf graag nonchalant mag zeggen. Op dit moment is hij bezig met een Amerikaanse productie, een romantische film met Emma DeWitt in de hoofdrol. Wat een onzin, gewoon Emma de Wit natuurlijk, ze is Nederlandse. Deze film moet haar grote doorbraak worden in de Verenigde Staten. Vanavond is ze de eregast op Johans feestje, samen met haar tegenspeler, Robert Stevenson.

Johan de Leeuw is sinds een paar jaar de beste vriend van mijn vader. Sinds Johans carrière naar grote hoogte is gestegen, loopt mijn vader met hem weg. Ik vind het maar een protserige eikel, maar zijn zoon Mees is oké. Heel erg oké zelfs. Mijn vriendin Cesária heeft vorige zomer iets met hem gehad en vanavond gaan ze elkaar voor het eerst weer zien.

Ik ben benieuwd hoe dat gaat. Cesária is wel over Mees heen, maar of dat andersom ook zo is, vraag ik me af.

De eerste gasten worden over een uurtje verwacht. Allemaal Nederlandse zakenlui die financieel al binnen zijn en net als Johan het grootste deel van hun tijd in Portugal wonen in hun veel te dure villa's. Johan biedt ze graag exclusieve feestjes aan zodat hij kan pronken met zijn succes. Toen mijn vader zijn IT-bedrijf verkocht, kocht hij een villa in de straat van Johan. Vlak bij de golfbaan waar ze regelmatig een potje 'ballen'. Nu horen wij dus ook bij de Nederlandse enclave hier in de Algarve.

Hoe anders is ons leven geworden sinds we geld hebben.

Ik neem een slok van mijn favoriete cocktail, Banana Jaffa: een mix van Kahlúa, cream, cognac, sinaasappelsap en banaan. Gek eigenlijk, je zult geen bananen in mijn fruitschaal vinden, maar als ze ergens in verwerkt zijn, vind ik ze heerlijk. Vroeger bij McDonald's nam ik altijd een milkshake banaan en als ik in de supermarkt een zakje snoep mocht uitkiezen, dan werden het steevast bananenschuimpjes. Dat was in de tijd dat alles nog goed was, toen we nog in een arbeiderswoninkje in de Utrechtse wijk Ondiep woonden. Opa en oma woonden tegenover ons in dezelfde straat. Daar leerde ik lopen en fietsen aan de hand van mijn vader. Hij hielp me met moeilijke rekensommen op de basisschool (hij was goed met computers en cijfers), bracht me naar zwemles en stond elke zaterdag in alle vroegte te juichen langs de lijn. Ik mag dan een meisje zijn, geef me een voetbal en ik droog je af. Soms nam hij me 's zondags mee in zijn donkerblauwe Opel. Niet te vaak, want benzine was duur. Dan reden we over de Maliebaan, langs de grote statige panden. 'Eens wonen wij ook in zo'n huis, Anoek, let op mijn woorden.' Dan stak hij zijn hand in de lucht om aan te geven dat hij het echt meende. Diezelfde hand die me vasthield tijdens de vele wandelingen door het Wilhelminapark. Die hand waarmee hij, toen ik in de vroege puberteit kwam, ook mijn vriendinnen graag te pas en vooral ook te onpas vastpakte. Dat was het moment dat mijn vader, mijn grote held, van zijn voetstuk donderde. Hij is er nooit meer opgeklommen.

Toen ik elf jaar was en de ruzies al een jaar dagelijks door het huis knalden, was mijn moeder het zat. Ze vertrok en liet mij bij hem achter. Ik was altijd meer een vaderskindje geweest en eindelijk had ze een manier gevonden om me daarvoor te straffen. Na een halfjaar lag er in de bus een verhuiskaart van Tinie (mijn moeder) en Cor, een kettingrokende pummel met een dikke bierpens. Ik ben één keer bij hen langs geweest en toen hield ik het voor gezien. Ik had daar niks te zoeken. Buiten een genetische connectie was er geen enkel raakvlak.

Thuis werd het eenzaam. Ik durfde geen vriendinnen meer mee naar huis te nemen, bang dat mijn vader zijn poten niet thuishield en me voor schut zette. Ik was zo veel mogelijk weg en de resterende tijd bracht ik door op mijn kamer. Muziek keihard aan, zodat ik mijn vaders geluiden niet hoefde te horen. Zijn aanwezigheid was me meestal al te veel. Soms deed hij een poging om onze band aan te halen, dan bood hij me een etentje aan dat ik beleefd afsloeg. Na een paar keer gaf hij het op. Ik zag hem steeds minder. Hij had het druk met zijn werk. Of met vrouwen. Misschien wel met beide.

Aan de regelmatige verhogingen van mijn zakgeld kon ik merken dat zijn IT-bedrijf het goed deed en eindelijk de opstartproblemen van zich had afgeschud. Onze koelkast was altijd goedgevuld, daar kon ik niks van zeggen. In die zin kwam mijn vader zijn zorgplicht uitstekend na. We verhuisden binnen een halfjaar na de scheiding naar een van de panden aan de Maliebaan waar hij vroeger zo verliefd naar had gekeken. Ik kreeg een slaapkamer die bijna net zo groot was als de hele bovenverdieping van ons oude huisje in Ondiep. Ik heb mijn vader nooit gevraagd wat nou de grote doorbraak was die onze levensstandaard van alle-eindjes-aan-elkaarknopen had veranderd. Wat kon mij het schelen.

Toen Marie-Louise zeven jaar geleden bij ons kwam wonen, veranderde alles. Ze bracht rust in huis, een bepaalde zachtheid, die een goede invloed op mijn vader had. De doordringende geur van wierook en geurkaarsen nam ik maar voor lief. Mijn vader schroefde door Marie zijn jachtige tempo een beetje terug en kreeg weer wat meer oog voor zijn omgeving. Zij stond haaks op zijn snelle leventje. Misschien was dat ook wel wat hij zo aantrekkelijk aan haar vond. *Opposites attract*, toch? Wat zij in hém zag, heb ik nooit begrepen. Eerlijk gezegd verdient ze veel beter dan mijn vader.

Binnen een jaar waren ze getrouwd, ik was getuige. Ik weet bijna zeker dat hij haar de eerste twee jaar van hun relatie trouw is gebleven. Wellicht had het iets te maken met haar voorliefde voor tantra, voor hem een compleet nieuwe uitdaging. Of met haar soepel getrainde yogalijf dat geen grammetje vet vasthield op de verkeerde plekken. Na twee jaar werd mijn vader weer onrustig. Toeval of niet, maar in die periode kreeg hij een nieuwe secretaresse. Ze kon zijn dochter zijn, net een jaartje volwassen. Toen hij steeds vaker moest 'overwerken', wist ik hoe laat het was. Hij had zijn oude hobby weer opgepakt. Hoe jonger hoe beter zat nog steeds in zijn genen.

Marie vertrouwde hem blindelings en ik heb mijn mond gehouden. Ik wilde haar geen pijn doen. Als ik haar van elke bevlieging van mijn vader op de hoogte moet stellen, dan is het einde zoek. Ik geef toe, dat ik mijn mond hield had ook met eigenbelang te maken. Egoïsme is een ding waar we bij de familie Huizing heel goed in zijn. Het zit zo, we mogen elkaar, Marie en ik. Ze is meer een moeder voor me geweest en heeft me meer te bieden dan mijn eigen moeder ooit heeft gekund of zal kunnen. Het klinkt misschien wat sentimenteel, maar ik houd van haar. Ik houd van haar aanstekelijke lach die schatert en haar hele gezicht iets magisch geeft. Van haar grote blauwe ogen die zo verwonderd de wereld in kunnen kijken. Haar liefde voor het leven en de bloem die ze draagt in haar blonde haren die bijna tot op haar kont hangen. Haar knuffels die mijn lijf laten tintelen. Sinds Marie in mijn leven is, heb ik het nooit meer koud. Ik bewonder haar creativiteit, haar gevoel voor kleur, haar vermogen om rust bij zichzelf te zoeken, haar humor. Zij is de moeder die ik nooit heb gehad, mijn raadgever, mijn houvast.

Als ik opkijk, komt Marie net aanlopen. Ze zwaait naar me. Haar kleurrijke armbanden rinkelen rond haar slanke bruine pols. Ze ziet er prachtig uit in haar strakke roomwitte jurk. Zag mijn vader dat ook maar eens. Besefte hij maar eens wat voor goud hij in handen heeft. Nu ze dichterbij komt zie ik op haar arm een klein verfvlekje zitten.

'Kon je je weer niet losrukken van je schildersezel, Marie?'

Ze bloost en probeert het vlekje met een beetje speeksel van haar arm te poetsen. 'Het licht is hier zo mooi, Noek, ik kan er gewoon geen genoeg van krijgen. Ik ben blij als dit weer allemaal achter de rug is en we weer gewoon kunnen doen.' Ze maakt een weids gebaar met haar armen.

'Ik ook, ik haat die opgedirkte feestjes.'

Ze pakt het glas uit mijn hand en neemt een slok van mijn cocktail. Daarna slaat ze een arm om me heen. 'We slaan ons er wel doorheen. Je vader wil per se dat we erbij zijn.'

'Gelukkig komt Cesária. Ze wilde het niet missen. Ze is stiekem verliefd op die Amerikaanse acteur.'

Marie lacht haar sprankelende lach. Daarna wordt ze ernstig. 'Geniet van het jong zijn, Noek. Vreet het leven op! Voor je het weet ben je net zo'n oude muts als ik.'

2

Cesária droogde haar handen aan een doek die ze in de lus van haar spijkerbroek had gehangen toen ze haar telefoon in haar broek voelde trillen. Ze pakte haar toestel en keek op het scherm, terwijl ze over de emmer sop heen stapte en richting de hal liep. Het gezin waar ze voor werkte wilde niet dat ze tijdens werktijd belde. Bij voorkeur deed ze dat ook niet, maar het was een onbekend nummer. Misschien was het belangrijk. De vrouw des huizes was een halfuur geleden met de twee kinderen vertrokken naar het strand, maar voor de zekerheid sloot Cesária zich toch op in het toilet voordat ze opnam. Ze herkende de stem die haar begroette meteen en er ging een steek door haar buik. Ze had er al niet meer op gerekend dat hij nog zou bellen.

'Kom over een uur naar Nogat Tea'n in Vilamoura. Zorg ervoor dat je op tijd bent, want het is je enige kans.' Het was geen vraag maar een commando. De verbinding was al verbroken voordat ze de kans kreeg om iets te zeggen. Beduusd staarde ze naar haar telefoon. Shit, over een uur al. Dat betekende dat ze hier uiterlijk over een halfuur weg moest om er zeker van te zijn dat ze op tijd was. Ze kon onmogelijk het werk waar ze nog anderhalf uur voor nodig had in een halfuur afmaken. Kon ze de gok nemen dat men niet zou doorhebben dat ze een gedeelte van het werk had overgeslagen? Ze twijfelde. Maar wat als de vrouw eerder thuiskwam dan gepland en haar niet in het huis aantrof? Ze wist dat het niet gewaardeerd zou worden als ze voortijdig vertrok. Gezien het wispelturige karakter van de vrouw zou het haar weleens haar baan kunnen kosten. Dat zou een ramp zijn, dus dat risico kon ze niet nemen. Zich ziek melden dan maar. Ze voegde de daad bij het woord en belde haar bazin. Om de paar woorden forceerde ze een hoest en kneep ze in haar neus voor een nasaal geluid. Met een voldane glimlach hing ze een paar minuten later op. Missie geslaagd.

Ze spoelde de emmer met zwart geworden water door het toilet, gooide haar stof- en poetsdoek bij de was en verliet het huis. Zorgvuldig sloot ze af en ze stapte op haar scooter. De tijd was te krap om zich nog even op te frissen. Bezorgd keek ze naar haar vale spijkerbroek en probeerde de zwarte streep die erop zat eraf te krabben. Het ruime gele topje dat ze droeg was ook niet bepaald florissant te noemen. Het trok steeds een beetje scheef en onthulde dan haar rechterbehabandje. Maar misschien was dat juist wel goed. Dat was het enige sexy element van haar outfit. Juist nu moest ze het van haar uiterlijk hebben. Ze bekeek haar in slippers gehulde voeten. De rode nagellak was gedeeltelijk afgesleten en hoognodig aan vervanging toe. Met een woest gebaar trok ze de slordige knot uit haar zwarte haren. Dat moest los. Met haar vingers kamde ze er globaal doorheen. Voor ze het restaurant binnenliep zou ze dat nog een keer doen. Vlug hield ze haar beide handen weer aan het stuur zodat ze kon uitwijken voor een uitgemergelde ezel die een kar voorttrok. Even later reed ze langs een gaard met sinaasappelbomen. Mannen met een leerachtige gebruinde huid plukten de rijpe oranje vruchten. Verlangend keek ze naar de grote sinaasappels. Bij de gedachte aan een groot glas versgeperst sap merkte ze pas hoeveel dorst ze had. Tijdens het werken had ze nauwelijks de tijd genomen om te drinken. Het flesje water dat ze altijd bij zich had lag nog bijna helemaal vol in de opbergruimte onder haar zadel. Ze wist dat het niet verstandig was om zo weinig te drinken bij deze temperatuur. De thermometer tikte al een paar dagen de veertig graden aan en de warme wind bracht geen enkele verkoeling. De eerder aangekondigde hittegolf was een feit.

In de verte kon ze het huis van haar dromen zien liggen. Hoewel er een behoorlijke afzetting rond het perceel stond, had ze vanaf de weg goed zicht op de sprookjesachtige bouwstijl met torentjes en het balkon aan de voorzijde. Het huis was gepleisterd in een roomwitte kleur met zongele accenten. Ze stelde zich voor hoe de bewoners elke ochtend werden gewekt door de zon die binnendrong door de grote ramen. Hoe ze ontbeten met brood, vers fruit en koffie op het balkon dat grensde aan hun slaapkamer. Uitkijkend op het helderblauwe water in het zwembad, slechts gehuld in een badjas. Eens zouden zij en haar moeder ook in zo'n huis wonen. Daar zou ze persoonlijk voor zorgen. Sterker nog, vandaag kwam die droom misschien een stapje dichterbij. Evenals die andere droom, het kunnen bekostigen van een studie.

Een kuil in de weg bracht haar weer bij de les. Geschrokken richtte ze haar ogen weer vooruit. Bij elke meter die ze dichter bij haar bestemming kwam, namen de zenuwen toe. De man die op haar zat te wachten stond niet bekend om zijn geduld en hij was wars van fouten. Ze was al vaker voor hem gewaarschuwd. Toch haalde ze het niet in haar hoofd om uit zijn buurt te blijven nu hij zo expliciet naar haar had gevraagd. Wederom voelde ze zich hoogst ongemakkelijk in haar allesbehalve representatieve werkkleding. Ze wist zeker dat het zijn humeur niet ten goede zou komen en haar positie ook niet.

Aan het begin van het haventje parkeerde ze haar scooter. De eerste de beste winkelruit gebruikte ze als spiegel. Ze maakte haar handen een beetje nat met het water uit haar drinkflesje en bracht haar lange zwarte haren in model. Daarna gebruikte ze het restant om haar bezwete gezicht op te frissen en haar handen te wassen. De fles deodorant in de opbergruimte van haar scooter had ze al kwistig gebruikt om de lichte zweetlucht te verbloemen. Zorgvuldig bracht ze wat lippenstift aan. Het voelde onwennig omdat ze het spul nauwelijks gebruikte. Ze bewoog haar lippen een paar keer in de hoop dat ze wat zouden ontspannen en wierp nog een laatste blik op zichzelf. Ze was allesbehalve tevreden, maar het was niet anders.

Heupwiegend liep ze naar de afgesproken plek, zich inbeeldend dat ze bloedmooi was. Toen zag ze dat de man die haar gebeld had niet alleen was en ze kreeg een droge mond.

Cé, waar ben je nou toch mee bezig? klonk een stemmetje in haar hoofd.

De ober van Nogat Tea'n had op het tafeltje waaraan ze zaten een cola en drie biertjes gezet en Cesária stak haar hand uit naar het glas.

'Geniet er maar van, want dit is je laatste. Vanaf nu drink je alleen nog maar water, anders is er met dat lichaam van je niks te verdienen.'

De man had een hongerige blik in zijn ogen en ze vertrouwde hem allerminst. Van het besmuikte gelach van zijn vrienden kreeg ze de kriebels en het liefst zou ze zijn weggerend. Ze voelde zich zó dom. Waarom liet ze zich kleineren door deze griezels? Er waren vast andere manieren om veel geld te verdienen zonder dat ze zichzelf hoefde te verkopen.

Maar dit is de gemakkelijkste manier. Stel je niet aan, je hoeft alleen maar mooi te wezen en daar krijg je heel veel voor terug.

'Luister, Sária,' sprak de baas.

'Cesária,' corrigeerde ze hem. 'Mijn naam is Cesária.'

'Wat jij wilt. Als het beestje maar een naam heeft.' Gelach van zijn vrienden.

Je kunt nu nog opstappen en nooit meer terugkomen. Doen alsof dit nooit gebeurd is.

'Sária, je bent door naar de volgende ronde. We gaan een

portfolio met je maken.' De blik in de ogen van de man stond haar helemaal niet aan.

Weggaan of blijven? Weggaan of blijven? Blijven. Dit zijn professionals van het grootste castingbureau in de regio.

'Dat is goed nieuws,' zei ze werktuigelijk. 'Ik zal mijn agenda even pakken, dan kunnen we een datum plannen.'

'Niet nodig. We gaan nu meteen naar Gilberto's studio om wat foto's te maken en te kijken of je nog verborgen talenten hebt.' De man die rechts van de baas zat, grijnsde. De derde man keek haar alleen maar aan. Goed, die Gilberto was dus geen vriend, maar de fotograaf van het bureau. Wat de rol van de ander was, was haar uit dit korte gesprekje nog niet duidelijk geworden. Maar dát hij een rol had, was duidelijk toen hij, net als de fotograaf, opstond en achter de baas aan liep.

'Kom je? Tijd is geld.'

Nummer drie liet zijn ogen over haar lichaam gaan en deed niet eens zijn best het te verbergen. Voetje voor voetje liep Cesária achter hem aan. Ze voelde zich net het domme gansje dat de rij sloot. 'Waar moet ik zijn?' vroeg ze toen ze buiten stonden. 'Mijn scooter staat verderop,' verduidelijkte ze haar vraag.

'Je kunt met ons meerijden. We zetten je hier straks wel weer af.'

Waar ben je nou toch mee bezig?

Dit is de gemakkelijkste manier.

Je kunt nu nog opstappen en nooit meer terugkomen.

Weggaan of blijven?

'Oké,' zei ze aarzelend.

De fotograaf liep naar een grote zwarte SUV met geblindeerde ramen. Hij kroop zelf achter het stuur en liet zijn baas instappen aan de passagierskant. Nummer drie kroop bij haar op de achterbank. Hoewel er genoeg ruimte was, schoof hij haar richting op zodat hij tegen haar aan kwam te zitten. Subtiel schoof ze een stukje op. Hij rekte zich uit en ging zo wijdbeens zitten dat zijn spijkerbroek de blote huid van haar benen bijna raakte. Zijn armen legde hij over de leuningen van de bank. Ze ging wat naar voren zitten om zijn arm niet in haar nek te voelen. Dat hield ze de hele rit vol.

3

'Ga maar op dat podium staan. Voor dat doek graag, dan kan ik de belichting doen.' De fotograaf klonk ongeduldig. Cesária voelde zich ongemakkelijk in het strakke jurkje waarin ze haar hadden uitgedost. Nummer drie bleek visagist te zijn. Hij had haar behoorlijk toegetakeld met nepwimpers en make-up in schreeuwerige kleuren die ze zelf nooit gebruikte. Haar lange zwarte haren waren tot een wilde bos getoupeerd. De lange rode nepnagels maakten het plaatje compleet, ze zag eruit als een hoer. Ze strompelde naar het podium op schoenen met onmogelijke hakken en wist er zowaar zonder te vallen op te klimmen.

'Kijk eens in de camera!' Er klonk een repeterend geklik. 'Waardeloos! Je bent toch geen kuiken!'

Cesária wierp de fotograaf een boze blik toe.

'Goed zo, veel beter. Dat wil ik zien!' Repeterend geklik. 'Oké, nou een andere pose.'

De daaropvolgende tien minuten liet de fotograaf haar de ene na de andere pose aannemen. Langzamerhand begon Cesária zich wat meer op haar gemak te voelen.

'Oké, nu die jurk uit.'

De visagist snelde toe en begon aan de nauwsluitende stof om haar lijf te trekken. Ze duwde hem weg.

'Waarom moet ik mijn jurk uit?'

'Je wilt toch een portfolio? Daar hoort ook een shoot in ondergoed bij. Hoe kun je anders gecast worden voor een lingeriecatalogus? Nou hup, schiet op.'

Compleet tegen haar gevoel in gehoorzaamde Cesária.
'Armen onder je tieten en geil kijken.'
Onwennig keek Cesária in de camera. Haar vriendin Anoek had haar de afgelopen jaren al wel duizend keer gefotografeerd, maar dit was anders. Bij Anoek kon ze zichzelf zijn, maar hier niet. Was ze wel geschikt voor dit werk? Een mooi uiterlijk was blijkbaar niet genoeg.
'Handen in je zij en linkerheup omhoog.' De visagist snelde toe en greep haar bij haar borsten.
'Hé!' schreeuwde ze.
'Zeur niet, je tieten zitten scheef.' Hij greep haar weer vast en liet zijn handen in haar beha verdwijnen. Ze keek naar de baas, maar die keek ongeïnteresseerd terug. Alsof het doodnormaal was dat een visagist met zijn poten aan de borsten van een model zat. Was dat zo? Moest ze hieraan gaan wennen en zou het dan op termijn niet meer vervelend zijn? Een routineklus? De fotograaf gaf weer wat afgemeten commando's en ze volgde ze zo goed mogelijk op.
'Uitstekend. Nu je ondergoed uit.'
Ze verstarde. 'Ik wil geen naaktmodel zijn.'
'Zeur niet. Opdrachtgevers moeten een volledig plaatje hebben. Je werkt mee en anders houdt het hier op.'
Ze twijfelde. Was het haar dit waard? Wilde ze dit zo graag? Ze keek naar de fotograaf, die ongeduldig terugkeek, en toen trok ze haar ondergoed uit. De visagist was er als de kippen bij om het weg te pakken.
Toen ze rechtop ging staan en voorzichtig een pose aannam, gromde de fotograaf goedkeurend. Terwijl Cesária niet probeerde na te denken over waar ze mee bezig was en zich concentreerde op het zoemende geluid van de airco in de ruimte, klikte de camera onophoudelijk.
'Nu alleen nog de zoenscène en dan heb ik het,' klonk het na enkele minuten.
'Zoenscène?'

'Je wilt toch in het portfolio als model en actrice?'

'Ja.'

'Dan hebben we een zoenscène nodig. Iedere acteur en actrice moet een zoenscène kunnen spelen, ongeacht de tegenspeler. Wij breken het ijs graag bij onze modellen voordat ze de castingmarkt opgaan. Je wilt toch niet staan stuntelen op de filmset? Kom op, *no big deal*.'

'Moet dat naakt? Ik zou graag mijn kleren aantrekken.'

'Je kleren krijg je zo terug als we klaar zijn. Ik maak close-ups van je gezicht dus verder is er toch niks te zien.'

'Dan maakt het toch niks uit!' Ze had er plotseling genoeg van. 'En met wie moet ik dan zoenen?'

De visagist stak zijn hand op.

'Sorry, maar ik ga echt niet met hem zoenen,' riep Cesária vol afschuw uit.

'Luister meisje, als actrice moet je zoenen met de tegenspeler die samen met jou is gecast. Daar heb je geen enkele invloed op. Wen er maar aan.'

De visagist liep naar haar toe en ging tegen haar aan staan. Hij wilde een hand op haar bil leggen en de andere ging in de richting van haar nek.

'Rot op!' gilde ze uit. Ze duwde hem van zich af en deinsde achteruit.

'Laatste kans, meisje, anders voor jou honderd anderen.'

Cesária stond te trillen op haar benen en haar hart ging als een bezetene tekeer. Dit was níét wat ze wilde! *Maar het is wel je kans. Je gaat dit toch niet zomaar laten glippen?*

'Oké,' zei ze, 'maar ik trek mijn kleren aan, anders doe ik het niet.'

De visagist keek haar vuil aan en draaide zich toen om naar de fotograaf. Die zuchtte en stemde toen met een knikje van zijn hoofd in. Razendsnel pakte Cesária haar ondergoed en de jurk en trok ze aan.

'En nou opschieten!'

De visagist drukte haar stevig tegen zich aan en zijn lippen omsloten haar mond. Ze hield haar lippen stijf op elkaar.

'Dit ziet er niet uit. Kijk een beetje alsof je het leuk hebt. Met zo'n kop huurt niemand je in.' De tong van de visagist wurmde zich tussen haar lippen door en stuitte op haar tanden. Even had ze de neiging om zijn tong af te bijten.

'Doe wat hij zegt of rot op!' De baas deed voor het eerst tijdens de shoot zijn mond open.

Hij heeft gelijk, verzet heeft geen zin. Ze deed haar ogen dicht en stelde zich voor dat ze met een knappe acteur stond te kussen. Haar weerstand zakte en ze verdrong haar afschuw voor de visagist. Eén ding wist ze nu zeker, ze kon acteren.

'Goed zo! Dat wil ik zien!' De fotograaf werd nu echt enthousiast. 'Nog een paar seconden. Ja, vasthouden zo. Klaar. Ik heb het.'

Cesária duwde de opdringerige visagist meteen van zich af. 'Het werk zit erop,' beet ze hem toe.

'Het hoeft niet alleen bij werk te blijven...'

'Sodemieter op, viezerik.' De baas en de fotograaf keken geamuseerd toe.

De visagist pakte haar hardhandig bij haar kin. 'Een beetje beleefd blijven, hè.'

'Ado, poten thuis. We hebben haar ongeschonden nodig.'

Hij liet haar kin los. Cesária rook de mintgeur die ze ook overal in haar mond proefde. Ze werd op slag misselijk en spuugde een dikke rochel op zijn schoen.

De fotograaf kwam niet meer bij van het lachen. 'Oei, wat een wild katje!'

'Dat zal ik je betaald zetten. Misschien niet vandaag, misschien niet morgen, maar het komt. Niemand vernedert Ado.'

Ze snoof schamperend.

'Je komt er zelf wel uit, hè schatje,' zei de baas.

'Jullie zouden me terugbrengen naar mijn scooter.'

'Regel maar een taxi. Wij moeten foto's selecteren. Je hoort het wel als we een klus voor je hebben.' Zonder haar verder nog een blik waardig te gunnen verlieten de mannen de studio.

Stommeling! Ongelooflijke stommeling die je bent. Cesária staarde verslagen voor zich uit. Die kerels konden met haar naaktfoto's doen wat ze wilden. Ze moest er niet aan denken dat ze zichzelf ergens terug zou vinden op een ranzige website. De tranen stonden in haar ogen.

Toen ze de studio uit liep, bracht het felle zonlicht haar weer terug naar de echte wereld. Ze was misbruikt en waarschijnlijk zou ze nooit meer iets van die gasten horen. Ze zou moeten leren leven met de vernedering, want geen haar op haar hoofd die eraan dacht om hier ooit met iemand over te praten.

4

De meeste gasten staan al met een drankje in de met bloemen versierde woonkamer. Verwachtingsvol kijken ze in het rond of ze de eregast van vanavond al zien. Hun geduld wordt snel beloond. Daar komt Emma DeWitt aan. Ze loopt niet, ze schrijdt. Haar voeten zitten verborgen onder haar lange galajurk, waardoor het lijkt of ze zweeft. Als een engel. Het gezelschap klapt haar bewonderend toe. Dat snap ik wel, ze is ook prachtig. De make-up op haar gezicht is subtiel, maar perfect aangebracht.

Ik denk aan mijn eigen gestuntel met de rougekwast en een potje felroze nagellak. Het is gewoon niet mijn ding. Als het aan mij had gelegen was ik vanavond in een zwart colbertje en zwarte broek verschenen, maar mijn vader wilde per se dat ik me in een cocktailjurkje hees. Mijn voeten knellen in de hakschoenen die ik van Marie heb geleend. Al mijn tenen zitten klem. Het liefst schop ik die dingen uit en loop ik de rest van de avond op blote voeten. Net als ik op het punt sta dat te doen, neemt het geroezemoes in de kamer toe. Cesária knijpt opgewonden in mijn hand.

'O, mijn god, daar is hij. Ik denk dat ik flauwval.'

Lachend wapper ik haar koelte toe met mijn vrije hand. Cesária trekt me mee naar voren zodat we beter zicht hebben op de steracteur. Het applaus dat Robert Stevenson krijgt, is minstens zo hard als dat voor Emma. Hij neemt het stralend in ontvangst en laat Emma dan weer het middelpunt zijn. Tom Verbeek, Emma's agent, loopt naar haar toe en geeft haar een theatrale handkus. Ze lijkt het prachtig te vinden. Vlak bij haar zie ik mijn vader staan. Hij heeft die jagersblik weer in zijn ogen. Ik hoop maar dat Marie net bij de bar staat voor een drankje en deze gênante vertoning niet meekrijgt.

Er klinkt getik op het kristal van een duur champagneglas. Verveeld luister ik naar de speech van Johan die daarop volgt. Emma en Robert krijgen zoveel veren in hun kont dat ze waarschijnlijk de rest van de week niet meer kunnen zitten. Ik houd niet van dat ophemelen. Alsof goed kunnen toneelspelen je verheven maakt boven andere mensen. Cesária is er duidelijk wel gevoelig voor. Haar ogen stralen en ze heeft blossen op haar wangen. Eigenlijk is Cesária veel van wat ik niet ben. Op-en-top vrouwelijk, *natural beauty* en ambitieus. Ze is anderhalf jaar jonger dan ik en wordt over drie maanden achttien. Ik plaag haar er altijd mee dat ik al mag autorijden en zij het nog moet doen met haar afgetrapte scootertje.

'Heb je Mees gezien?' verhef ik mijn stem om boven het gegons uit te komen.

Cesária schudt haar hoofd.

'Ik ga hem even zoeken, oké?'

Cesária knikt zonder haar ogen van Robert af te houden. 'Ik denk dat hij net naar me keek! Zag jij het ook?'

'Zou kunnen,' zeg ik om van het gezeur af te zijn. 'Zo terug.' Ik glip weg en laat Cesária alleen met haar vlinders. Ik wurm me tussen de zakenmannen in smokings en hun gebotoxte vrouwen door, check alle hoeken van de kamer, maar geen Mees te bekennen. Zit hij boven op zijn kamer en durft hij de confrontatie met Cesária niet aan?

Stiekem ben ik een beetje teleurgesteld dat Mees het blijkbaar minder belangrijk vindt om mij te zien dan om Cesária níét te zien. Ik vind Mees leuk. Hij houdt net als ik niet van opsmuk, heeft net zo'n hekel aan zijn vader als ik aan de mijne en hij trapt ook een aardig balletje. Helemaal mijn type, maar voordat ik hem dat duidelijk kon maken, kreeg hij verkering met Cesária. Ik heb het hem en haar nooit kwalijk genomen, ze wisten niet van mijn gevoelens, maar sindsdien is Mees een no-go voor me. Vriendjes of ex-vriendjes van je beste vriendin afpakken, dat doe je niet. Ik ben een dochter van mijn vader, maar zonder dat overspelige sletterige gen.

Ik laat mijn ogen nogmaals over de gasten gaan. Ondanks de airconditioning loopt de temperatuur in de ruimte rap op. Vlak naast me hoor ik Dieter en Adriaan praten over een of andere vage zakendeal. *Boring.* Vlug wegwezen voordat ze me aanschieten. Adriaan is zo iemand die het altijd voor elkaar krijgt om bij het passeren zijn arm langs je borst te laten schuren en net iets te lang tegen je kont aan blijft schurken. Als hij je gedag zoent moet je erop letten dat je hem je wang goed toekeert. Doe je dat niet, dan is de derde zoen altijd vol op je mond. Ik heb hem dat vaker bij Cesária zien doen. Viezerik. Shit, hij roept mijn naam. Ik doe net alsof ik hem niet hoor en loop de andere kant op, zo ver mogelijk bij hem vandaan. Gelukkig komt hij niet achter me aan.

Ik loop in een rechte lijn door naar de bar. Het alcoholpromillage in mijn bloed moet hoognodig worden verhoogd om dit allemaal te kunnen doorstaan. Ik vang flarden op van gesprekken over de bosbranden die verderop in de omgeving woeden en al behoorlijk wat schade hebben aangericht. Er trekt een rilling door me heen. Ik ben bang van vuur. Als klein meisje had ik al nachtmerries over mezelf in een brandend huis waar ik niet uit kwam. Op het moment dat het vuur me zou verzwelgen, werd ik altijd krijsend en bezweet wakker. Geen idee waar mijn vuurfobie vandaan komt. Misschien is het karma of ben ik in een vorig leven als heks op de brandstapel terechtgekomen. Iedereen heeft wel een *worst nightmare* en brand is de mijne. De manege waar ik vroeger weleens kwam met een vriendinnetje dat daar les had, is een paar jaar geleden volledig uitgebrand. Toen kwam het echt heel erg dichtbij. Het gros van de paarden is omgekomen en het voelt bijna alsof ik er zelf bij aanwezig was. Met mijn fantasie en inlevingsvermogen is niks mis. De rokerige lucht die steeds sterker wordt, de groter wordende paniek bij de paarden, de hitte van het naderende vuur, het moment dat er geen ontsnappen meer mogelijk is. Dan het geluid van brekend glas, vuur dat zich met geweld een weg naar buiten zoekt door de ramen, dreigend gekraak en een dak dat instort... Op dat moment heb ik ook besloten dat ik begraven wil worden en niet gecremeerd. Over dat soort dingen zou ik op mijn leeftijd eigenlijk niet moeten nadenken, maar ik doe het toch. Je kunt dingen maar beter op tijd geregeld hebben.

Bij de bar aangekomen bestel ik een Banana Jaffa en ik drink hem meteen voor de helft leeg. Het komt me op een knipoog van de barman te staan. Frivool knipoog ik terug. Kan mij het schelen. Van Mees nog steeds geen spoor. Hij zal toch niet in Nederland zijn gebleven? Heeft hij daar misschien een vriendinnetje met wie hij de zomer wil doorbrengen zonder dat zijn vader hem de hele tijd op de huid zit? Bij de gedachte aan Mees met een ander meisje drink ik de andere helft van mijn drankje achter elkaar op. Waarom krijg ik die jongen niet uit mijn kop?

Ik heb mijn lege glas nog niet op de bar gezet of er staat alweer een nieuwe voor mijn neus. Wederom met knipoog. Ik geloof dat het tijd wordt dat ik Cesária weer eens op ga zoeken. De barman is een ontzettend lekker ding, maar zó niet mijn type. De alcohol brengt me in een prettige zweverige toestand. Ik weet dat ik moet stoppen nu het allemaal nog leuk en lekker voelt, maar toch gris ik het volle glas dat speciaal voor mij is neergezet van de bar. Ik ga hier zo'n spijt van krijgen. Eigenlijk kan ik niet zo goed tegen alcohol, er is weinig voor nodig om mij dronken te voeren, maar meestal laat ik het niet zover komen. Ik verlies niet graag de controle. En toch... de afwezigheid van Mees, mijn vader die zijn hand op Emma's kont heeft terwijl Marie er gewoon naast staat, de overdosis aan oninteressante mensen om me heen... Wie zou dan geen alcohol nodig hebben? Mijn vader heeft er ook al een paar te veel op zie ik aan zijn waterige ogen en rode wangen.

'Hoe krijg je het toch voor elkaar om zo slank te blijven, Emma?' vang ik op als ik langs hem loop. Emma probeert zich uit zijn greep los te maken, maar hij duwt zijn grote lijf nog dichter tegen haar aan. Ik schaam me kapot! Mijn hart breekt als ik Marie zie ingrijpen. Ze trekt mijn vader bij Emma vandaan en neemt hem mee naar buiten. Ik sluip achter hen aan.

'Ik mag toch wel een beetje lol maken?' hoor ik mijn vader zeggen. Als hij te veel gezopen heeft, gaat hij altijd harder praten. Hij klinkt als een verongelijkt kind van wie een snoepje is afgepakt. De reactie van Marie kan ik niet verstaan, maar aan haar houding zie ik dat ze zich ergert. Mijn vader duwt haar van zich af en ze komt bijna ten val. Ik sta klaar om te hulp te schieten, maar op dat moment wringt Johan zich langs me heen en slaat zijn arm om mijn vader en Marie. Ik begrijp niet waarom Johan mijn vader nog uitnodigt op zijn feestjes. Het is niet de eerste keer dat hij zich onbehoorlijk gedraagt. Vorig jaar stond hij boven op de bar ineens knettervals 'You'll Never Walk Alone' te zingen. In zijn onderbroek! Ik heb hem toen samen met Marie in het zwembad gegooid om af te koelen. Als een verzopen kat hebben we hem daarna meegenomen naar ons eigen huis. Ik heb Marie wel vaker gevraagd of ze hem wil verbieden om te drinken, maar daar antwoordde ze altijd op met een stellig nee. 'Je vader is een volwassen vent.'

'Maar wel een die zich gedraagt als een kind.'

'Weet je, Noek, laat me je één ding leren over mannen. Hoe meer je probeert ze aan de teugel te laten lopen, hoe meer ze zich van je gaan verwijderen. Mannen blijven nou eenmaal altijd iets bravoureachtigs houden, hoe oud ze ook zijn. Je moet je vader niet zo serieus nemen, dat doe ik ook niet. Het is alleen maar wat spielerei.'

Hoewel ik het heel vaak met Marie eens ben, verschillen we op dat punt duidelijk van mening. Er zijn ook mannen die zich normaal gedragen en hun poten thuishouden. Mees, bijvoorbeeld, zou zoiets nooit doen. Toen hij met Cesária was, had hij alleen maar oog voor haar. Het geflirt van mijn vader is niet onschuldig; als hij de kans krijgt, duikt hij erop. Aan haar gezicht te zien begint Marie dat nu eindelijk ook een beetje door te krijgen.

Johan pakt de hand van mijn vader en legt die op die van Marie. Ze wil hem lostrekken, maar na wat gefluister van Johan in haar oor staakt ze haar verzet. Ik kan het niet meer aanzien en zoek Cesária op. Ze staat te praten met haar droomprins Robert en ik besluit haar even niet te storen. Als Emma een paar minuten later naar hen toe loopt, doe ik dat ook. Nu pas valt het me op dat de schoonheid van Emma grotendeels uit een potje komt en dat Cesária zelfs zonder makeup veel knapper is. Robert ziet dat duidelijk ook. Emma pakt op een overdreven manier Roberts hand, maar hij lijkt het amper in de gaten te hebben. Hij blijft gefocust op Cesária en merkt het niet eens als Tom Emma wegkaapt om haar voor te stellen aan het zoveelste clubje bobo's.

5

Cesária staarde met een dromerige blik voor zich uit. Hoewel ze de volgende ochtend weer vroeg op moest, was ze toch blijven plakken. Robert had gezegd dat hij haar aan het einde van de avond weer zou opzoeken om samen nog een drankje te doen en daar zat ze eigenlijk nog steeds op te wachten. Nou ja, morgen weer een kans. Het leuke gesprek dat ze met hem had gehad, was uiteindelijk abrupt afgekapt door Johan de Leeuw. Robert werd als een etalagepop langs alle belangrijke gasten gesleept. Alle mannen wilden met hem praten en hun vrouwen moesten allemaal even aan hem zitten. Cesária was de tel kwijtgeraakt toen ze probeerde bij te houden hoeveel zogenaamde pluisjes er door aanstellerige dames van zijn mouwen waren geplukt. Hij liet het allemaal over zich heen komen met een stralende lach. Vond hij het echt leuk of was hij aan het acteren? Emma stond stralend naast hem. Ze gedroeg zich alsof ze zijn vriendin was. Zou dat zo zijn? Waarom had Robert dan zoveel belangstelling voor haar gehad? Misschien was dat ook gespeeld. Van een acteur kon je alles verwachten. Hoe wist je of hij een rol speelde of zichzelf was?

Het gros van de feestgangers was inmiddels afgedropen. De een nog benevelder dan de ander. Het clubje dat nog binnen stond, hing aan de bar en ze konden bijna niet meer uit hun ogen kijken. Cesária had het totaal niet op dit soort mannen en was de tuin in gevlucht. Anoek had het om diezelfde reden een uur geleden al voor gezien gehouden. Het zwembad was weer leeg, op een eenzame knalroze bikini na. De tuinverlichting gaf het water in het zwembad een groenige gloed. Een vleermuisje kwam wat water halen en nam een duikvlucht. Muggen zoemden in steeds groteren getale rond Cesária's hoofd. Ze was al een paar keer in haar arm gestoken.

Toen ze op haar horloge keek, zag ze dat het al halfeen was. Het laatste sprankje hoop vervloog dat Robert nog terug zou komen zoals hij had beloofd. Morgen moest hij weer vroeg op de set zijn voor een romantische scène met Emma. Hij lag nu vast al onder de lakens te oefenen met de mooie Nederlandse. Wat haalde ze zich ook in haar hoofd? Ze keek naar haar handen waar een laagje eelt op zat. Werkhanden, net als die van haar moeder. En dat terwijl ze droomde van een universitaire studie. Ze was er slim genoeg voor. Al vijf jaar lang legde ze zo veel mogelijk geld opzij, maar het was bij lange na nog niet genoeg om een volledige studie van te betalen. Ze greep alles aan om extra geld te verdienen.

Tegen haar verwachting in had het casting- en modellenbureau haar vanochtend gebeld. Ze hadden een klus voor haar. De vernederende middag die ze daar vorige week had gehad was dus toch niet voor niks geweest. Op het voorstel dat ze haar deden, had ze dan ook meteen ja gezegd. Wat kon het voor kwaad? Ze was nou eenmaal gezegend met een mooi lichaam, dus waarom zou ze daar geen gebruik van maken? Voor nu zou het haar nog niet heel veel geld opleveren, maar wie weet in de toekomst. Als je verder wilde komen moest je ook dingen aanpakken die buiten je ambitie vielen. Ook als dat betekende dat je over dingen heen moest stappen die je tegenstonden. Haar moeder zou ze er niets over vertellen. Die zou het absoluut afkeuren en denken dat ze het in haar bol had gekregen, net als al die mensen voor wie ze de huizen poetste. Dat ze af en toe op dit soort feestjes belandde, had ze puur te danken aan haar vriendschap met Anoek. Ze ging er steevast heen om te netwerken.

Cesária keek nogmaals op haar horloge. Het was tijd om

naar huis te gaan, anders bakte ze er morgen niets van. Om nog maar te zwijgen van de enorme wallen die ze nog dagenlang onder haar ogen zou hebben als ze niet gauw maakte dat ze in haar bed kwam. Deze kans mocht ze niet laten schieten. Daar kwam nog bij dat haar moeder nu tollend van de slaap achter het raam in de woonkamer stond, starend naar de weg tot ze de koplamp van haar dochters scooter in de verte zag. Cesária kon haar uittekenen in haar versleten blauwe vest. Een licht voorovergebogen houding van het vele bukken. Haar armen gekruist voor haar lichaam en haar vuisten gebald weggestopt onder haar oksels. Cesária probeerde zo goed en zo kwaad als het ging rekening te houden met haar moeders bezorgdheid, die alleen maar was toegenomen na het plotselinge overlijden van haar vader. Zo zorgde ze er normaliter voor dat ze niet te laat thuiskwam als ze uitging, hoewel dat vandaag niet helemaal was gelukt. Ook dronk ze geen druppel alcohol als ze met haar scooter op pad was. Vanavond had ze zich daar weer keurig aan gehouden en alle cocktails die haar werden aangeboden afgeslagen. Ze zou haar moeder even een appje sturen dat alles oké was en dat ze nu naar huis kwam. Ze pakte haar telefoon uit het polstasje dat ze drie jaar geleden als verjaardagscadeau van haar vader had gekregen. Het was het laatste cadeau dat hij haar had gegeven en daarom was het haar extra dierbaar.

Starend op haar scherm liep ze terug naar het huis. Ze schrok toen ze tegen iemand op botste. En nog meer toen ze zag tegen wie ze was aan gelopen; ze had hem de hele avond vakkundig weten te ontlopen.

'Je gaat er toch nog niet vandoor, schatje?'

De man trok haar tegen zich aan en ze werd bijna bedwelmd door de geur van transpiratie en alcohol. Ze werd op slag misselijk. Zijn witte overhemd was doorweekt van het zweet en vochtig borsthaar kroesde uit het overhemd dat net een knoopje te ver openstond.

'We doen nog wel even een drankje samen, toch? Ik heb heel mooie foto's van je gezien.' De hand op haar heup zakte een stuk naar beneden en kneep in haar bil.

'Ik moet naar huis. Ik ben al veel te laat.' Cesária probeerde de hand voorzichtig van haar billen te halen, maar de man liet dat niet toe.

'Als ik zeg dat we een drankje doen, dan gaan we een drankje doen,' klonk het dreigend in haar oor. 'Ik zou maar een beetje op mijn tellen passen, anders trek ik mijn handen van je af.'

'Dat lijkt me een heel goed idee,' siste ze terwijl ze weer een poging deed aan zijn grijpgrage vingers te ontsnappen. Het had een averechts effect en maakte hem alleen maar gretiger. Met zijn andere hand greep hij haar linkerborst vast terwijl hij haar probeerde te zoenen. Op dat moment trapte ze hem zo hard mogelijk met haar hak op zijn blote voet. Hij vloekte en gaf haar een zet waardoor ze achteroverviel en hard neerkwam op de rand van het zwembad. Haar telefoon vloog uit haar handen en belandde in het water. Ze verbeet de stekende pijn aan haar pols en geschaafde knieën en probeerde weg te kruipen voor de man die nu op haar afkwam. Ze was niet snel genoeg. Hij greep haar enkel en trok haar naar zich toe. Ze probeerde zich vast te houden aan de rand van het zwembad, maar greep mis. De man draaide haar op haar rug en ging boven op haar zitten. Een vuist schampte haar oog en daarna voelde ze handen rond haar keel. Paniekerig hapte ze naar de lucht die steeds verder uit haar werd geknepen. In gedachten schreeuwde ze alles bij elkaar, maar er was enkel een hortend gepiep te horen. Gekleurde vlekken dansten voor haar ogen en het kostte haar steeds meer moeite om bij bewustzijn te blijven.

Plotseling nam de druk op haar keel af. Ze zag een schim boven zich en het volgende moment werd haar belager van haar af getrokken. Toen geschreeuw. Ruzie. Een harde mannenstem, onverstaanbaar. Happend naar adem probeerde ze haar ogen te focussen, maar het lukte haar niet. De stemmen leken van ver weg te komen. Waren ze er nog of gingen ze weg? *Ja, laat me met rust.* Ze hoorde wat het geluid van een dichtslaande deur leek te zijn en daarna was het stil. Het tweetal was naar binnen gegaan.

Na wat een eeuwigheid leek wist Cesária eindelijk met moeite overeind te komen. Haar keel schrijnde verschrikkelijk. Ze dacht koortsachtig na. Wat moest ze haar moeder vertellen? Het appje dat ze eraan kwam had ze net verstuurd toen de man haar aanrandde. Haar moeder zou haar zo'n beetje elk moment thuis verwachten. Hoe kon ze de sporen van de poging tot wurging wegwerken? Haar keel deed zoveel pijn dat ze zich niet voor kon stellen dat het geen blauwe plekken werden. En dan zat ze nog met haar pols die al pijnlijk en stijf werd, haar oog dat niet echt lekker aanvoelde en twee bloedende knieën. Verdwaasd keek ze naar haar mobiele telefoon op de bodem van het zwembad. *Shit!* Voordat ze zich kon bedenken, sprong ze in het zwembad en dook naar de bodem om het ding op te vissen. Geschrokken realiseerde ze zich dat ze was vergeten haar polstasje af te doen. Het ding droop aan alle kanten. Ze kon alleen maar hopen dat het bestand was tegen chloor. Haar jurkje plakte aan haar lijf toen ze op de kant klom.

Ze moest hier zo snel mogelijk weg. Sinds de twee mannen naar binnen waren verdwenen, was ze de enige persoon in de tuin geweest. Een vlucht via het huis met dronken mannen was geen optie. Het gemetselde muurtje aan het einde van de tuin bood uitkomst. Ze strompelde ernaartoe en klom eroverheen. Zand bleef plakken op het natte katoen van haar jurk. Huilend probeerde ze het van zich af te kloppen. Het resultaat gaf bruine vegen. Ze ploeterde over de grond vol keien naar haar scooter, die tegen een palmboom langs de weg stond geparkeerd. Met trillende hand pakte ze de sleutels en haalde een trainingsjackje uit de opbergruimte onder haar zadel. Ze ritste hem dicht tot boven haar hals om de beurse plekken te verbergen. Nu de rest nog.

Wat voor smoes kon ze bedenken om haar moeder niet te verontrusten? Ze was nat omdat iemand haar met zijn dronken kop in het zwembad had gegooid. De schaafplekken op haar knieën en haar gekwetste oog had ze te danken aan... Ze was... gevallen met haar scooter. Dat zou kunnen, maar als ze zelf zo gehavend was, zou het niet bepaald geloofwaardig zijn als haar scooter ongeschonden uit de strijd was gekomen. Ze schuurde met de lak langs een muur. Het schavende geluid deed pijn in haar hart. Het beste zou zijn als ze de scooter ook nog op de straat zou laten vallen om wat deuken te creeren, maar dat durfde ze niet, bang dat ze was om onherstelbare schade aan te richten aan haar enige vervoermiddel. Ze was er compleet afhankelijk van en had geen geld voor een nieuwe.

Ze bekeek het resultaat van haar werk en was tevreden. Op naar huis. Net toen ze haar scooter wilde starten, hoorde ze rennende voetstappen achter zich. Verschrikt keek ze om. Het was de man weer. *Shit!* Ze draaide het sleuteltje in het startslot om. Het vertrouwde gebrom bleef uit. De man kwam steeds dichterbij. Ze stapte van haar scooter en begon er strompelend mee te rennen in een poging hem handmatig te starten. Een hand greep haar haren vast en trok haar naar achteren. Ze wilde gillen maar er kwam geen geluid uit haar keel. Ternauwernood wist ze overeind te blijven. Tranen van pijn sprongen in haar ogen. De man verstevigde zijn greep op haar haren en bracht zijn mond naar haar oor. Er kwam een walm van alcohol uit zijn mond toen hij hem opendeed.

'Als je iemand vertelt wat er tussen ons is gebeurd, dan vermoord ik je. Begrepen?' Toen ze niet meteen antwoordde, greep hij haar bij haar kin. 'Be-gre-pen?'

'Ja,' stamelde ze.

'Mooi.' De man liet haar los en zonder nog iets te zeggen liep hij wankelend terug naar het huis.

Met trillende hand probeerde ze haar scooter weer te starten. Deze keer reageerde het kreng meteen. Huilend ging ze op het zadel zitten en gaf een dot gas. De tranen sprongen in haar ogen toen haar pols opspeelde door de beweging. Met haar tanden op elkaar zette ze door en reed weg.

6

Met een verbeten gezicht reed Cesária zo hard als ze kon over de matig verlichte weg. Ondanks het late uur was de temperatuur nog niet veel gezakt ten opzichte van een paar uur geleden. De verstikkende hitte en de pijn van haar verwondingen maakten haar misselijk. Vooral de pijn in haar pols was niet te harden. Bij elk minuscuul hobbeltje in de weg liet ze het stuur even los om de gekwetste gewrichten te ontlasten. Twee keer had ze op het nippertje een zwerfhond kunnen ontwijken die midden op de weg lag te slapen. Het hoorde bij Portugal.

Ze nam de laatste scherpe bocht en reed de kronkelige weg op die naar haar huis leidde. De verlichting werd meteen nog schaarser. Het schelle gekef van de nieuwe hond van de buren klonk boven haar scooter uit. Het beest hield haar en haar moeder al twee weken uit hun slaap. Hun buren waren heel aardige mensen, maar door hun hoge leeftijd zo doof als een kwartel. Van de hysterie van hun hond in de kennel in de tuin kregen ze amper iets mee. Tot nu toe had ze de mensjes niet aangesproken op het gedrag van hun hond, in de hoop dat het zou overgaan als het beestje gewend was geraakt aan zijn nieuwe habitat, maar vooralsnog gaf hij daar geen blijk van. Haar geduld begon dan ook op te raken. Ze gaf het nog een nacht en daarna ging ze er wat van zeggen.

Cesária zag dat de verlichting op de benedenverdieping aan was. Ze zocht naar het silhouet van haar moeder voor het raam, maar zag haar niet. Al snel bleek waarom niet. Doroteia kwam haar op haar afgetrapte pantoffels tegemoet rennen. Haar karakteristieke blauwe vest wapperde langs haar lichaam. Cesária liet het gas terugzakken en reed stapvoets op haar moeder af. Ze hoorde haar hartverscheurend huilen.

'O que manteve você está fazendo?' Doroteia klampte zich aan haar vast en bleef de vraag waar ze was gebleven onophoudelijk herhalen. Cesária maakte sussende geluidjes om haar moeder te kalmeren.

'Ik ben gevallen met de scooter, mama, daarom duurde het wat langer.'

Haar moeder liet haar abrupt los en stapte naar achteren. 'Heb je je pijn gedaan?'

'Een beetje. Maar maak je geen zorgen, het is niks ernstigs.'

'Je knieën bloeden!'

'Het zijn maar schaafwonden.'

'Je oog lijkt wel dikker.'

'Dat is van de slaap.'

'Je stem klinkt schor.'

'Te hard meegezongen met de muziek.'

'En je scooter?'

'Alleen wat beschadigde lak. Hij rijdt nog als vanouds.'

'Heb je gedronken?'

'Je weet dat ik dat niet doe als ik moet rijden. Ik ging te hard door een bocht en er lag grind op de weg.'

'Waarom ben je zo nat?'

'Iemand heeft me in het zwembad geduwd. Mama, stop met vragen, ik ben moe en ik wil naar bed. Morgen is het weer vroeg dag voor ons allebei.'

Cesária liep met haar scooter naar het bouwvallige schuurtje en zette hem naast haar moeders fiets op de standaard. In de ruimte hing een bedompte lucht van benzine en kunstmest. Ze hield haar adem in tot ze weer buiten stond. Doroteia stond haar op te wachten bij de voordeur. Ze had stiekem gehoopt dat haar moeder naar bed zou zijn gegaan nu ze thuis was. Het licht binnen was een stuk feller dan de lampjes in de tuin en zou haar verwondingen veel zichtbaarder maken. Haar moeder zou ze meteen opmerken en ongetwijfeld weer lastige vragen gaan stellen waar ze geen goed antwoord op had. Cesária's hart brak toen ze naar haar moeder keek. Het leek wel of de groeven in haar gezicht met de dag dieper werden. Ze zag er zeker tien jaar ouder uit dan de vijftig jaar die ze daadwerkelijk was.

Met gebogen hoofd liep ze langs haar moeder naar binnen. 'Ik ga douchen, ik heb het koud,' mompelde ze in het voorbijgaan.

Doroteia greep haar bij haar pols en Cesária kromp ineen van de pijn. Haar moeder betastte voorzichtig het gekneusde gewricht. 'Daar moet ijs op.' Ze sloeg haar arm om haar dochter heen en leidde haar naar de woonkamer.

Cesária bleef een beetje onbeholpen staan in de kamer. Ze durfde niet te gaan zitten omdat ze de met stof beklede stoelen bij de tafel niet vies wilde maken. Ze hoorde haar moeder rommelen in de keuken, de deur van de vriezer werd dichtgeslagen. Doroteia liep de kamer in, legde een handdoek op de dichtstbijzijnde stoel en klopte op het zitvlak. Cesária gehoorzaamde en nam plaats. Haar moeder pakte voorzichtig haar hand en legde een theedoek met ijsklontjes op haar pols.

'Vasthouden.'

Ze deed wat haar werd gevraagd, tegensputteren had geen zin. Haar moeder schroefde de dop van een flesje jodium en goot wat van het spul op een stuk keukenpapier. Voorzichtig depte ze ermee op haar dochters geschaafde knieën. Cesária kreunde toen het ontsmettingsmiddel zich bijtend een weg verschafte tot de wonden.

'Als klein meisje had je daar ook al zo'n hekel aan,' haalde haar moeder een herinnering op. 'Weet je nog die keer dat je zo blij was dat papa thuiskwam van zijn werk? Toen je hem zo hard tegemoet rende dat je struikelde over je eigen voetjes? Toen lagen je knieën net zo open als nu.'

'Ik krijste moord en brand, dat weet ik nog,' grinnikte Cesária. 'Nu ben ik oud genoeg om in stilte te lijden.'

'Ook toen was je al een dapper meisje. Toen papa je in zijn armen nam en naar binnen droeg, stopte je al snel met huilen.'

Doroteia keek Cesária aan.

'Ik mis hem, mama.'

'Ik ook, lieverd. Elke dag een beetje meer.' Doroteia was klaar met het ontsmetten van de schaafwonden en het prikkende gevoel in de wonden nam langzaam af. Het koelen van haar pols leek ook wat te helpen. Haar moeder stond op en pakte haar voorzichtig bij haar kin. Ze draaide Cesária's hoofd naar het licht. 'Je oog is niet alleen dik van de slaap.' Cesária haalde haar moeders hand van haar kin en sloeg haar ogen neer. Ze forceerde een geeuw.

'Mij hou je niet voor de gek, Cesária. Weet je zeker dat je bent gevallen met je scooter?'

'Ja.' Ze durfde haar moeder niet aan te kijken.

'Waarom lieg je tegen me?'

'Ik ga douchen en dan slapen, mam. Ik ben moe.'

Ze legde de handdoek met ijs op tafel en stond op. Zonder om te kijken verliet ze de woonkamer en ging de trap op naar de bovenverdieping. Ze zette de douche aan en deed de badkamerdeur op slot. Haar moeder mocht onder geen beding haar naakte lichaam zien. Voorzichtig ritste Cesária haar trainingsjack open en betastte haar keel. Slikken deed nog steeds zeer en er waren duidelijk rode plekken te zien van de knellende handen die ze om haar nek had gehad. Met de beste wil van de wereld waren die plekken over drie dagen niet weg. Uit nood zou ze een sjaaltje moeten dragen. Gelukkig deed ze dat wel vaker, dus dat zou geen argwaan moeten wekken bij haar moeder. Zachtjes betastte ze haar oog. Het zag er erger uit dan ze had gedacht. De huid boven haar jukbeen was gezwollen en duwde haar oog een stukje dicht. Achteraf bezien had ze het ijs beter voor haar oog kunnen gebruiken. Ze deed een schietgebedje dat de zwelling morgen een stuk minder zou zijn en dat de boel niet blauw zou worden. Dat zou een regelrechte ramp zijn. Morgen naar haar werk moest ze maar een zonnebril opzetten en als ze vragen kreeg, dan had ze last van opkomende migraine. Sjaaltje, zonnebril en lange broek, daar moest ze zich morgen mee zien te redden.

Cesária stroopte de natte kleren van haar lijf, legde het natte polstasje boven op het heuphoge kastje met toiletspullen en stapte onder de douche. Ze rilde toen ze het warme water op haar huid voelde. De plekken op haar knieën begonnen weer hevig te schrijnen en maakten dat ze de kraan na een snelle wasbeurt weer dichtdraaide. Net toen ze zich stond af te drogen bewoog de deurklink.

'Cesária? Waarom is de deur op slot?'

Cesária trok haar trainingsjack snel aan en ritste hem weer dicht tot onder haar kin voordat ze de deur openmaakte. Haar moeder keek haar argwanend aan.

'Wat probeer je voor me te verbergen?' Ze deed een poging het trainingsjack open te maken, maar Cesária weerde haar af.

'Laat me met rust, mama. Je ziet spoken. Ik heb het gewoon koud.'

'Je weet dat je alles tegen me kunt vertellen, toch? Wat het ook is.'

Ik zou willen dat dat zo was mama, echt waar, antwoordde ze in gedachten. De woorden kreeg ze niet over haar lippen. Ze moest haar moeder in bescherming nemen.

Ze griste haar tasje mee en verliet de badkamer voordat haar moeder haar verder kon bestoken met vragen. Zachtjes begon ze te huilen. *Ik doe het ook voor jou, mama. Eens zul je dat begrijpen en hopelijk trots op me zijn.* Ze maakte haar doorweekte tasje open en legde de inhoud te drogen op het kleine witte bureautje naast haar bed. Haar telefoon haalde ze helemaal uit elkaar nadat diverse pogingen om hem weer aan de praat te krijgen waren mislukt. De losse onderdelen stalde ze uit naast de drie natte vijfeurobriefjes en het visitekaartje van Robert Stevenson. Hij had haar nummer ook in zijn telefoon gezet. Verschrikt realiseerde ze zich dat ze niet bereikbaar was als hij toch nog contact met haar zocht.

Wat een vreselijke dag was het geworden. Van de blijdschap die ze een paar uur geleden had gevoeld, was niets meer over. Voorzichtig deed ze het trainingsjack uit en ging op bed liggen. Begeleid door het onophoudelijke geblaf van de hond van de buren huilde ze zichzelf in slaap.

7

Ik word wakker van bescheiden geklop op mijn slaapkamerdeur. Vlug trek ik een korte broek en een shirt aan. Het gebonk in mijn hoofd geeft aan dat ik die laatste cocktail gisteravond inderdaad beter niet had kunnen nemen. *Dat wist je toch!* Ik heb mijn vader vannacht niet horen thuiskomen, maar ik neem aan dat hij halverwege de nacht stomdronken naast Marie is gekropen. Zo gaat het meestal als er feestjes zijn. Marie en ik gaan altijd eerder naar huis en kunnen hem de dag erna weer oplappen.

'Anoek? Doroteia is er, kan ze binnenkomen?' klinkt Maries stem.

'Klein ogenblikje nog.'

Ik loop naar de badkamer die aan mijn kamer grenst en plens wat water in mijn gezicht. Ik ben kwistig met deodorant want ik heb vannacht flink gezweet. Borstel door mijn haar en een klodder tandpasta in mijn mond om de smaak en ongetwijfeld ook geur van dode vogeltjes te verdrijven. Daarna loop ik naar de deur en zwaai hem open.

'Doroteia!' Ik geef de moeder van mijn beste vriendin een knuffel. Mijn vader keurt het af dat ik 'intiem' ben met het personeel, maar daar trek ik me niks van aan. Ik keur zoveel dingen van hem af. Als ik Doroteia loslaat, zie ik dat ze naar me lacht, maar haar ogen doen niet mee. Ik help haar alle poetsspullen mijn kamer in te dragen en vraag haar in het Engels bezorgd wat er aan de hand is. Ik spreek wel een paar woorden Portugees, maar mijn Engels is vele malen beter.

'Ik maak me zorgen over Cesária.'

Er gaat een steek van ongerustheid door mijn buik.

'Wat is er aan de hand?'

Doroteia haalt haar schouders op. Het heeft iets triests. 'Ze wil niet met me praten. Niet echt. Ze kwam gisteravond laat en heel erg gehavend thuis.'

Geschrokken kijk ik haar aan. 'Hoe bedoel je gehavend?'

'Kapotte knieën, een dik oog. Ze bewoog haar rechterhand moeizaam en ze droeg een trainingsjack dat ze tot onder haar kin had dichtgeritst. Vanochtend bij het ontbijt had ze een sjaaltje om haar nek geknoopt. Toen ze haar hoofd draaide dacht ik een blauwe plek in haar hals te zien.'

'Hè? Wat is er met haar gebeurd?'

'Ze blijft volhouden dat ze gevallen is met haar scooter, maar ik geloof haar niet. Heb jij iets aan haar gemerkt gisteravond, Anoek?'

Ik schud ontkennend mijn hoofd. 'Ze was gisteravond juist heel happy. Ik ben wel eerder naar huis gegaan, maar tot dat moment was er niets met haar aan de hand. En ik heb helemaal geen verwondingen gezien. Ze heeft heel leuk staan praten met die acteur van wie ze zo gek is. Robert Stevenson. Als er iets is gebeurd, moet het daarna geweest zijn. Denk je dat iemand haar iets heeft aangedaan?'

'Iets klopt er in elk geval niet. Cesária houdt iets voor me verborgen en dat ben ik niet van haar gewend.'

'Dat is niet helemaal waar,' probeer ik het gesprek een positieve wending te geven. 'Ik kan me nog heel goed het verrassingsfeest herinneren dat ze in haar eentje had georganiseerd voor jou en Agostinho toen jullie dertig jaar getrouwd waren.'

Er breekt een lach door op Doroteia's gezicht. 'Wat was ik toen trots op haar. Agostinho en ik hadden helemaal niks door. Wie had toen kunnen denken dat ons huwelijk zou eindigen bij tweeëndertig jaar?'

Doroteia's lach verdwijnt weer en ze kijkt nog zorgelijker dan toen ze binnenkwam. Misschien toch niet het beste voorbeeld om haar af te leiden. 'Zal ik eens met Cesária praten? Misschien dat ze tegen mij wel iets zegt?' waag ik nog een poging.

'O, als je dat zou willen doen! Ik ben bang dat ze in de problemen zit en mij niet ongerust wil maken. Maar zeg haar niet dat ik met je gepraat heb. Ik denk niet dat ze dat kan waarderen.' Ze glimlacht flauwtjes als ze dat zegt. 'En nu ga ik hier een paar ramen openzetten, want dat is wel nodig.'

Ik grijns. Gelukkig is de emmer die ik vannacht voor de zekerheid naast mijn bed heb gezet nog leeg. Ik zie Doroteia er al schalks naar kijken.

'Je krijgt hem van me terug!' Ik leg mijn hand op mijn hart.

'En nou weg jij, ik moet aan de slag.' Ze pakt me bij mijn arm en duwt me zonder pardon naar buiten. Bij ieder ander zou ik daarvan gaan steigeren, maar van Doroteia kan ik het hebben.

Ik loop naar beneden. De zwartleren bekleding op de trap voelt stroef aan onder mijn blote voeten. Als ik de keuken nader, komen het geluid van de sinaasappelpers en de geur van gebakken brood me tegemoet. Marie staat fluitend het ontbijt te maken. Mijn vader zou daar het liefst iemand voor in huis nemen, maar Marie heeft dat tot op heden (gelukkig!) geweigerd. Als ik bediend wil worden, dan was ik wel lid geworden van de katholieke kerk, zegt ze altijd als mijn vader er weer over begint.

Het geluid van stoelpoten op de tegelvloer wijst Marie op mijn aanwezigheid. Ik plof neer en laat mijn hoofd in mijn handen zakken. Marie zet een groot glas water met een aspirientje voor mijn neus. Ze zegt niks, legt alleen even kort haar hand op mijn schouder als steunbetuiging. Dankbaar neem ik de pil in. Die hoofdpijn is echt killing. Ze kijkt goedkeurend als ik het hele glas water achter elkaar opdrink. Het lege glas wordt vervangen door een glas versgeperst sap, een bord en een mandje vol warme broodjes.

'Pa nog niet wakker?'

Ze schudt haar hoofd terwijl ze zelf ook aanschuift. Ik kijk naar de boter die meteen smelt op haar broodje. Ik krijg er zowaar zelf ook zin in.

8

Het was zeven uur in de ochtend toen Cesária op haar beschadigde scooter wegreed. Het 'ongeluk' was nu drie dagen geleden. Haar verwondingen begonnen te herstellen, maar waren nog steeds zichtbaar. De zwelling rond haar oog was verdwenen, maar boven haar jukbeen was het nog steeds blauw. Met make-up had ze geprobeerd de plek zo goed mogelijk te camoufleren. Haar moeder bleef argwanend ten aanzien van het ongeluk. Hoewel het Cesária grote moeite kostte om aan haar oorspronkelijke verhaal vast te houden, was het haar tot nu toe wel gelukt. Ze vond het verschrikkelijk om niet eerlijk te kunnen zijn tegen haar moeder, maar de waarheid vertellen over de aanranding zou nog vele malen pijnlijker zijn.

Cesária had haar mobiele telefoon niet meer aan de praat gekregen na de doop in het zwembad. Ze had haar voicemail stiekem met het vaste toestel van een klant afgeluisterd toen ze aan het werk was. Anoek had al verschillende keren bezorgd ingesproken, maar tot nu toe had ze niet teruggebeld. Ze wist bijna zeker dat haar moeder met Anoek had gepraat en via haar wat informatie probeerde los te krijgen over de bewuste avond. Anoek zou zich niet met een kluitje in het riet laten sturen en blijven doordrammen tot ze de waarheid boven tafel had. Dat risico kon ze niet nemen. Net als haar moeder moest ze ook haar vriendin beschermen. Daar was haar alles aan gelegen. Anoeks voicemails werden echter steeds dringender en bezorgder en op een gegeven moment zou ze moeten reageren om te voorkomen dat Anoek ineens voor haar neus stond. Ze hoopte dat Anoek haar geduld bewaarde tot haar verwondingen niet meer zichtbaar waren, dat zou een hoop gedoe schelen. Ze moest zien dat ze Anoek met het mobiele toestel van haar moeder later op de dag een berichtje kon sturen dat ze al een paar dagen ziek was en met haar zou afspreken als ze helemaal was hersteld. Hopelijk kon ze het weerzien op die manier nog een paar dagen uitstellen.

Zonder dat haar moeder het wist, had ze zich vandaag ziek gemeld op haar werk. Ze had andere dingen te doen. Belangrijke dingen. Haar moeder had raar opgekeken dat ze al zo vroeg op was. Ze had haar met pijn in haar hart wijsgemaakt dat ze was gevraagd een uurtje eerder op haar werk te verschijnen. Ze betwijfelde of Doroteia haar geloofde, maar ze had haar in elk geval geen strobreed in de weg gelegd. Cesária was van huis vertrokken in haar werkkleding, maar onder het zadel van haar scooter had ze gisteravond al de kleding en make-up verstopt die ze vandaag nodig had. Het benzinestation in de buurt sloeg ze over, het zou te veel opvallen als ze zich daar zou omkleden. Halverwege haar route zat er nog een; daar zou ze haar scooter volgooien en haar werkkloffie verruilen voor een passender jurkje en zwarte pumps. Maar haar eerste stop was de overdekte markthal in Loulé.

Het marktgebouw stamde uit 1908 en was gebouwd in Moorse stijl. Het was een geliefde bezienswaardigheid voor toeristen. Bij een van de honderd stalletjes zou ze Easter Cake kopen. De zoete caramelcake moest dienstdoen als ontbijt. Ze reed de stad binnen via de Porta da Igreja en zocht zich een weg door de smalle straatjes naar het centrum. Ze parkeerde haar scooter bij de markthal en liep naar binnen. Ze haalde haar neus op toen ze langs de kraampjes met vis achter in het gebouw liep. Gebakken vond ze het heerlijk, maar aan de geur van rauwe vis zou ze nooit wennen. Via de slagers aan de rand van de markt liep ze naar het midden waar zich de kraampjes met groente, fruit en zoetigheid bevonden. Ze rekende de Easter Cake af en kocht vast een paar sinaasappels, vijgen en een croissant voor de lunch. In gedachten hoorde ze Anoek jaloers zuchten toen ze haar tanden in de zoete cake zette. 'Jij kunt ook werkelijk alles eten zonder dik te worden,' zei haar vriendin regelmatig.

Cesária was inderdaad gezegend met een prachtig figuur en ze hoefde er, in tegenstelling tot Anoek, geen enkele moeite voor te doen om haar slanke lijn vast te houden. Ondanks haar knappe verschijning had Cesária niet bijster veel zelfvertrouwen. Dat had te maken met de neerbuigende manier waarop mensen uit haar 'milieu' werden behandeld. Als mannen zich omdraaiden om haar na te kijken als ze voorbijliep, dacht ze in eerste instantie altijd dat het was om haar uit te lachen. Inmiddels had ze wel steeds meer door dat ze mannen met haar uiterlijk kon bespelen om dingen voor elkaar te krijgen. Het was niet de vorm van respect waar ze zo naar hunkerde, maar ze zag het als een middel om haar grote doel, een beter leven voor haar en haar moeder, uiteindelijk te bereiken. Ze wilde verder komen in het leven, een universitaire studie volgen, en was niet van plan om voor eeuwig boven een emmer sop te hangen en de troep van een ander op te ruimen. Het A4'tje dat ze een paar dagen geleden via het castingbureau toegestuurd had gekregen, brandde in haar broekzak. De tekst die erop stond spookte al twee dagen onophoudelijk door haar hoofd.

Cesária herkauwde nog steeds haar eerste hap van de cake toen ze de markthal weer uit liep. De zenuwen voor vandaag zaten haar hongergevoel behoorlijk in de weg, maar toch slikte ze de hap dapper door en nam een volgende. Ze kon het niet hebben dat ze straks een flauwte kreeg. De zoetigheid verdreef het gammele gevoel uit haar lijf. Ze snakte naar een stevige kop koffie, maar besloot niet aan het verlangen toe te geven. Bang dat de bruinige aanslag op haar tong niet op tijd verdwenen zou zijn. Toen ze de cake eindelijk had verorberd, pakte ze een flesje water uit haar scooter en spoelde de plakkerige resten weg. Een kauwgompje moest de rest doen. Ze startte haar scooter en reed weg.

Loulé kwam intussen steeds meer tot leven en een paar keer moest ze zich slalommend een weg banen langs voetgangers. Het vertraagde haar tempo enorm en ze was dan ook blij toen ze de smalle straatjes kon verruilen voor de doorgaande weg. Op naar het benzinestation en dan...

De zenuwen krioelden weer in volle hevigheid door haar buik.

De zon scheen al volop over het afgehuurde campingterrein waar Cesária haar scooter parkeerde. Ook vandaag zou het weer een bloedhete dag worden. Ze liet haar ogen over de rij witte trailers gaan, in de hoop bekende gezichten te zien. Eigenlijk was ze maar op zoek naar één gezicht. Dat van Robert. Mensen renden opgewonden af en aan over het veld. Zenuwachtig trok ze haar jurkje recht en veegde wat zand van haar schoen voordat ze zich mengde in de hectiek. Niemand leek acht op haar te slaan totdat ze op haar schouder werd getikt. Ze draaide zich om en keek recht in de ogen van Mees.

'Mees? Wat doe jij hier?' stotterde ze, terwijl haar wangen kleurden.

'Dag, Cesária. Hoe gaat het met je?'

'Goed. Uitstekend zelfs. Met jou?'

Mees stak zijn duim op. 'Ik ben runner op de filmset. Manusje-van-alles, gastheer.' Hij stak zijn hand uit en raakte voorzichtig de beurse plek bij haar oog aan. Ze deinsde terug.

'Daar moeten we nog maar even wat aan doen. Heeft Ricardo dat gedaan? Is hij weer in de picture?'

'Gevallen met mijn scooter, niks ernstigs.'

Mees keek haar met een schuin oog aan. 'Wat je anderen wijsmaakt moet je zelf weten, maar tegen mij kun je toch wel eerlijk zijn? Was het Ricardo?'

Ze schudde ontkennend haar hoofd.

'Waarom blijf je hem toch verdedigen?' Zijn stem werd zachter. 'Hij is niet goed voor je. Laat mij... laat mij voor je zorgen. Ik hou nog steeds van je.'

Hij probeerde haar hand te pakken, maar ze stond het niet toe. 'Het is voorbij, Mees. Dat zou je na een jaar toch wel moeten weten. Heb jij soms geregeld dat ik hier mag zijn?'

Schuldbewust keek hij naar de grond.

'Ik hoef je liefdadigheid niet.'

'Het is geen liefdadigheid. Je bent hier geknipt voor.'

'Voor de rol van hoertje? Je wordt bedankt.' Boos draaide ze zich om.

'Ik heb je misschien een beetje voorgedragen. Maar mijn vader heeft zelf de beslissing genomen,' riep hij haar na. 'Hij was erg gecharmeerd van je castingfoto's. Kom op Cé, je moet toch ergens beginnen? Je wilt toch verder komen? Wie weet waar dit toe leidt?'

'Hou alsjeblieft je mond. Je maakt het alleen maar erger,' snauwde ze hem over haar schouder toe. Ze liep weg met een wee gevoel in haar maag. Als zijn vader de castingfoto's had gezien, dan gold dat waarschijnlijk ook voor Mees. Had het castingbureau ook de naaktfoto's laten zien? Het idee dat een van haar naaktfoto's onder Mees' hoofdkussen lag... Ze bande de gedachte uit haar hoofd. Sommige dingen kon je maar beter niet weten.

'Cé, wacht nou even.' Hij haalde haar in.

'Ik ben je Cé niet meer.'

'Oké, je hebt je punt gemaakt. Maar dat verandert niets aan het feit dat we wel professioneel met elkaar moeten samenwerken de komende dagen. Kun je dat?'

'Uiteraard.' Ze schonk hem een gemaakt lachje.

Hij verborg zijn gezicht achter zijn handen en toen hij ze weghaalde was zijn uitdrukking veranderd.

'Wat doe je?'

'Ik zet mijn zakelijke gezicht op.' Onbedoeld moest ze glimlachen. Mees was een lieverd en ze had een leuke tijd met hem gehad, maar haar verliefdheid was van korte duur geweest. Hij was té lief en daar kreeg ze de kriebels van. Mees was niet uitdagend genoeg voor haar. Hoe handig het soms ook zou zijn, ze kon haar hart niet sturen. Ze viel nou eenmaal op stoerdere types zoals haar ex Ricardo. Of Robert. Ze had hem nog steeds niet gezien. Hij was zich vast aan het voorbereiden. Emma was ook nog nergens te bekennen. Zouden ze samen in een van de trailers zitten? Een steek van jaloezie ging door haar buik.

'Kom, ik stel je voor aan Terry Davis, de regisseur.' Mees pakte haar zachtjes bij haar arm en ze stond het toe. Worstelen met de runner was niet goed voor haar imago. Dit was puur professioneel. Mees nam haar mee naar een klein kalend mannetje dat driftig met zijn armen stond te zwaaien en tekeerging tegen iedereen die hem in de weg liep.

'Hij heeft een beetje een aparte persoonlijkheid, maar hij is de beste in zijn vak,' fluisterde Mees haar toe. 'Zijn hart is net zo klein als zijn postuur.'

Cesária lachte.

'Terry!'

'Wat?' De man draaide zich ogenblikkelijk om. Zijn gezicht was rood aangelopen van alle drukdoenerij. 'Wat is dit nou weer?' snauwde hij Mees toe terwijl hij naar Cesária keek.

'Je hoertje,' antwoordde Mees met een grote glimlach op zijn gezicht.

Cesária gaf hem een por in zijn zij. De regisseur ging op zijn tenen staan en wees op Cesária's oog. Ze was blij dat haar jurkje lang genoeg was om de korstjes op haar knieën te verbloemen.

'Hier kan ik niks mee,' wuifde de regisseur haar weg. 'Zoek een andere hoer!'

'Kom op, Terry,' probeerde Mees hem te sussen. 'We kunnen er best iets van maken.'

Terry had zich echter alweer omgedraaid en luisterde al niet meer. Cesária voelde een brok opkomen in haar keel. De teleurstelling droop van haar af. Haar filmcarrière was al afgelopen voordat hij begonnen was. Wat een afgang. Ze wilde achter Terry aan lopen, maar Mees hield haar tegen. 'Beter van niet. Ik praat zo wel met hem. Als zoon van de producer heb ik nog wel enige invloed. Kom, ga daar even zitten.' Hij wees naar een paar klapstoelen verderop. 'Ik maak een kop thee voor je, goed? Drink je het nog steeds met honing?'

'Ja,' antwoordde ze benepen.

'Misschien moet je je "scooter" toch even vragen of hij wat liever voor je wil zijn. Ik neem tenminste aan dat het een "hij" is.'

Cesária keek hem met betraande ogen aan. 'Het was echt een ongeluk.'

'Je neus wordt langer, mij maak je niks wijs. Ik ga thee voor je halen. Ben zo terug.'

Mees rende weg. Nu ze even alleen was, besefte ze pas goed wat er gebeurd was. Ze had het verpest. Ze had zich beter moeten opmaken. Woede welde in haar op toen ze terugdacht aan die avond. Het was niet haar schuld dat ze nu was weggestuurd. *Die klootzak had dit gedaan! Hij was verantwoordelijk.* Ze was zo in gedachten verzonken dat ze niet gemerkt had dat er iemand naast haar was komen zitten.

9

‘*Hello beauty, good to see you again.*’

Cesária keek op, recht in de ogen van Robert. Zijn gezicht was al flink gepoederd en hij had dunne zwarte lijntjes onder zijn ogen. Hij leek te schrikken van haar gezichtsuitdrukking en begon meteen zijn excuses te maken.

‘Sorry dat ik op dat feestje niet meer terug ben gekomen voor een drankje. Het werd te laat en ik moest de dag erna vroeg op.’ Terwijl hij nog bezig was met zijn excuses aan te bieden, barstte Cesária in huilen uit.

‘Het spijt me, Cesária, ik had je moeten bellen of appen. Echt sorry. Stom van me.’

De huilbui werd alleen maar erger. ‘Dat is het niet,’ snikte ze. ‘De regisseur heeft me zojuist weggestuurd, nog voordat we begonnen waren.’

‘Terry? Waar is die mee bezig? Waarom?’ Robert sloeg een arm om haar heen.

‘Ik heb na het feest een ongeluk gehad met mijn scooter en mijn oog is nog een beetje blauw.’ Robert boog zich voorover en bekeek haar gehavende oog, terwijl de tranen over haar wangen stroomden.

‘Nou, dat is niet onoverkomelijk lijkt me. Met een flinke laag plamuur moet dat weg te werken zijn.’ Hij trok haar weer tegen zich aan. Op dat moment kwam Mees aanlopen met thee. Zijn gezicht vertrok toen hij Robert en Cesária zag zitten en hij hield zijn pas in.

‘Goedemorgen, Mees, je komt als geroepen. Dit meisje kan

wel een kop thee gebruiken.' Robert liet Cesária los en stond op. 'Ik ga wel even met Terry praten. Waarschijnlijk had hij nog geen koffie gehad, dan is hij nooit op zijn best. Let jij even op haar voor me?'

Robert gaf Mees een vriendschappelijke klap op zijn schouder. Mees knikte met tegenzin en gaf Cesária haar thee. Hij meed oogcontact met haar. Zwijgend ging hij naast haar zitten met zijn eigen kop. Cesária droogde haar tranen. 'We zouden toch professioneel met elkaar omgaan?'

'Het zou fijn zijn als je met de andere mensen hier ook professioneel omgaat,' reageerde hij afgemeten.

'Ik was overstuur en hij troostte me.'

'Denk maar niet dat jij het enige meisje bent dat hij "troost". Hij heeft nogal een reputatie. Dat je het maar weet.'

'Mees, doe nou niet zo moeilijk. Ik kan heel goed zelf bepalen met wie ik omga.'

'Ja, dat blijkt,' zei hij cynisch.

'Wat bedoel je daarmee?'

Hij stond op en wees naar haar oog. Toen liep hij weg.

Cesária slaakte een diepe zucht. Dit zou op deze manier een heel lange dag worden. Tenminste, als Robert Terry ervan kon overtuigen om haar nog een kans te geven. Ze keek naar het duo dat verderop in een verhit gesprek verwikkeld was. Terry stond op ontploffen. Haar zenuwen namen toe en ze zocht afleiding in het voor de zoveelste keer doorlezen van haar *call sheet* en de synopsis van de film.

Filmtitel: Let Me Love You

De relatie tussen Daniel en Kate loopt al een tijd niet lekker. Door hun drukke banen hebben ze nauwelijks tijd voor elkaar en leven ze compleet langs elkaar heen. In een ultieme poging om hun relatie te redden, boeken ze een romantische vakantie naar Portugal. Ze hopen dat de zon, zee en een verandering van omgeving hun liefde weer doen opvlammen. In eerste instantie lijkt het te werken, maar dan gaat het mis. Als Kate terugkomt van een middagje winkelen, treft ze Daniel in bed aan met het bloedmooie kamermeisje dat ook wat bijverdient als callgirl. Kate pakt haar spullen en vertrekt naar een ander hotel. Nu Daniel haar echt voorgoed kwijt dreigt te raken, realiseert hij zich hoe stom hij is geweest en hoeveel hij van Kate houdt. Hij wil er alles aan doen om haar liefde en vertrouwen weer terug te winnen.

Cesária keek op van haar papier toen ze Terry hoorde schreeuwen. Ze ving flarden op als 'rol uit het script schrijven' en 'wegwezen'. Haar laatste beetje hoop vervloog en ze scheurde het A4'tje met de synopsis en haar tekst aan flarden. Ze stond op en liet de snippers liggen. Met hangende schouders liep ze weg. Ze was de trailers al gepasseerd en vlak bij de rand van het terrein, toen ze iemand haar naam hoorde brullen. Robert kwam naar haar toe rennen.

'Waar ga je heen?' hijgde hij.

'Naar huis.'

'Ben jij gek? Ik heb het geregeld met Terry. Ik heb wat gepaste druk op de ketel gezet.' Hij glimlachte ondeugend.

'Wat heb je gezegd dan?'

'Dat hij zijn hoofdrolspeler kwijt is als hij jou vandaag geen kans geeft.'

Cesária keek hem ongelovig aan. 'Waarom zou je dat doen? Waarom zou je je rol in gevaar brengen voor mij?'

'Omdat ik vind dat je een kans verdient. Bovendien wil ik weleens weten hoe je zoent.' Hij gaf haar een knipoog en lachte zijn stralend witte tanden bloot. Cesária bloosde verlegen. Voor dat gedeelte was ze de afgelopen dagen nog het meest zenuwachtig geweest. Hoe ging dat, zoenen in een film? Ze durfde het niet aan Robert te vragen, bang dat hij haar zou uitlachen.

'Niet zo zorgelijk kijken. Ik neem de leiding en jij volgt.' Weer gaf hij haar een knipoog. Ze kreeg het er warm van.

'Kom.' Hij stak zijn hand uit en ze pakte hem aarzelend aan. 'Mees gaat je naar de grime brengen en ik ga me vast klaarmaken voor de mise-en-scène.'

'Uhm, wat is dat?'

'Een stukje enscenering van alles wat zich voor de camera bevindt: de acteurs, belichting, kostuums, make-up, decors enzovoort. Volg je me nog, want je kijkt alsof je het in Keulen hoort donderen,' zei Robert lachend. 'Ik zal een voorbeeld geven. Voor deze film draaien we zowel op buitenlocaties als in een decor. De belichting moet voor binnenopnames anders worden afgesteld dan voor buiten omdat lamplicht een andere kleur heeft dan het licht van de zon. Dat kun je doen door te "witten". Dat betekent dat de kleur wit zo moet worden ingesteld dat hij binnen en buiten hetzelfde is.'

'Ik denk dat ik het begrijp. En voor het afstellen van het licht hebben ze jou nodig in het decor?'

'Heel goed. Ik ga me zo inderdaad met Emma in het decor begeven zodat de belichting kan worden gefinetuned. Grime verbergt een hoop oneffenheden, maar alleen als het licht niet te fel staat afgesteld.' Robert grinnikte. 'En ik ga met Emma voor de camera vast wat loopjes en bewegingen oefenen voor de scènes die we vandaag moeten spelen zodat de takes straks soepel verlopen.'

Bij het horen van Emma's naam voelde Cesária weer een steek van jaloezie door haar lijf trekken. 'Waar is Emma eigenlijk? Ik heb haar nog nergens gezien.' *Zeg alsjeblieft niet dat ze in je trailer is.*

'Ik denk dat haar grimeuse de laatste hand aan haar legt. Je moet één ding weten over Emma: ze komt standaard te laat. Het is nogal een diva. Maar wel een leuke.'

Robert kreeg een vertederde blik in zijn ogen en Cesária voelde een brok zoete Easter Cake omhoogkomen. Het spul lag haar ineens heel zwaar op de maag. Robert had niks in de gaten.

'Cesária, grime!' schreeuwde Mees van een afstandje. Zijn gezicht stond nog steeds op onweer.

'Zie je straks.' Robert kneep nog even bemoedigend in haar hand en liet haar toen los. Zonder om te kijken ging hij zijn eigen weg.

Met enige tegenzin volgde Cesária Mees naar de grime waar inderdaad, zoals Robert al had voorspeld, de laatste hand werd gelegd aan Emma. Ze zag er weer prachtig uit. Emma begroette Cesária met een flauw glimlachje.

'Dag, Emma. Wat zie je er mooi uit.' Bewonderend keek Cesária naar de actrice.

'Ik ben ook ooit begonnen met een piepklein rolletje omdat iemand me een kans wilde geven. Ik heb keihard gewerkt om te komen waar ik nu ben.'

Cesária wachtte tot Emma haar praatje zou vervolgen, maar dat gebeurde niet. Moest ze dit nou opvatten als een aanmoediging, omdat Emma het vanuit het niets ook ver had geschopt? Of was het juist een vinnige sneer dat ze niet moest denken dat ze bijzonder was en dat ze vooral ook niet moest proberen om Emma's plek in te nemen? Ze besloot het op te vatten als een hart onder de riem en ze lachte vriendelijk naar Emma. De actrice gaf haar een zuinig lachje terug en stond op uit de make-upstoel. De grimeuse liep achter Emma aan.

'Robert wacht op je in het decor,' liet Mees Emma weten. Ook hij liep een stukje met haar op, waardoor Cesária alleen in de make-up- en kleedruimte achterbleef. Of en wanneer de grimeuse zou terugkomen, was haar een raadsel. Vol bewondering bekeek ze de doos met oogschaduw die in het vertrek stond. Ze had er geen idee van dat er zoveel verschillende kleuren waren.

'Zit er wat voor je bij?'

Bij het horen van de mannenstem kromp ze ineen. Verschrikt keek ze om. De visagist van het castingbureau kwam naar haar toe lopen met een vileine grijns op zijn gezicht. Cesária wilde langs hem heen wegvluchten, maar hij greep haar bij haar arm.

'Zitten!' siste hij haar toe.

'Wat doe jij hier?'

'Werken. Ik ben freelancer. Je zult het de komende dagen met mij moeten doen. Tijd voor Ado om een rekening te vereffenen.' Hij woelde met zijn vingers door haar haren wat haar kippenvel bezorgde. Ze had gehoopt hem nooit meer te zien. Hij pakte haar gezicht tussen zijn handen en boog naar haar toe. Ze probeerde weg te draaien.

'Ik zou het uit mijn hoofd laten als ik jou was. Of je werkt mee, of ik zorg ervoor dat je er vandaag nog uit vliegt.' Voorzichtig liet hij zijn vinger over de huid rond haar oog gaan. 'Daar maar mee beginnen lijkt me zo. Maar eerst mag je je omkleden.'

Hij pakte een setje kleren van het kledingrek en gaf het haar. Ze wilde naar het passcherm lopen, maar hij hield haar tegen. 'Jij hebt toch niks meer te verbergen voor mij? Dat scherm is nergens voor nodig. Ik kijk elke dag naar je foto's.'

Dus dit was zijn manier om haar te straffen voor de afwijzing en de grote mond die ze hem die middag bij het castingbureau had gegeven. Met een van woede vertrokken gezicht pakte ze de kleding aan. Het bestond uit een kort zwart-wit jurkje met een wit schort en haarband. Ze sprong een gat in de lucht toen ze de donkerzwarte panty zag. Op die manier zouden de korsten op haar knieën aan het zicht worden onttrokken.

'Gaat alles goed hier?' Mees kwam binnenlopen en Cesária maakte van de gelegenheid gebruik om snel achter het kamerscherm te verdwijnen.

'Prima. Ze gaat zich nu omkleden en dan beginnen we met de make-up,' hoorde ze Ado antwoorden.

'Een laagje extra bij haar oog, hè?'

'Komt in orde.'

Cesária trok de panty aan en wurmde zich in het jurkje. Ze moest die verrekte kleren aanhebben voordat Mees de ruimte weer verliet. Vlug trok ze de panty en het jurkje recht. De kleding voelde ongemakkelijk en over de top, in het echte leven zou ze echt nooit in dergelijke kleding gaan schoonmaken. De mensen voor wie ze werkte zagen haar aankomen! Het grootste gedeelte dan. Er waren ook een paar adressen waar ze in deze kleding niet veilig zou zijn voor de mannen des huizes.

Aarzelend stapte ze achter het passcherm vandaan. Ado knikte goedkeurend en ze hoorde Mees zachtjes fluiten. Ze meed zijn starende blik en keek verlegen weg. Uitnodigend klopte Ado op de make-upstoel; Cesária bad dat Mees nog even zou blijven, maar hij verliet de ruimte toen zij plaatsnam op de stoel.

'Mondje dicht, hè? Anders weet ik je te vinden.' Hij woelde met zijn vingers door haar haren en keek haar via de spiegel strak aan.

10

Ik open met een druk op de knop het dak van mijn rode BMW cabrio en verwelkom de wind in mijn haren. Ik heb het 'bakkie', zoals mijn vader het graag mag noemen, gekregen voor mijn achttiende verjaardag. In Nederland rijd ik zo'n zelfde auto, maar dan zilverkleurig. In eerste instantie vond ik het nogal overdreven dat mijn vader zowel in Nederland als in Portugal een auto voor me heeft gekocht, maar inmiddels moet ik toegeven dat het toch ook wel erg gemakkelijk is. Ik kan gaan en staan waar ik wil en dat doe ik ook.

Tom Verbeek heeft me uitgenodigd om op de filmset van *Let Me Love You* langs te komen. Hij en ik raakten aan de praat tijdens het feestje van Johan de Leeuw en hij vroeg me of ik het leuk zou vinden om een keer te komen kijken als ze goed en wel waren opgestart. Aangezien ze er nu al een paar draaidagen op hebben zitten, belde hij dat het vandaag goed uitkomt. Ik krijg een rondleiding op de set en mag achter de schermen meekijken bij de opnames.

Die acteurs en zo dat geloof ik wel, maar ik ben heel erg geïnteresseerd in het camerawerk. Sinds mijn vijftiende houd ik me bezig met fotografie. Het vastleggen van momenten, van mensen vind ik geweldig. Spelen met belichting en compositie. Ik ben steeds op zoek naar het perfecte plaatje. Cesária wordt regelmatig gek van me als ik haar smeek om weer even model voor me te staan. Had ze maar niet zo prachtig moeten zijn. Maar ik maak me er wel zorgen over dat ik nog steeds niets van haar heb gehoord, zeker na het gesprek met haar moeder. Het is niks voor haar om niet te reageren op mijn berichtjes. Misschien moet ik vanavond toch nog maar even bij haar langsgaan om te zien of alles goed met haar is.

Vandaag zou leuk moeten worden, vooral ook omdat ik Mees daar waarschijnlijk tegenkom. Ik hoorde van Tom dat hij de runner is. Eigenlijk verbaast me dat een beetje, omdat hij zich altijd fel afzet tegen zijn vader en diens werk als filmproducent. Stoerdoenerij waarschijnlijk, anders zou hij dit baantje wel geweigerd hebben. Voor het geld hoeft hij het niet te doen.

Ik rijd het plaatsje Sagres binnen. Van daaruit is het nog zes kilometer naar de Kaap Sint-Vincent, het zuidwestelijkste puntje van het Europese vasteland. Ik ken de route uit mijn hoofd want ik ga hier wel vaker met een flesje wijn naar de zonsondergang kijken. Meestal alleen met mijn camera, maar soms neem ik vrienden of Marie mee. De plek staat ook wel bekend als Het einde van de wereld, omdat het woongebied abrupt eindigt in een vijftig meter hoog klif. Als je daar staat is er in de wijde omtrek alleen maar zee te zien. Het overweldigt me nog steeds als de golven met donderend geweld tegen de rotsen klappen. Vaak loop ik ook nog even door naar de uiterste punt. Naast de ruïnes van een fort dat ooit door een tsunami is verwoest, staat daar ook een van de bekendste vuurtorens ter wereld. De lucht rond die plek zindert van de historie. Er zijn maar liefst negen zeeslagen uitgevochten en er staat zelfs nog een oud kanon. Als ik mijn ogen dichtdoe, dan zie ik het allemaal zo voor me.

Tom vertelde me op het feestje dat ze zullen gaan draaien bij Het einde van de wereld. Emma en Robert moeten er een romantische scène spelen, geloof ik. Mijn enthousiaste reactie heeft hem geloof ik doen beslissen mij uit te nodigen op de set. Hij denkt dat ik Emma en Robert graag wil zien spelen en ik heb hem maar in die waan gelaten. Ik ben alleen geïnteresseerd in hoe de cameramensen die prachtige plek in beeld gaan brengen. Of ze de reflectie van de zon in het water levensecht kunnen vangen, zoals ik dat al tijden probeer met mijn fotocamera. Ik hoop vandaag wat nieuwe dingen te leren die ik kan gebruiken bij het fotograferen.

Ik parkeer mijn auto bij het rood-witte afzetlint aan het begin van het leistenen pad. Een boze toerist is in een discussie verwikkeld met een beveiliger die onbevoegden moet weghouden van de filmset. Ik loop naar zijn collega en meld me aan. Mijn naam staat zowaar keurig op het lijstje met gasten van die dag en hij zet er een krulletje voor. Hij speldt me een badge op en praat wat in zijn walkietalkie. Ik mag achter het afzetlint komen staan, waar ik moet wachten tot iemand me komt halen. De toerist begint nog harder te mopperen als hij ziet dat ik wel verder mag. Ik glimlach triomfantelijk naar hem, ik kan het niet laten.

In de verte komt Mees aanlopen. Zijn haar lijkt elk jaar blonder te worden en zijn huid heeft weer die mooie gebronsde teint. Ik zwaai naar hem en hij zwaait enthousiast terug als ik hem tegemoetloop. We omhelzen elkaar halverwege het pad.

'Noekie, wat fijn je te zien!' Hij drukt me tegen zich aan zoals een broer bij een zus zou doen. Ik leg mijn handen op zijn klamme rug en sluit mijn ogen. Hij laat mij net iets eerder los dan ik hem. Dat ene extra momentje koester ik en het had van mij een eeuwigheid mogen duren.

'Cesária heeft het goed gedaan de afgelopen dagen. Ze heeft echt talent.'

'Cesária? Wat bedoel je?' Ik kijk hem vragend aan.

'O, ben je niet hier om haar te zien?'

'Eh, nee. Wat bedoel je nou precies?'

'Heeft ze je het niet verteld?'

'Wat niet?'

'Van haar rolletje in de film.'

'Hè?! Ze heeft me helemaal niets verteld, sterker nog: ik

probeer haar al dagen te pakken te krijgen maar ze reageert niet op mijn telefoontjes.'

'Ze was de afgelopen dagen druk met andere dingen. Ze speelt het kamermeisje alias de callgirl met wie Daniel in de film een slippertje maakt.'

'Ik wist helemaal niet dat ze ambities had richting de filmwereld. Wanneer heeft ze dan auditie gedaan?'

'Niet. Tom vond haar geknipt voor deze rol en heeft haar met goedkeuring van Johan de rol aangeboden. Als ze dit goed doet, en dat doet ze, dan wil Tom misschien haar agent worden. Hij ziet wel wat in haar. Maar ja, wie niet,' laat hij er zachtjes op volgen.

Terwijl ik Mees' woorden op me laat inwerken, sla ik een arm om hem heen. 'Je vindt haar nog steeds leuk, hè?'

Hij knikt. 'Ik maak geen schijn van kans. Mr Hollywood heeft een oogje op haar. Toen hij die bedscène met haar moest spelen, ben ik even ergens anders gaan staan. Ik kon het niet aanzien.'

'Ik weet dat Cesária Robert leuk vindt,' bevestig ik zijn angstige vermoeden.

'Ik maak me zorgen,' zegt Mees ineens. 'Ik ben bang dat ze weer rommelt met die Ricardo.'

'Waarom denk je dat?'

'Op haar eerste draaidag werd ze bijna meteen ontslagen omdat ze een blauwe plek onder haar oog had. Ze blijft bij hoog en bij laag volhouden dat ze gevallen is met haar scooter, maar ik geloof er eerlijk gezegd niets van. Die Ricardo heeft altijd al losse handjes gehad.' Hij wrijft in gedachten verzonken over zijn kaak, die nog niet eens zo lang geleden zelf in aanraking is gekomen met de vuist van Ricardo.

'Het was ook niet zo slim om zijn vriendinnetje af te pakken,' grinnik ik.

'Hmm,' is zijn enige antwoord.

'Cesária heeft een bloedhekel aan Ricardo sinds hij haar een keer een optater heeft verkocht. Ik kan me niet voorstellen dat ze daar nu anders over denkt. Waarom denk je dat ze weer met Ricardo omgaat?'

'Ik heb hem hier al een paar keer zien rondhangen.'

'Dat hoeft nog niks te betekenen. Een filmploeg is hier geen alledaagse kost, daar komen mensen op af, daar loopt het dorp voor uit. Ik weet zeker dat Cesária het me zou vertellen als ze weer wat met Ricardo had en dat heeft ze niet gedaan.'

'Je wist ook niet dat ze in de film speelt.'

'Touché. Ik snap eerlijk gezegd ook niet waarom ze daar zo geheimzinnig over doet.'

'Ik denk dat ze zich schaamt voor de rol die ze heeft. Je weet hoe belangrijk ze respect vindt en een prostituee roept dat nou niet direct op bij mensen.'

'Ik zal haar zo eens flink uithoren, oké?'

Mees drukt me nog even tegen zich aan. Een klein driftig ogend mannetje roept zijn naam.

'De plicht roept, ik kom je zo nog wel even een flesje water brengen.' En weg is hij.

Op mijn dooie akkertje loop ik verder. Het duurt niet lang voordat ik Cesária zie staan. Ze draagt een skinny jeans en een strak wit topje. Wow, wat ziet ze er goed uit. Als ik op vrouwen zou vallen, zou ik verliefd op haar worden. Ik fluit op mijn vingers en ze schrikt zichtbaar. Mijn fluitje herkent ze uit duizenden. Ze draait zich zo snel om dat ze bijna struikelt. Ik zwaai enthousiast om haar te laten weten dat ik niet boos ben omdat ze niks van zich heeft laten horen. Ze lijkt wat te ontspannen en er verschijnt een lach op haar gezicht.

'Wat doe jij hier nou?' vraagt ze, terwijl ik haar een zoen op haar wang geef.

'Dat kan ik beter aan jou vragen.'

Cesária wordt rood en begint te hakkelen.

'Laat maar, ik heb Mees al gesproken,' help ik haar op weg.

'O,' zegt ze opgelucht. Ik kijk onderzoekend naar haar oog.

Ze heeft het in de gaten en kijkt naar de grond.

'Scooterongeluk, toch?' vraag ik langs mijn neus weg.

'Kun je het nog steeds zien?' vraagt ze bezorgd.

'Je bent goed geschminkt,' stel ik haar gerust.

'Maar, eh, wat doe je hier?' vraagt ze nogmaals.

'Tom heeft me uitgenodigd om een dagje mee te kijken achter de schermen.' Ik haal mijn camera uit mijn tas en maak snel een foto van haar. 'Ik hoop dat de cameramensen me iets kunnen leren over belichting. En ik ben natuurlijk razend benieuwd hoe mijn vriendin het doet op het witte doek.'

Ze grimast. 'Mees heeft je zeker wel verteld welke briljante rol ik speel?'

'Zoent ie lekker?' vraag ik samenzweerderig. Ze bloost weer.

'Ik ben verliefd,' zegt ze zachtjes in mijn oor. 'Hij is echt *heaven*.'

'Vindt hij jou ook leuk?'

'Ik denk het wel, maar we hebben nog niet veel tijd gehad om elkaar privé te leren kennen. Steeds als ik even alleen met hem ben, komt Emma erbij staan en Mees is ook steeds in de buurt.'

'Denk je dat Mees nog steeds verliefd op je is?'

'Dat denk ik niet alleen, dat is zo. Hij heeft gezegd dat hij nog steeds van me houdt.'

Er gaat een steek door mijn buik, ik kan er niks aan doen. 'Is Emma jaloers op je?'

'Ze vindt het in elk geval niet leuk als ik met Robert alleen ben.'

'Hoe is ze verder?'

Cesária haalt haar schouders op. 'Soms wel aardig, soms niet. Ze kan best wel bitchy zijn, vooral 's ochtends, maar later op de dag is ze wel oké. Ochtendhumeur en zenuwen voor de opnames denk ik. Het is ook zwaar, we draaien lange dagen.'

'Ik wist helemaal niet dat je een filmcarrière ambieerde?'

'Doe ik ook niet. Het is een manier om verder te komen.

Hebben we het straks wel over. Ik moet zo aan de bak. Die regisseur is echt een slavendrijver. Ik wil hem niet bozer maken dan hij al is.'

Uit haar woorden maak ik meteen op dat het kleine opgewonden mannetje verderop de regisseur moet zijn. 'Oké, spreek je later.'

Cesária snelt weg, terwijl Tom mijn richting uit komt lopen. Hij zoent me gedag en heet me welkom.

'Kom, ik stel je voor aan de cameraman die vandaag de belangrijkste shots gaat doen.'

11

Ik kijk met de cameraman mee door zijn afkijkscherm en luister naar zijn aanwijzingen. Robert staat al klaar bij een klif. De camera vreet hem op. Hoewel hij niet mijn type is, snap ik wel dat Cesária helemaal hoteldebotel van hem is. De zon zet hem in een bijna hemelse gouden gloed. Hij kijkt dromerig naar de golven die beneden tegen de rotsen slaan. De stroming is op sommige plekken extreem sterk en de golven soms metershoog.

'*Mees, get Emma!*' brult de regisseur. Een paar minuten later komt hij met de actrice terug. Er parelt zweet op Emma's voorhoofd en ze kijkt alsof ze elk moment moet spugen. Iemand snelt toe en dept de druppels van haar gezicht. Haar make-up wordt ter plekke bijgewerkt.

'Wat is er met haar aan de hand?' vraagt de regisseur geërgerd.

'Misselijk,' mompelt Emma. 'Ik weet niet wat ze in mijn thee hebben gedaan.' Ze lacht en krimpt meteen in elkaar met haar handen op haar buik. 'Geef me even een minuutje.'

De bleekheid van haar gezicht dringt zelfs door haar make-up heen. Alsof de duivel haar op de hielen zit, rent ze naar de toiletwagen die verderop naast de kleine vrachtwagen van de cateraar geparkeerd staat. De regisseur gooit zijn handen in de lucht. Een uitgebreid palet aan Amerikaanse vloeken verlaat zijn mond terwijl hij ijsberend over de set loopt.

Tien minuten later komt Emma weer aanrennen, zichtbaar opgelucht. Weer wordt ze bijgepoederd en ze lacht lieflijk naar de regisseur. De opnames van de eerste take beginnen en ik probeer zo stil mogelijk te ademen, bang dat ik de opnames verstoor omdat ik zo dicht bij de camera sta. Robert staat op het klif en staart met een zorgelijk gezicht naar de zee. Emma loopt naar hem toe en hij draait zich om. Zijn gezicht klaart op.

'Je bent gekomen.' Hij pakt haar handen vast en kijkt haar hoopvol aan.

'Wij horen bij elkaar, Daniel, zoals de zon hoort bij de maan.'

Robert fronst.

'Cut! Foute tekst!' De regisseur staat op uit zijn stoel. Emma kijkt hem verbaasd aan.

'Wat bedoel je, foute tekst?'

'Precies wat ik zeg: dat is niet wat er in het script staat! De tekst is: "Ik twijfel nog steeds of ik er wel goed aan doe om hier te zijn."'

Hij tikt vinnig op het ingebonden filmscript in zijn hand. Emma loopt naar hem toe en trekt het uit zijn handen.

'Dit is een totaal andere tekst dan die ik heb gekregen!' Ze klinkt bijna hysterisch.

'Mees!' brult de regisseur.

Mees rent de set op.

'Heb je haar de verkeerde teksten gegeven?'

'Nee, natuurlijk niet,' stamelt hij met een bleek gezicht.

De regisseur duwt hem het script in zijn handen. 'Lees! Is dit de tekst die je haar hebt gegeven?'

'Ja, dit is de tekst. Dat zweer ik.'

'Je hallucineert,' bijt de regisseur Emma toe. Ze kijkt zo ongelukkig dat ik medelijden met haar krijg. Ineens krimpt ze weer ineen en grijpt naar haar buik.

'Breng haar naar een dokter.'

Mees springt meteen in de houding. Zo onderdanig heb ik hem nog nooit gezien. Hij pakt Emma bij haar arm, maar ze slaat hem van zich af. 'Laat me met rust.' Daarna wendt ze zich tot de regisseur. 'Terry, ik kan hier echt niks aan doen, er gaat gewoon van alles mis. Ik krijg verkeerde teksten, ik word ziek na het drinken van thee...'

'Oké, dit is wat we gaan doen,' onderbreekt de regisseur haar. 'We nemen vandaag de laatste scènes met Cesária op. Emma, neem vandaag vrij en zorg ervoor dat je morgen weer helemaal in orde bent.'

'Maar Terry, begrijp je het dan niet? Iemand heeft het op mij voorzien, iemand wil ervoor zorgen dat ik mijn rol niet kan spelen.'

'Wat een klinkklare onzin. Wie zou dat dan willen?'

Emma wil nog wat zeggen, maar krijgt daartoe de kans niet. Terry Davis, regisseur van de film *Let Me Love You* en alleenheerser op de set, priemt zijn vinger in de lucht en daarmee is het gesprek afgelopen. Iemand duwt Cesária, die een ongemakkelijke indruk maakt, de set op. Mees probeert Emma weer mee te nemen, maar ze duwt hem aan de kant en kijkt naar Cesária. Het is geen vriendelijke blik en ze maakt opnieuw aanstalten iets te zeggen, maar dan klapt de regisseur ongeduldig in zijn handen en gaat zitten, terwijl de nieuwe call sheets worden uitgedeeld en iedereen in stelling wordt gebracht.

Een uur later staat de scène tussen Robert en Cesária er goed op. Er waren maar vier takes voor nodig en dat lag niet eens aan Cesária. Ik glim van trots. Mijn vriendin is echt een natuurtalent en bovendien spat ze van het scherm af. Zelfs in het kleine afkijkscherm had het iets magisch. Ik vind het knap hoe snel ze zich het acteren heeft eigen gemaakt, hoewel ik moet toegeven dat het niet echt een veeleisende rol is. Maar mooi wezen is ook een kunst en Robert is zichtbaar onder de indruk van zijn tegenspeelster. Zelfs de regisseur heeft ademloos zitten toekijken. Er lijkt voor het eerst een serene rust over hem te zijn neergedaald. Het is bijna niet meer voor te stellen dat hij een uur geleden nog zo tekeerging.

'Goed gedaan,' zegt hij als Cesária de set af loopt en hij klapt twee keer zuinigjes in zijn handen. Cesária glundert.

Ik loop naar haar toe en steek mijn arm door die van haar. 'Wow, wat was je goed!'

Ze neemt mijn compliment lachend in ontvangst. Als ik omkijk, zie ik dat Robert ons dromerig nastaart. Ik weet zeker dat zijn verlangende blik niet voor mij bedoeld is.

12

'Wat vind jij eigenlijk van Emma?'

We zitten samen op de rand van een klif. Ik met een fles wijn, Cesária drinkt water. Haar benen bungelen vervaarlijk over de rand. Ik krijg er de kriebels van en vraag haar wat naar achteren te gaan zitten. Ze lacht en schuift wat bij de rand vandaan.

'Ik weet het niet zo goed. Ze lijkt me wel oké, voor een actrice die een Hollywoodcarrière ambieert. Hoezo?'

'Ik kreeg het gevoel dat zij mij verantwoordelijk houdt voor dingen die fout gaan op de set, zoals met dat verkeerde script.'

Cesária heeft Emma's vreemde reactie op de set dus ook opgemerkt.

'Maar dat is toch onzin? Waarom zou je dat doen?'

'Als er echt iemand iets in haar thee heeft gedaan om haar misselijk te maken, zou dat dan Mees kunnen zijn geweest?'

'Hè?! Wat?!'

'Zou Mees Emma proberen te dwarsbomen?' vraagt Cesária aan me. Aan haar stem kan ik horen dat ze hoopt dat ik nee zeg. 'Hij is verantwoordelijk voor het uitdelen van de scripts aan de acteurs. En hij zorgt ook voor water en thee en dergelijke voor Emma. Als iemand dus Emma iets heeft aangedaan, zou hij het wel moeten zijn geweest.'

'Mees? Maar waarom dan?'

'Misschien om mij te helpen? Misschien dat hij denkt dat ik dan een grotere rol krijg of zo? Wat denk je? Heeft Mees er iets mee te maken?'

'Ik kan me niet voorstellen dat Mees zoiets zou doen,' antwoord ik in alle eerlijkheid.

'Ik eigenlijk ook niet, maar hij doet steeds zo jaloers. Ik schrok er eigenlijk een beetje van dat hij me nog steeds niet vergeten is. Dat had ik niet verwacht. Hij hoopt nog steeds dat het goed komt tussen ons.'

'Heeft hij dat gezegd?' Mijn maag trekt samen. Ik wil het antwoord waar ik voor vrees eigenlijk niet horen.

'Ja, dat heeft hij gezegd. Vandaag nog.'

Ik zet de fles wijn aan mijn mond en neem overhaast een slok. Die schiet in het verkeerde keelgat en Cesária klopt me op mijn rug tot het ergste hoesten voorbij is en biedt me haar water aan. 'Bedankt.'

'Maar wat ik niet snap is waarom hij zijn baan op het spel zou zetten voor een meisje dat niet meer dan vriendschappelijke interesse in hem heeft.'

'Misschien hoopt hij je op die manier alsnog voor zich te winnen?'

'Kansloos.' Cesária's gezicht krijgt een verbeten uitdrukking.

'Wat is er mis met Mees?' kan ik niet nalaten te vragen.

'Hij is te lief. Niet spannend genoeg.'

Ik kijk haar ongelovig aan. 'Hij slaat je tenminste niet.'

Het komt er feller uit dan ik wil, maar ik moet het voor Mees opnemen.

'Ik ben van mijn scooter gevallen, waarom wil niemand dat toch geloven?'

'Omdat je van een val van een scooter geen beurse plekken in je nek krijgt die het formaat hebben van vingerafdrukken.'

In een reflex grijpt ze naar haar keel en ik weet dat ik goed zit. De plekken in haar nek zijn helemaal niet meer te zien, maar ik ben niet vergeten wat Doroteia me verteld heeft.

'Wie probeer je te beschermen, Cé? Waarom? Mij kun je het toch wel vertellen?'

Koppig houdt ze haar lippen op elkaar. Als ze in zo'n bui is, krijg je niks meer uit haar. Toch waag ik nog een poging. 'Was het Ricardo?'

'Dat heeft Mees je zeker wijsgemaakt?'

'Hij vroeg zich dat inderdaad af.'

'Ik heb geen contact meer met Ricardo. Hij stuurt me nog weleens appjes, maar daar reageer ik niet op. De *filho da puta*.'

Cé scheldt anders nooit. 'Wat voor appjes?'

'Niet al te vriendelijk. Hij is nog steeds boos dat ik hem in de steek heb gelaten voor Mees.'

'En je weet zeker dat die onvriendelijkheid niet verder gaat dan appjes?'

Geërgerd kijkt ze me aan, maar ik moet het vragen.

'Dat zeg ik toch net? Ik reageer niet op zijn berichten en ik heb hem al een eeuwigheid niet meer gezien. Bovendien is mijn telefoon kapot.'

Ze klinkt oprecht en ik haal opgelucht adem. In gedachten streep ik Ricardo van het lijstje. 'Is je telefoon kapotgegaan bij het scooterongeluk?'

Ze knikt.

'Zit je nog steeds zonder?'

Ze knikt weer. 'Ik heb geen geld voor een nieuw toestel.'

Ik trek mijn rugzak naar me toe en haal er een iPhone 5 uit. 'Het is niet het nieuwste model, maar je mag hem hebben. Het is mijn Nederlandse toestel, maar ik haal wel een nieuwe als ik daar weer terug ben na de zomer.' Ik haal mijn Nederlandse simkaart eruit. 'Je hoeft jouw simkaart er alleen maar in te stoppen.'

'Die doet het ook niet meer. Te zeer beschadigd,' zegt ze sip, terwijl ze het toestel aanpakt. 'Maar bedankt, ik regel wel een ander prepaidnummer. Ik app je mijn nieuwe nummer.'

Hoewel ik haar mijn toestel van harte gun, ben ik toch een beetje verbaasd dat ze het aanneemt. Normaliter zou ze weigeren omdat ze haar eigen boontjes wil doppen, maar ik denk dat haar verliefdheid op Robert ervoor zorgt dat ze het ietsje minder nauw neemt met haar principes.

'Dat gedoe met Mees zit me toch niet lekker. Als hij het gedaan heeft, vind ik dat vrij ziekelijk. En hij zegt dat hij een goed woordje voor me heeft gedaan bij zijn vader en dat ik daardoor die rol heb gekregen, maar dat is niet waar. Ik ben geselecteerd door Tom via een castingbureau waar ik ingeschreven sta.'

'Een castingbureau? Sinds wanneer sta jij ingeschreven bij een castingbureau?' Ik kan mijn verbazing niet verhullen.

'O, nog niet zo lang. Gedaan in een opwelling. Misschien schrijf ik me ook wel weer uit. Tom wil misschien mijn agent worden.'

Een castingbureau? Een agent? Waar is ze allemaal mee bezig? Ze merkt dat ik haar aanstaar, drinkt snel een slok water en kijkt dan weg. Cé's manier om te laten weten dat ze het er niet langer over wil hebben. Ik besluit het onderwerp even te laten rusten.

'Maar nog even over Mees, hè. Het is duidelijk dat hij je graag op die filmset wilde hebben en dat hij dus hoopte dat jullie weer bij elkaar zouden komen. Maar ik denk dat hij echt niks te maken heeft gehad met wat er met Emma is gebeurd. Als er al echt iets met Emma is gebeurd.'

Aan Cesária's gezicht te zien, gelooft ze er niks van. 'Als hij denkt dat hij daar mijn liefde en respect mee wint, dan heeft hij het mis.'

'Ik denk echt dat je te moeilijk doet, Cé. En hoe romantisch is het als iemand zelfs zijn baan voor je op het spel zou zetten?'

'Net alsof zijn vader hem op straat zou zetten,' mokt Cesária. 'Hij is nou eenmaal geen Robert.'

Bij het uitspreken van zijn naam verzacht haar blik. Dromerig staart ze voor zich uit over het water. De avondzon omlijst haar gezicht met een gouden gloed. Haar wimpers lijken nog langer dan ze al zijn. Vlug pak ik mijn camera en maak een paar foto's.

'Ik zweer het je, als ik zo knap zou zijn als jij, dan zou ik de hele dag in de spiegel kijken.'

Ze lacht. 'Als je dit gezicht elke dag ziet, wordt het saai. Geloof me.'

Ik laat haar de foto's zien die ik net van haar heb gemaakt. 'Kijk nou!'

Ze haalt haar schouders op. 'Ik vind er niks aan om model te staan.'

'Wil je dat ik minder foto's van je maak?'

'Nee... ik heb het niet over jou,' mompelt ze.

'Over wie dan?'

Ze kletst over mijn vraag heen. 'Ik begrijp die onbedwingbare behoefte van mensen om mij vast te leggen niet zo.'

'Doe eens niet zo cryptisch. Met wie moet ik je delen, met dat castingbureau? Ben je gevraagd als model?'

Ik zeg het quasigekscherend, maar met een serieuze ondertoon. Ik wil Cesária met niemand delen. Het perfecte plaatje van haar beeltenis moet van mijn hand zijn. Een steek van jaloezie gaat door mijn buik. Ik begrijp Mees ineens een stuk beter.

'Niks serieus. Ik heb alleen een fotoshoot gehad bij dat castingbureau, maar dat is toch niet echt mijn ding. Acteren vind ik veel leuker.'

'Het acteren of je tegenspeler?' Ik knipoog naar haar. Ze kijkt betrapt.

'En dan hebben we Sven nog, maar die is niet van plan er iets mee te doen.'

Ze schrikt als ze de blik in mijn ogen ziet.

'Sven? Je bedoelt toch niet Pedo-Sven? Waar wil hij niks mee doen? Je hebt hem toch geen foto's van je laten maken? Kom op Cé, Pedo-Sven!'

Sven van Dijk is een zonderlinge Nederlandse man die sinds

een paar jaar in Almancil woont. Er gaan geruchten dat hij op jonge meisjes valt. Hij heeft lang slierterig haar, draagt altijd versleten kleren en heeft ondanks de tropische warmte vaak glimmende zwarte handschoenen aan zijn handen. Doordeweeks zit hij elke avond in zijn eentje aan een van de lange tafels bij een grillrestaurant in São Brás de Alportel. Je vindt er mensen van allerhande pluimage en ook veel vrijgezellen, die onder het genot van tl-licht genieten van hun stukje vlees met friet. Het restaurant staat bekend om zijn heerlijke vlees voor een schappelijke prijs, maar ik word er altijd een beetje triest van als ik die mensen zie zitten.

'Sven is geen pedofiel.' De stelligheid waarmee ze dat zegt doet vermoeden dat ze meer over hem weet. Hem misschien wel beter kent dan het gros van de Nederlanders die hier in de omgeving wonen.

'Wat weet jij van Sven? Die viezerd heeft je toch niet gevraagd om naakt voor hem te poseren of zo?'

Cesária bloost en dat zint me niets.

'Hou eens op met je kruisverhoor. Je bent me de hele tijd al aan het uithoren.'

'Vind je het gek? Je doet ook zo geheimzinnig. En dan dat zogenaamde scooterongeluk. Er is meer aan de hand, Cé. Ik kom er wel achter wat het is.' Ze hoopt natuurlijk dat ik niet verder doorvraag over Sven, maar dat heeft ze mis. 'Hoe zit het nou met die Sven? Waarom werd je zo rood toen ik vroeg of je naakt voor hem poseert?'

'Hou op, Noek. Ik maak weleens bij hem schoon en hij heeft me weleens getekend. No big deal.'

'Hij tekent dus.'

'Af en toe. Jij hebt toch ook een hobby.' Ze wijst naar mijn fotocamera.

'Dat is meer dan een hobby,' reageer ik fel. 'Ik wil beroepsfotograaf worden.' Ineens slaat de schrik me om het hart. 'Heeft Sven soms met zijn poten aan je gezeten? Heb je daar die blauwe plekken van? Heeft hij je proberen aan te randen?'

Cesária krimpt in elkaar en trekt bleek weg.

'Nee toch?' zeg ik geschokt.

'Sven heeft me nooit met een vinger aangeraakt.'

Ik kijk haar recht in de ogen en ze kijkt niet weg. Haar blik is strijdlustig. Zou ze de waarheid spreken?

'Maar wie heeft het dan gedaan? Toch Ricardo?'

'Misschien was het Mees wel,' zegt Cesária vilein.

'Nee!' zeg ik geschokt. 'Dat kan niet.'

'Hoezo niet? Hij is stikjaloers op Robert. Hij doet alles om me terug te krijgen, dat hebben we vandaag wel gezien.'

We zijn weer terug bij het begin van ons gesprek. Ik moet Mees verdedigen, dit verdient hij niet. Ik pieker koortsachtig en denk dan een weerwoord gevonden te hebben. 'Misschien zit Robert er wel achter.'

'Nou ja zeg, doe even normaal. Wat een idiote insinuatie. Hier heb ik echt geen zin in.'

Boos staat ze op en loopt weg. Haar flesje water laat ze liggen. Ik ren achter haar aan.

'Cé! Wacht nou even! Het zou toch kunnen? Het is overduidelijk dat Robert jou ook heel leuk vindt. Misschien wil hij jou als hoofdrolspeelster naast zich in plaats van Emma!'

Ze staat plotseling stil en draait zich met een ruk om. 'Dat is onzin. Emma is een ervaren actrice en ik heb net mijn eerste filmrolletje. Zonder opleiding, zonder ervaring. Natuurlijk kom ik niet in aanmerking voor een grote rol.'

'Ik heb toch gezien hoe hij naar je kijkt,' zeg ik nu iets zachter. 'Toen we wegliepen van de set rolden zijn ogen bijna uit zijn kop en kwam er kwijl uit zijn mond.' Natuurlijk heeft ze door dat ik mijn woorden wat aandik, maar ze is er toch gevoelig voor en glimlacht.

'Denk je echt dat hij me leuk vindt?'

'Ja, dat denk ik.'

'Zou hij echt zoiets voor me doen?' Ze heeft die dromerige blik weer en dat schiet me in het verkeerde keelgat.

'Wacht eens even, als Mees zoiets voor je zou doen is het ziekelijk en als Robert het doet dan is het ineens lief of romantisch? Dat is niet fair. Je meet met twee maten.'

'Ik ga naar huis, ik ben moe.'

'Dat valt me van je tegen, Cé. Ik hou er niet van als mensen niet eerlijk zijn.'

Ik doe geen moeite om de teleurstelling in mijn stem te verbergen. Deze is oprecht en Cesária heeft het ook door.

'Sorry, je hebt gelijk. Het is gewoon... het is allemaal zo gecompliceerd.'

'Laat mij je dan helpen om de knopen te ontwarren. Je worstelt duidelijk met dingen die je niet alleen kunt oplossen.'

'Sommige dingen zijn niet op te lossen, Anoek. In jouw wereld kun je met geld een heleboel rechttrekken, maar als je geen geld hebt, moet je naar andere mogelijkheden zoeken om je doelen te bereiken.'

'Ik weet heus wel wat het is om geen geld te hebben. Een groot deel van mijn leven hadden wij thuis ook geen geld! Wat zijn die doelen, Cé? Misschien kan ik je helpen.'

'Een universitaire studie. Ik wil arts worden.'

'Je wilt geen actrice worden of model?'

'Ik moet er niet aan denken. Dat doe ik alleen maar om te sparen voor een studie.'

'Hoever ga je om je droom te verwezenlijken?'

'Zover als moet.'

De schrik slaat me om het hart. Ineens ben ik bang dat ze zich laat betalen voor seks. Heeft ze daar die blauwe plekken van? In Nederland is het niet ongebruikelijk dat studenten bijklussen als callgirl. Is dat gebruik ook hier doorgedrongen? De vraag ligt op mijn lippen, maar ik durf hem niet te stellen. Ik geloof niet dat ik het antwoord aankan.

'Laat mij je helpen. Misschien kunnen we een beurs voor je

regelen en anders vraag ik mijn vader om te helpen. Doet hij ook eens iets goeds.'

'Ik hoef geen geld van je vader,' zegt ze ongekend fel. Ik schrik ervan.

'Zo, dat kwam uit je tenen. Wat is er mis met het geld van mijn vader?'

Het duurt een paar seconden voor ze antwoordt. 'Ik wil geen liefdadigheid van jou en dus ook niet van je familie. Ik wil je recht kunnen blijven aankijken, Anoek. Je bent mijn vriendin omdat ik me niet ondergeschikt aan je voel, omdat je een goed hart hebt en mensen in hun waarde laat. Als ik afhankelijk word van je familie, dan gaat dat ten koste van onze vriendschap. Dat wil ik niet.'

Cesária is dus niet bereid om álles te doen om haar droom te verwezenlijken. Dat siert haar. Ik hoop dat het ook geldt voor dat ene onuitgesprokene, maar gezien haar blauwe plekken durf ik daar mijn hand niet voor in het vuur te steken. Ik maak me zorgen.

'Vergeet me je nieuwe nummer niet te appen,' roep ik haar na wanneer ze wegloopt.

13

Mijn telefoon gaat en ik vlieg geschrokken overeind. Het is zaterdagochtend acht uur en ik lig nog in mijn bed. Ik graai naar het toestel op mijn nachtkastje en herken het nummer dat op mijn scherm staat niet direct. Ik denk meteen aan Cesária. Haar nieuwe nummer? Ik ken het nog niet uit mijn hoofd. Er zal toch niks met haar zijn? Met een onrustig gevoel neem ik op. Ik haal opgelucht adem als de stem aan de andere kant van de lijn die van Mees blijkt te zijn.

'Je belt me wakker, *what's up*?'

'Sorry,' verontschuldigt hij zich. 'Er zijn nog twee plekken vrij op de dolfijnenboot van Claudino. Heb je zin om mee te gaan?'

Ik wrijf in mijn ogen. 'Hoe laat vaart hij uit?'

'Halftien.'

Dat moet lukken. 'En jij gaat ook mee?' vraag ik voor de zekerheid.

'Ik nodig je toch uit?'

Het ligt op mijn lippen om hem te vragen waarom hij mij belt en niet Cesária, maar ik slik de woorden in. Cesária zou nooit op zijn uitnodiging ingaan en dat weet Mees ook. Ik accepteer mijn rol als tweede keus en laat hem weten dat ik meega.

'Leuk, ik haal je over een halfuurtje op. Dit is trouwens mijn nieuwe telefoonnummer. Sla je het op?'

'Doe ik.'

Ik was me even snel, bind mijn haren in een staart en schiet in een T-shirt en een gehavende korte spijkerbroek. Ik ben ermee gestopt om mijn vader uit te leggen dat zo'n broekje hip is. Een flinke wolk parfum om het geheel af te maken en dan loop ik op mijn blote voeten naar de keuken voor een snel ontbijt.

Tot mijn verbazing zit mijn vader aan de keukentafel, die is normaal nooit zo vroeg op. Hij heeft me eerst niet in de gaten en staart voor zich uit, overduidelijk in gedachten verzonken. De grote donkere wallen onder zijn ogen steken af tegen zijn grauwe gelaatskleur. Hij oogt kwetsbaar en even krijg ik een déjà vu naar vroeger. In de tijden dat het niet goed ging met zijn bedrijf zat hij ook vaak zo voor zich uit te staren. Sliep en at hij slecht en maakte hij dezelfde lusteloze indruk als nu. Daar zit mijn oude papa van vroeger die ik nog lief en leuk vind. Mijn verlangen naar die man is zo groot dat ik naar hem toe loop en een arm om hem heen sla. Alsof ik daarmee de jaren en alle conflicten die tussen ons in staan in één keer weg kan poetsen.

Hij schrikt net zo van mijn arm om zijn schouders als ik. We raken elkaar nooit aan, al jaren niet meer. Ik laat hem gauw los.

'Koffie?' vraag ik luchtig alsof er niets gebeurd is.

Hij knikt. 'Waarom ben je zo vroeg op?'

'Ik kan jou hetzelfde vragen.'

Hij geeft geen antwoord.

'Ik ga met Mees dolfijnen kijken,' vul ik de stilte op. Ik zet een schuimende cappuccino voor zijn neus en druk voor mezelf de espressoknop in. 'Marie slaapt nog?'

Hij knikt en neemt een slok. Er blijft een beetje melkschuim achter op zijn lippen en hij likt het eraf. Een zeer onsmakelijk gezicht dat ik meteen van mijn netvlies probeer te krijgen.

'Is er al brood?'

Hij wijst naar een zak op het aanrecht. De croissants die erin zitten zijn nog warm en ik zet mijn tanden genietend in het kraakverse deeg. 'Jij ook eentje?' vraag ik met volle mond.

'Nog een cappuccino graag.'

Terwijl de espressomachine haar best doet, gaat de bel. Ik gris nog twee croissants uit de zak. 'Je kunt je koffie zelf wel pakken, hè?'

Ik schiet mijn teenslippers aan die in de gang staan en stop mijn telefoon, sleutelbos en een pakje kauwgom in een buiktasje. Dan doe ik open. De warmte slaat in mijn gezicht als ik het door airco gekoelde huis verlaat. Er gaat een schok door mijn buik als ik in de grote blauwe ogen van Mees kijk. Dat effect heeft hij nou eenmaal op me en ik betwijfel of dat ooit overgaat. Ik geef hem een zoen op zijn wang en duw een croissant in zijn mond.

'Jij hebt vast nog niet ontbeten.'

'Je kent me te goed.' Hij grimast en geeft me een speelse duw. Het komt hem op een stomp tegen zijn bovenarm te staan.

Galant houdt hij de autodeur voor me open. Een muffe lucht komt me tegemoet. De hele auto ligt bezaaid met lege colablikjes en snoeppapiertjes. Op de achterbank ligt een pizzadoos waar ik niet in durf te kijken.

'Jemig, Mees, het lijkt wel een rijdende vuilnisbak.'

'Beetje druk geweest, de laatste tijd,' verontschuldigt hij zich.

'Zou je Cesária ook zo hebben opgehaald?' Ik flap het eruit voordat ik er erg in heb en ik heb er meteen spijt van als ik zijn gezicht zie betrekken.

'De kans dat we vandaag dolfijnen zien is vele malen groter dan dat Cesária ooit nog bij me in de auto stapt.'

Ik kan mezelf wel voor mijn kop slaan. Binnen vijf minuten heb ik Mees in een mineurstemming gebracht. Heb ik hem eindelijk eens een dagje voor mezelf, weet ik het weer te verpesten. Ik besluit mijn vraag over het akkefietje met Emma op de filmset voorlopig maar even te parkeren.

'Tof dat je me meevraagt,' verander ik van onderwerp.

'Ik had zin om even bij te kletsen met mijn vriendinnetje.' Bij het woord 'vriendinnetje' vliegt er weer een vlinder door mijn buik.

'Hoe gaat het met je?'

'Goed. Uitstekend.' Enthousiast vertel ik hem wat ik allemaal heb uitgevreten in het jaar dat we elkaar niet hebben gezien. Ik vertel over de liefde voor mijn camera die steeds serieuzere vormen begint aan te nemen, de cursussen fotografie die ik heb gevolgd, dat mijn voetbalteam net als vorig jaar weer regionaal kampioen is geworden. Mees laat me uitratelen en stelt af en toe een vraag.

Als we zijn aangekomen in Albufeira, parkeren we de auto bij de jachthaven en lopen het laatste stukje over de boulevard naar het verzamelpunt. Claudino staat te praten met een groepje toeristen en steekt zijn duim naar ons op. Hij is een aardige, hardwerkende kerel die ons elk jaar wel een keertje meeneemt op zijn boot. Na enkele minuten kapt hij het gesprek af, telt de koppen en wenkt ons om mee te komen. Zijn maatje Erico staat al bij de RIB-boot en deelt zwemvesten uit. Tot mijn vreugde gaat niemand op de voorste twee plekken zitten. Het zijn de plekken waar het het ruigst tekeergaat en je de grootste golven over je heen krijgt. Mees en ik houden allebei van actie. Van een boot die op volle snelheid op de golven klapt, worden we altijd heel gelukkig.

Claudino geeft een korte uitleg over het verloop van de boottocht die twee uur zal duren en vertelt dat we de rode regenjacks die aan elk stoeltje hangen nog niet aan hoeven te trekken. Het eerste deel van de tocht gaat in rustig tempo langs en door de grotten verderop aan de kustlijn. Daarna gaan we pas full speed de zee op in de hoop dolfijnen te zien. Ik betwijfel of dat gaat lukken, want er staat een vrij stevige wind, en Claudino dekt zichzelf al in door te zeggen dat hij geen garantie op dolfijnen kan geven. De man op het stoeltje achter mij mompelt een zacht protest.

De boot begint te trillen als Erico de motor start. Even ben ik volmaakt gelukkig. Samen met Mees op een boot, de zon die aangenaam brandt op mijn schouders, het geklots van zeewater tegen de boot. Claudino neemt plaats achter het stuurwiel en in een langzaam tempo varen we de haven uit. Sterretjes van zonlicht schitteren in het water. Ik steek mijn hand buitenboord en probeer ze te vangen. Er blijft een witte zoutaanslag achter tussen mijn vingers als het water verdampt. Lachend kijk ik Mees aan en hij lacht terug. Vlug wend ik mijn hoofd af; hij heeft geen idee wat voor uitwerking hij op me heeft en Cesária is oerstom dat ze hem laat lopen.

We varen rustig verder en ik concentreer me op een paar spelende kinderen op een strand in de verte. Ooit hoop ik ook kinderen te krijgen, maar ik moet eerst maar eens een vent zien te vinden die aan Mees kan tippen.

'Heb jij nog iets van Cesária gehoord?' verstoort Mees mijn toekomstdroom. 'Ik probeer haar te bellen, maar krijg steeds een melding dat het nummer niet in gebruik is.'

'Cé heeft een nieuw nummer. Haar telefoon en simkaart zijn kapotgegaan bij het scooterongeluk en ik heb haar mijn oude toestel gegeven. Ze heeft nu voor nood een prepaidkaart met een ander nummer. Waarom wilde je haar spreken?' vraag ik nieuwsgierig.

'Ik heb iets over Robert ontdekt. Hij is niet de droomprins die ze denkt dat hij is.'

'O, wat is er dan?'

'Hij heeft een veroordeling aan zijn broek hangen voor mishandeling van zijn ex-vriendin.'

Geschrokken kijk ik hem aan. 'Hoe weet je dat?'

'Google. Als je publiek bezit bent zoals hij, is het praktisch onmogelijk om geheimen te hebben. Hij heeft zijn vriendin bijna gewurgd tijdens een uit de hand gelopen ruzie.'

Meteen denk ik aan de blauwe plekken in Cesária's nek.

Kon Robert daar verantwoordelijk voor zijn? 'Maar hij lijkt zo aardig.'

'Noek, hij is acteur. Hij kan elke rol spelen die hij wil. Bij zo iemand weet je nooit wat zijn ware gezicht is.'

'Heb je dit al aan Cé verteld?'

'Nee, dat zeg ik net, ik krijg haar niet te pakken. Heb jij haar nieuwe nummer?'

'Ja, maar ik heb de uitdrukkelijke instructie om het niet aan je te geven.'

Zijn gezicht betrekt.

'Sorry. Bovendien lijkt het me beter dat ik haar op de hoogte breng van deze duistere kant van Robert. Als jij dat doet, denkt ze meteen dat je dat zegt uit jaloezie en zal ze het direct afdoen als onzin. Ze is smoorverliefd op die vent en ze denkt dat hij haar ook leuk vindt.'

'Sorry hoor, maar hij duikt op alles met een hartslag. In de dagen voor Cé op de set kwam, heeft hij de grimeuse en Emma gepakt.'

'Hoe weet je dat? Was je erbij?'

'Nee, natuurlijk niet, maar daar werd in geuren en kleuren over gepraat.'

'En dat weet Cé zeker ook niet?'

'Ze loopt steeds weg als ik met haar wil praten.'

De boot vaart een grot in en even is het stikdonker om ons heen. We houden allebei onze mond. We varen door naar een stuk waar zonlicht door een gat boven in de grot stroomt. Ik baal ervan dat ik mijn camera heb thuisgelaten. Het plaatje dat ik voor me zie is echt fenomenaal. Ik maak een *second best* met mijn telefoon. De boot vaart door naar een strandje in de grot. Je kunt er alleen zwemmend of met een boot komen. De geluiden van een groep volleyballende jongeren galmen door de ruimte. Een bal wordt het water in gemept en een blond meisje in bikini duikt er sierlijk achteraan. De man achter me klapt enthousiast.

'Dat moeten we ook weer eens doen.' Ik por Mees in zijn zij. In de zomer van drie jaar geleden kwamen we hier bijna wekelijks met Sep en Lisa. Nadat hun ouders twee jaar geleden hun vakantiehuis van de hand deden, hebben we ze niet meer gezien of gesproken, maar in dat ene jaar waren we onafscheidelijk.

'Ja, Sep en Lisa, hoe zou het met hen zijn?'

'Geen idee, het was echt uit het oog, uit het hart met die twee, maar we hebben wel een hoop lol met ze gehad.'

Het was in hetzelfde jaar dat Doroteia voor het eerst bij ons kwam schoonmaken en ik kennismaakte met Cesária. Vanaf het moment dat we elkaar zagen, was er een klik. Cé was maar een paar keer mee geweest naar ons geheime strandje. Overdag hielp ze haar moeder vaak met het schoonmaken van de immense villa's, maar 's avonds zochten we elkaar altijd op en barbecueden we op het strand. Cé's vader leefde toen nog en ze was gelukkig. Na zijn ongeluk was die onbezorgdheid verdwenen. Ik had haar oude lach pas voor het eerst weer teruggezien en -gehoord, toen ze over Robert praatte.

Als de boot zich achterwaarts een weg baant uit de grot, denk ik aan wat Mees me over Robert heeft verteld. Veroordeeld voor mishandeling. Hij heeft zijn ex de keel dichtgeknepen. Als hij ook verantwoordelijk is voor de blauwe plekken in Cesária's nek, dan zou ze toch nooit zo aardig tegen hem doen en zo stralen als ze over hem praat? Ik denk aan de prachtige portretfoto's die ik gisteravond van haar heb gemaakt bij Het einde van de wereld. Ik weet zeker dat Mees gek wordt als ik ze aan hem laat zien. Beter van niet dus.

'Waarom was je vorige week eigenlijk niet bij het feestje van je vader?'

'Ik had weer eens ruzie met hem gehad en was niet in de stemming.'

'Je hebt dus de hele avond op je kamer zitten mokken?'

'Zoiets.'

Ik zie aan zijn gezicht dat ik niet moet doorvragen. Oké, hier komt hij voor nu mee weg, maar niet met de andere kwestie die op mijn lippen brandt. 'Cesária denkt dat jij de verkeerde teksten aan Emma hebt gegeven en iets in haar thee hebt gedaan.'

Hij schrikt en zijn gezicht betrekt nog meer.

'Dat is toch zeker niet waar?'

'Gaan we het hier echt over hebben? Ik heb jou juist meegevraagd omdat ik dan zeker wist dat het een ontspannen en gezellig tochtje zou worden.'

Hij ontkent het niet.

'Sorry dat ik je teleurstel, maar ik wil gewoon weten hoe het zit. En nu heb ik het gevoel dat je niet eerlijk bent.'

'Misschien heb ik daar wel mijn redenen voor.'

'Vertel,' dring ik aan. Hij kijkt achterom.

'Allemaal Engelssprekende toeristen, dus je hoeft niet bang te zijn dat er iemand meeluistert,' stel ik hem gerust. 'Heb jij iets te maken gehad met wat er met Emma is gebeurd?'

'Nee, natuurlijk niet.'

'Zie je wel, ik wist het!' Ik ben ontzettend opgelucht dat Mees nog steeds een *good guy* is.

'Maar er zijn wel meer vreemde dingen gebeurd op de set en allemaal rond Emma.'

'Daar heeft Cé me helemaal niks over verteld. Wat dan?'

'Spul in Emma's shampoo waardoor haar haar groen werd. Ze heeft die dag een pruik moeten dragen en er is met man en macht aan gewerkt om haar kapsel weer zijn oorspronkelijke kleur terug te geven.'

Ik kijk Mees met open mond aan. 'Dat meen je niet!'

'Ja, wel. Het was eigenlijk best wel grappig.' Hij grinnikt.

'Hebben ze enig idee wie erachter zit en waarom?'

Hij kijkt me aan alsof ik naar de bekende weg vraag.

'Robert?'

'Ik kan het niet bewijzen, maar ik vermoed van wel.'

‘Maar waarom zou hij dat doen? Omdat hij Cé eigenlijk als tegenspeelster wil? Ik heb haar dat gisteren nog gekscherend gezegd.’

‘Ik denk dat het daarmee te maken heeft, ja. Maar zoals ik al zei, ik kan niks bewijzen.’

‘En Emma? Hoe is zij eronder?’

‘Ze verdedigt haar plek met verve,’ grimast Mees. ‘Als de dood dat ze haar baan verliest. Dit moet haar grote doorbraak in Amerika worden. Het hele gedoe heeft haar wel weer een beetje met beide voeten op de grond gezet. De eerste draaidagen waande ze zich echt een prinses en ze verwachtte dat iedereen voor haar het vuur uit zijn sloffen zou lopen. Maar dit is een geheel Amerikaanse filmploeg en vrijwel niemand heeft ooit van haar gehoord. Een onbekende Nederlandse actrice die er weliswaar goed uitziet en de juiste connecties heeft, maar iemand die nog niet veel heeft laten zien. Misschien een goede actrice, maar daar heb je er wel meer van. En dat beseft ze.’

‘Ze is dus niet gemakkelijk om mee te werken.’

‘Dat is een understatement.’

‘Er kunnen dus meer mensen op de set rondlopen die een hekel aan haar hebben. Dat betekent ook dat Robert niet de enige potentiële dader van de sabotage is.’

Mees kijkt teleurgesteld maar moet erkennen dat ik een punt heb.

‘Emma heeft zo’n beetje met iedereen die op de set rondloopt wel een keer ruzie gehad. Maar toch staat Robert voor mij nog steeds met stip op één. Zoals hij naar Cé kijkt... Ik verdraag het nauwelijks als ze een scène spelen, omdat ik weet dat het niet geacteerd is.’

‘Zet Cé nou toch uit je hoofd, Mees. Ga verder met je leven. Het barst van de leuke meiden in de wereld.’

Ik kijk hem aan maar hij pakt de hint niet op. Erico kondigt intussen aan dat we nu de volle zee op gaan en adviseert iedereen om de rode regenjas aan te trekken die bij elke zitplaats hangt. Ik doe wat hij zegt en zet me schrap. Uit ervaring weet ik dat je op de voorste plek waar Mees en ik zitten behoorlijke klappen in je rug kunt krijgen als de boot over de golven stuitert.

Vijf minuten later ben ik alles even vergeten. Ik gil het uit van plezier als ik een golf zeewater midden in mijn gezicht krijg. Er is nauwelijks tijd om adem te halen en het water uit mijn ogen te wrijven voordat de volgende golf me alweer vol raakt. Ik kijk naar Mees die net als ik druipt van het water. Mijn hart slaat een slag over als hij enthousiast mijn hand pakt. Hij lacht en geniet en even fantaseer ik dat we samen zijn en dat de rest van de wereld er niet toe doet. Het lukt me niet om die gedachte lang vast te houden. Zorgen om Cesária en de onrust op de set verdringen alle blijheid tot er niets anders overblijft dan die zware steen op mijn maag.

Ik loop met Mees over de houten steiger van de haven van Albufeira. We hebben net afscheid genomen van Claudino en Erico. Zoals ik al verwacht had, hebben we geen dolfijnen gezien. Er stond te veel wind. Sommige toeristen waren flink verbolgen en wilden hun geld terug. Claudino wees ze fijntjes op de voorwaarden waarin duidelijk stond dat er geen garantie werd gegeven op het zien van dolfijnen. 'De natuur heeft geen boodschap aan commercie, niet alles is maakbaar. *That's life. You win some, you loose some.*' De toeristen waren mopperend afgedropen.

'Even opdrogen op een terrasje?' stel ik Mees voor. Mijn benen zitten vol met zoutaanslag van het zeewater dat ik over me heen heb gekregen en mijn haar voelt plakkerig aan. Mees is er al niet veel beter aan toe. Zijn oudroze short is aan één kant zeiknat en zijn shirt kleeft aan zijn bovenlijf. Natuurlijk had hij de rode regenjas als enige op de boot niet aangetrokken want dat is niet stoer.

We lopen naar de overkant van de boulevard en strijken neer op het terras vlak bij de openbare toiletten. Mees klapt de parasol boven ons tafeltje in zodat we goed kunnen drogen in de zon. Verderop klinkt gelach en ik loop ernaartoe. Bij de Rocket Boat staat een groepje mensen en ik begrijp al snel waar de commotie vandaan komt. Tussen de stoere patsers met ontbloot bovenlijf staat een oude opa met twinkelende ogen. Hij draagt een strohoedje en heeft zijn sokken tot boven zijn enkels opgetrokken. Zijn bruine sandalen staan al keurig langs de kant. De eigenaar van de supersnelle stuntboot met flitsende beschildering probeert hem te bewegen om net als de anderen op blote voeten de boot te betreden, maar hij weigert zijn sokken uit te trekken. De vrouw die de eigenaar assisteert vraagt aan de oude man of hij zich ervan bewust is dat een tochtje met deze boot er nogal wild aan toe gaat.

'*Yeah, yeah*,' antwoordt hij stralend. '*I like speed. I'm an Australian*,' zegt hij er trots achteraan. Ze lacht en helpt hem in een zwemvest.

Geamuseerd wenk ik Mees en samen kijken we toe hoe opa de boot in wordt geholpen. Mees staat zo dichtbij dat zijn arm de mijne raakt. Ik voel de fijne haartjes kriebelen op mijn huid. Het kriebelt door in mijn buik. Subtiel schuif ik een paar centimeter bij hem vandaan om het mezelf niet moeilijk te maken. Hij heeft het niet in de gaten. Opa drukt zijn zonnehoedje nog wat steviger op zijn hoofd en pakt met twee handen de veiligheidsbeugel vast. Aan zijn stralende gezicht te zien is hij er helemaal klaar voor. De motor van de boot wordt gestart en er klinkt een indrukwekkend gebrul. Opa gilt opgewonden. De jongens die naast hem zitten kijken zuur en geërgerd. Ik gniffel bij de gedachte aan de groepsfoto die straks gemaakt wordt. Vereeuwigd met een bejaarde. Ik verbaas me erover dat de man niet meer last heeft van de ontstellende warmte. Gisteren hoorde ik nog op de radio dat er de afgelopen week al ruim driehonderd ouderen aan de warmte zijn bezweken en dat de Portugese Gezondheidsdienst vreest dat dat getal snel oploopt als deze hittegolf blijft aanhouden.

Langzaam vaart de boot de haven uit en ik volg hem nauwgezet. Zodra het open water in zicht is, wordt er vol gas gegeven en is de boot in een mum van tijd verdwenen. Ik kruis mijn vingers voor opa en hoop dat hij over een halfuur weer ongeschonden terugkeert.

'Zo'n stunt zie ik mijn opa niet uithalen,' zegt Mees lachend wanneer we teruglopen naar onze stoelen, en hij geeft me een vriendschappelijke stomp tegen mijn arm. Mijn huid tintelt nog steeds na als ik de eerste slok van mijn koude cola neem.

14

Ik lig met mijn handen onder mijn hoofd te staren naar een wolk die onder invloed van de wind steeds van vorm verandert. De ene keer zie ik er een berglandschap in, de andere keer een gezicht. Ik vraag me af of er mensen zijn die net zo genieten van de wolken als ik. Of ze er ook vormen in zien waar ze hun fantasie op kunnen loslaten. Hoeveel mensen überhaupt nog de tijd nemen om hun gedachten vrij te laten zweven. Het probleem tegenwoordig is dat de meeste mensen alleen nog maar kunnen kijken zonder te zien. Geen oog meer voor detail, alleen het grote plaatje telt. Het liefst gaf ik alle mensen op de wereld een cursus fotografie cadeau, zodat ze zouden leren om al het moois om ons heen weer te zien.

Ik moet lachen als ik naast me een snurkje hoor. Terwijl mijn hoofd op hol slaat van een wolk in de lucht, is Cesária naast me in slaap gevallen. Haar gezicht is ontspannen en al haar blauwe plekken zijn genezen. Ze wil me nog steeds niet vertellen wat er echt is gebeurd, dus heb ik besloten het voorlopig te laten rusten. Als ze echt in gevaar was, dan lag ze nu toch niet zo open en bloot te slapen op het strand? Ik kijk naar haar buik die zachtjes rijst en daalt op haar ademhaling. In haar navel schittert het diamantje van haar piercing. Ik was erbij toen ze hem vorig jaar liet zetten. Ze probeerde mij ook over te halen, maar ik heb vriendelijk bedankt. Ik heb het niet zo op het vrijwillig verminken van je lichaam, ook al is het om het op te leuken met wat sieraden. Ik heb niet eens gaatjes in mijn oren. Ex-voetbalinternational Clarence Seedorf zei ooit dat zijn lichaam een tempel is en daar kan ik het alleen maar mee eens zijn. Het verzamelen van uitspraken van voetballers is een hobby van me. Ik schrijf ze op in een Moleskine-boekje. Johan Cruijff heeft zich driekwart toegeëigend. 'Je moet schieten anders kun je niet scoren.' Zo simpel, maar geen speld tussen te krijgen. Hoewel hij zelf beweert dat 'simpel het moeilijkst is'.

Verderop klinkt het geluid van een blote voet tegen een voetbal. Twee jongens van mijn leeftijd spelen elkaar de bal toe in de branding. Aan de kreten die ze af en toe slaken hoor ik dat het Nederlanders zijn. Cé ziet er niet uit of ze van plan is op korte termijn actief te worden. Verlangend kijk ik naar de bal en dan kan ik me niet meer bedwingen. Ik ren naar de jongens toe en daag ze uit me aan te spelen.

Ik schud mijn druipende, natte haren boven Cesária uit en ze schrikt wakker. Met grote ogen kijkt ze naar mijn nieuwe voetbalmaatjes en kijkt me dan ondeugend aan. Subtiel schud ik nee. Gewoon aardige jongens met wie ik lol heb, meer niet.

'Cé, dit zijn Victor en Remco. We gaan vanavond naar Kadoc, ga je mee? Lekker dansen tot in de vroege ochtenduurtjes?' Ik doel op de beste club van Albufeira. Hij ligt net buiten het stadje en grootheden als Afrojack en David Guetta hebben er weleens gedraaid.

'Ik moet morgen weer werken,' zegt ze bedenkelijk.

'Kom op, je bent alleen maar aan het werk. Eén keer uit de band springen kan heus wel. Zonder jou vind ik er niks aan.'

Ik vouw mijn handen samen en kijk haar smekend aan. 'Pleeeaase...'

Heel even aarzelt ze nog, maar dan lacht ze bevestigend. Ze staat op en geeft Victor en Remco een hand en ze kijken alsof ze ter plekke smelten onder haar aanraking. Dat effect heeft ze op mannen. Wanneer ze zich bukt om haar handdoek in haar tas te stoppen, kan Victor zijn ogen niet van haar afhouden.

'Zal ik Robert vragen of hij ook komt?' Haar gezicht straalt als ze het vraagt. Eigenlijk wil ik nee zeggen, maar dat kan ik niet maken. Ik heb het verhaal dat Mees me over hem heeft verteld nog niet met haar gedeeld. Steeds als ik erover wil beginnen, krijg ik het niet uit mijn strot.

Ik knik.

'Gaat Mees mee?' Haar gezicht spreekt ook nu boekdelen.

'Nee.' Was het maar waar, denk ik erachteraan.

'Oké, ik stuur Robert een appje.' Ze kijkt op haar horloge. 'Ik denk dat ik maar even naar huis ga dan. Mijn moeder klaagt dat ze me zo weinig ziet en als ik vanavond ook weer weg ben...'

Terwijl Cé met haar telefoon bezig is, fluistert Victor in het Nederlands: 'Vertel me alsjeblieft dat ze nog single is.'

De wens is de vader van de gedachte.

'Half,' zeg ik. 'Ze heeft geen officiële relatie, maar ze vindt wel iemand heel leuk.'

'O,' zegt Victor. En dan op zelfverzekerde toon: 'Doet er ook niet toe, aan het einde van de avond is ze van mij.'

'Leuk geprobeerd, Romeo,' zegt Remco. 'Wie zegt dat jij haar mag hebben? Wedden dat ze mij leuker vindt?' Ze geven elkaar een boks om de weddenschap te bezegelen.

Mannen, ze zijn ook allemaal hetzelfde, hoe oud ze ook zijn. Het gaat om de verovering en daarna is de lol er meestal snel weer af.

'Vanavond tien uur?' stel ik de heren voor.

'Goed, heb jij een auto?' vraagt Remco.

'Ja, hoezo?' Ik kan uittekenen wat hij wil vragen. 'Neem maar een taxi, dan kun je zuipen zoveel je wilt. Ik neem zelf ook een taxi.'

'O, oké. Tot vanavond dan.'

Cé trekt ongeduldig aan mijn arm. Ik zwaai naar de jongens en loop met haar mee naar de strandopgang. Op de houten vlonder voor de strandtent trekken we onze slippers pas aan.

De jongens zijn alweer helemaal in de ban van hun voetbal. Cé is druk met haar mobiel, zie ik.

'Berichtje van Robert?'

'Nee, nog niet. Ik had eigenlijk gehoopt dat hij meteen terug zou appen.'

'Misschien heeft hij zijn toestel niet bij de hand of staat zijn geluid op stil?' probeer ik haar op te monteren. Stiekem hoop ik dat hij haar helemaal niet appt en dat ze hem uit haar hoofd zet. Na wat Mees me heeft verteld, vertrouw ik hem voor geen meter meer. Wat heb je aan een knap uiterlijk als de binnenkant niet deugt?

15

De keurig verzorgde achttienholesgolfbaan lag te glimmen in de zon. De ochtend was bijna ten einde. Drie mannen in knielange broeken stonden op de green bij hole 6. Ze waren aan elkaar gewaagd, ieder met een handicap 20. De eerste vijf holes hadden ze afgelegd tussen de bomen, de zesde gaf zicht op zee. Terwijl een van de mannen zijn swing oefende met zijn driver, tuurden de andere twee naar een RIB-boot op het water.

Een goudkleurige golfbal lag klaar op de tee. Vandaag hadden ze gekozen voor driebal, een matchplay waarbij ze tegen elkaar speelden. De man die nu aan slag was, had pas één hole gewonnen. Het was duidelijk voor de andere twee dat hij er vandaag met zijn gedachten niet bij was. Na een laatste oefenswing maakte hij zich klaar voor de drive. Hij schudde wat met zijn schouders en zijn heupen en probeerde zijn armen en polsen te ontspannen om de bal goed te kunnen raken. Hij rechtte zijn rug, strekte zijn benen en knieën. Vervolgens boog hij zijn armen licht, draaide zijn schouders achter de bal en liet de club het werk doen.

Hij hoorde hoe een van de andere mannen, degene die vandaag als marker de score bijhield, afkeurend mompelde. De bal was op de kop geraakt waardoor hij veel snelheid verloor. Hij vloekte hardgrondig. Zijn normaal zo perfecte eindstand, waarbij hij zijn balans vond op zijn voorste voet, ging volledig de mist in. Woedend gooide hij zijn driver op de grond. De club beschadigde de green en terwijl de andere twee mannen stilzwijgend toekeken, pakte hij zijn pitchvork om het te repareren.

'Het is ook veel te warm. Dit heeft geen zin,' beet hij zijn tegenstanders toe, terwijl hij gehurkt de schade herstelde. 'Net zoals de rest op dit moment ook geen zin heeft. Ik denk erover om me terug te trekken.'

De man tegen wie hij de woorden sprak, werd bleek. 'Je trekt overhaaste conclusies. Ik ben ermee bezig. Geef me nog even de tijd.'

'Hoe lang moet ik je nog de tijd geven? Ik wil rendement, dat was de afspraak. Tot nu toe levert dit hele gedoe me helemaal niets op. Ik hou niet van verliezen, dat weet je. Ik trek me altijd voor een nederlaag terug.'

'Geef me nog een kans en ik beloof je dat er geen nederlaag komt. Ik ben iets anders aan het uitwerken met meer potentieel. Er zit iets aan te komen waar je heel blij van gaat worden.'

'Zoals?'

'Het is nu nog te vroeg om erover uit te weiden, ik kan het pas zeggen als ik het rond heb. Tot die tijd vraag ik je nog even geduld te hebben.'

'Mijn geduld is nog zo groot.' Hij gaf met zijn duim en wijsvinger een centimeter aan en hield zijn hand heel dicht bij de neus van zijn gesprekspartner. De man werd nog bleker en stapte achteruit.

'Ik doe mijn best,' zei hij met trillende stem.

'Mmm. Ik begin het gevoel te krijgen dat jouw "best" niet goed genoeg is. Het is elke keer weer gelazer. Ik wil niet langer geld stoppen in een onbetrouwbare partner.'

'Luister, je weet dat ik je geld nodig heb.' De stem van de man klonk nu smekend.

'Je weet hoe ik denk over smekende mensen. Recht je rug, verdomme. Je hebt zelf in de hand hoe dit gaat aflopen. Als dit mislukt, heb je het volledig aan jezelf te wijten. Misschien moet je eens toegeven dat je op het verkeerde paard hebt gewed. Het leven bestaat uit vallen en opstaan.'

'Dat is niet zo en dat weet jij ook. Niet in jouw wereld, daar mag je niet vallen. Geen tweede kansen, alleen maar dat schot in de roos.'

'Ik laat me niet meesleuren in de val van een ander. Knoop dat goed in je oren, jongen. Ik doe de investering en je weet welke tegenprestatie ik daarvoor verlang.' Hij maakte weer een centimeter met zijn duim en wijsvinger en daarmee was de kous wat hem betreft af.

'Zullen we ermee kappen voor vandaag? Ik kan mijn tijd nu nuttiger besteden.'

'Dat denk ik ook, ja.' De stem van de man met de gouden bal klonk tevreden. 'Dat is het eerste zinnige dat ik je vandaag hoor zeggen.'

De derde man had al die tijd gezwegen. Hij keek met een bezorgd gezicht naar de grijsbruine rookpluim die zich in de verte aftekende tegen de lucht en zichtbaar breder werd. 'Het vuur komt dichterbij.'

'Als het maar geen tweede Monchique wordt,' verzuchtte de man met de gouden bal.

De gezichten van de mannen kregen een nog bezorgdere uitdrukking toen ze terugdachten aan de brand in 2003 die begon in de bergen van Monchique. Aangevoerd door de wind en de warme temperatuur jakkerde het verwoestende vuur richting de kust. Een gebied zo groot als Luxemburg brandde af voordat het vuur met behulp van blusvliegtuigen uit Marokko, Duitsland, Italië en Rusland werd gestopt. De schade was immens. Vijftien mensen kwamen om het leven en de schade liep in de biljoenen euro's. Een jongen van achttien jaar werd gearresteerd op verdenking van brandstichting.

'Als het maar niet weer zo'n barbecueënde idioot is die dit heeft veroorzaakt.'

De mannen keken elkaar aan en tuurden met hun hand boven hun ogen weer naar de grijsbruine wolk. Daarna wenkte de man die zijn tijd nuttiger kon besteden zijn caddie die op gepaste afstand stond te wachten. Hij droeg hem op zijn clubs te reinigen en de Handicart op te halen. Ongeduldig wachtte hij tot het groene karretje met het witte dak werd voorgereden. De andere twee mannen keken hem zwijgend na tot hij uit het zicht was verdwenen.

'Was je niet een beetje hard voor hem?'

'Absoluut niet. Je weet hoe ik erin sta.'

'Ik zie wel wat in zijn oplossing.'

'Hij heeft jou dus wél verteld wat zijn masterplan is?'

'Hij heeft mij nodig om het uit te voeren.'

'En ga je mij er ook nog over vertellen, of mag ik alleen maar betalen en moet ik verder mijn mond houden?'

'Dat zou op dit moment eerlijk gezegd het beste zijn. Maar je kunt erop vertrouwen dat we er alle drie wijzer van worden.'

'Aan vertrouwen komt ook een keer een einde als het niks oplevert. Vertrouwen moet je verdienen en op dit moment staan jullie allebei diep in de rode cijfers.'

De zelfverzekerde houding die de derde man tot nu toe had gehad, verdween op slag.

'Dit is niet nodig. Ik werk eraan. Echt.'

'Er is grof geschut nodig om jou af te stoppen, dat weet ik, maar tot nu toe mag ik steeds de brandjes blussen,' schamperde de ander.

De man boog nederig zijn hoofd. 'Ik weet het en daar ben ik je ook eeuwig dankbaar voor.'

'Er komt een dag dat alleen dankbaarheid niet meer genoeg is. De credits die een gezamenlijk verleden met zich meebrengt, raken een keer op.' De man gooide de gouden bal met zijn linkerhand op en ving hem in zijn rechterhand. Hij lachte vriendelijk, wat de dreiging die in zijn stem doorklonk des te angstaanjagender maakte. 'Los het op en zorg ervoor dat het geruisloos gaat.'

Een tijdje was het stil. In de verte was de branding te horen, maar de genadeloze zon leek verder al het andere geluid te verschroeien. De mannen staarden elkaar aan, geen van beiden bereid om als eerste de blik af te wenden. Het was uiteindelijk niet de man met de gouden golfbal die de stilte verbrak, maar de andere. 'Vergeet niet dat ons gezamenlijke verleden twee kanten op werkt. Ik kan natuurlijk altijd je zorgvuldig bewaarde geheimpje wereldkundig maken.' Daarna liep hij met opgeheven hoofd weg.

16

Het begint al een klein beetje te schemeren als ik samen met Cesária in een taxi onderweg ben naar Club Kadoc. De discotheek ligt elf kilometer buiten Albufeira en we hebben de stad net verlaten. Ik verheug me nu al op de Bacardi-tuin die niet zou misstaan in de wereld van Willy Wonka. Het is extreem relaxed om daar met een drankje even bij te komen van het feestgedruis dat binnen plaatsvindt.

Cé kijkt zorgelijk en ik vraag haar wat er aan de hand is.

Ze zucht. 'Ik heb nog steeds niks van Robert gehoord en ik ben thuis met ruzie weggegaan en daar voel ik me rot over.'

'Zet Robert vanavond even uit je hoofd. Zo'n filmster heeft aan elke vinger een schatje. Vandaag ben jij het, morgen een ander.'

'Waar komt dat ineens vandaan? Zo is hij niet, je kent hem helemaal niet.'

Blij toe, denk ik heimelijk.

'Victor en Remco zijn allebei erg in je geïnteresseerd...'

'Geen interesse, dat zijn nog kinderen,' zegt ze stuurs.

Cé valt eigenlijk altijd op oudere mannen, alleen Mees was een uitzondering op dat gebied. 'Waarover had je ruzie met je moeder?' vraag ik.

'Ze was gebeld door een klant bij wie ik me de afgelopen week ziek had gemeld om de filmopnames te kunnen doen.'

'Ai.'

'Ja.'

'Heb je je moeder nog steeds niet over de film verteld?'

Cesária schudt haar hoofd.

'Waarom niet?'

'Zie je het voor je? O ja, mam, ik speel de hoer in een Amerikaanse film die hier in de buurt wordt opgenomen. Ze blijft erin.'

'Volgens mij onderschat je haar. Ze is gewoon bezorgd om je. Dat is toch niet zo raar? Wees blij dat ze zich wat van je aantrekt. Dat kan ik van mijn vader niet zeggen.'

'Nog steeds geen vrienden met je vader?'

Ik schud mijn hoofd. 'Ik haat de man die hij is geworden. Vroeger was hij helemaal niet zo, weet je.'

'Is Marie nog gelukkig met hem?'

'Die steekt haar kop in het zand. Pa kan nog steeds niet met zijn poten van andere vrouwen afblijven.'

Cé kijkt weer op haar mobiel en ik vraag me af of ze wel gehoord heeft wat ik zeg. Ik vang haar aandacht door weer over haar moeder te beginnen.

'Het is misschien ook niet zo handig dat je je ziek hebt gemeld en niet eerlijk bent geweest.'

'Goh, vertel me eens wat nieuws. Ik wist gewoon even niet hoe ik dit chic moest oplossen. Mijn moeder had het nooit goedgevonden dat ik vrij zou nemen van mijn werk om in een film te spelen. Zeker niet gezien de rol die ik speel. Maar het was een kans en die wilde ik pakken. Ik wil verder komen, Noek, en ik zie op dit moment gewoon geen andere manier.'

'Weet je zeker dat je geen actrice wilt worden?'

'Heel zeker, maar als ik dat een paar jaar doe, heb ik misschien genoeg geld voor een studie. Ik wil niet mijn hele leven met mijn neus boven iemand anders plee blijven hangen. Mijn ambitie is groter dan dat.'

'Dat snap ik.'

'Daarom bewonder ik Emma zo. Zij is ook vanuit een heel benarde positie opgeklommen en kijk waar ze nu staat. Ze speelt de hoofdrol in een echte Hollywoodfilm!'

'Maar het is wel een bitch.'

'Als je alleen met haar bent, is ze best oké,' verdedigt Cé haar. 'Als je zo hebt moeten knokken voor je plek dan is het toch niet zo raar dat je snel in de verdediging schiet?'

'Misschien niet. Maar ik vind haar nou eenmaal niet aardig.'

'Dat hoeft toch ook niet?'

We zwijgen even. 'Misschien moet je je moeder even een lief berichtje sturen?' stel ik voor. 'Met ruzie uit elkaar gaan is nooit goed. Stokpaardje van Marie,' voeg ik eraan toe.

'Goed idee.'

'En misschien moet je haar morgen toch maar de waarheid vertellen waarom je je ziek hebt gemeld. Nu weet ze alleen dat je niet op je werk bent verschenen, terwijl je helemaal niet ziek was. Dat levert alleen maar gedoe op.'

'Je hebt gelijk. Ik heb het niet handig aangepakt, hè?'

'Eh, nee. Maar als je het aan je moeder uitlegt, dan weet ik zeker dat ze het begrijpt.'

'Denk je?'

Ik knik. 'En nu appen,' zeg ik quasistreng.

Ze verzendt het bericht net op het moment dat onze taxi voor de deur van Kadoc tot stilstand komt. Ik geef de taxichauffeur een vette fooi en op mijn beurt krijg ik zijn nummer voor de terugreis. We stappen uit en gaan in de rij staan om binnen te komen. De portier laat ons vlot door. De klanken van 'Just Be' van Tiësto komen ons al tegemoet en ik kan niet stil blijven staan. Een blije energie stroomt door me heen. Ik heb ontzettend veel zin in een avondje dansen. Muziek zorgt er altijd voor dat ik alles even vergeet en op de dansvloer beleef ik vaak mijn gelukkigste momenten. Alle frustraties uit mijn lijf stampen op het ritme van de beat.

Mijn blije gespring werkt kennelijk aanstekelijk, want er verschijnt een lach op Cé's gezicht en voor het eerst vanavond lijkt ze een beetje te ontspannen. Ik troon haar mee naar de bar om een cocktail te bestellen. We nemen allebei een Banana Jaffa. Net wanneer ik het rietje in mijn mond stop, tikt er iemand op mijn schouder. Ik draai me om en kijk recht in de ogen van Victor. Remco neemt niet eens de moeite om me te begroeten en maakt meteen werk van zijn weddenschap. Hij staat met Cesária te praten terwijl zijn arm losjes op haar schouder rust. Tot mijn verbazing accepteert ze het. Victor ziet het met argusogen aan en ik lach hem bemoedigend toe. Remco gaat dichter tegen Cé aan staan en ik zie dat ze zich daar wél ongemakkelijk onder voelt.

'Even onze neus poederen,' zeg ik tegen Remco, terwijl ik een dankbare Cé achter me aan sleep.

Ik schiet vlug het laatste vrije hokje in. Als ik weer naar buiten kom, staat Cé met een verschrikt gezicht naar haar telefoon te staren. Ze heeft niet door dat ik naar haar toe loop.

'Is er iets?' vraag ik, terwijl ik op haar scherm probeer te kijken. Geschrokken stopt ze haar telefoon in haar tas.

'Nee hoor, niks aan de hand.' Haar stem trilt een beetje.

'Maak dat de kat wijs, Cé. Je ziet zo wit als een spook.'

Nerveus frunnikt ze aan het kettinkje om haar nek. Het is een gouden hartje met een diamantje. Het was me al opgevallen toen ze de taxi in stapte, maar ik had er door ons serieuze gesprek nog niks over gezegd.

'Nieuw?' vraag ik. 'Ik heb het nog nooit eerder gezien.'

'Ja.'

'Gekregen?' vraag ik door.

Ze kijkt wat blijer.

'Robert?'

Ze knikt.

'Heb je al wat van hem gehoord?'

'Nee. Ik begrijp er niets van.'

'Kreeg je net soms een berichtje van je moeder?'

'Nee, hoezo?'

'Je leek zo van slag.'

'O, dat was niks. Kom, we gaan feesten.'

De zorgen verdwijnen van haar gezicht; na een weekje acteert ze al als de beste. Ze trekt me mee en ik besluit er later op terug te komen. Ik wil de avond niet verpesten en Cé is niet bepaald mededeelzaam tot nu toe. We lopen rechtstreeks naar de dansvloer. Cé kijkt om zich heen, alsof ze iemand zoekt. Ze blijft natuurlijk hopen op Robert. Ik vind het zorgelijk dat hij haar zo'n duur kettinkje heeft gegeven, maar misschien zijn mijn zorgen voor niks en betekent zo'n gebaar voor hem helemaal niets. Dat hij Cé's berichten onbeantwoord laat, pleit niet in zijn voordeel.

Remco heeft Cesária intussen weer gevonden en danst om haar heen. Ze laat het met tegenzin toe. Victor probeert zich subtiel langs zijn vriend heen te wurmen om dichter bij haar te komen. Ik heb met haar te doen. Het lijkt me vreselijk als je altijd maar lastiggevallen wordt door mannen en nooit eens een avondje ongedwongen uit kunt gaan.

Ineens valt mijn oog op een man die ik hier niet verwacht had te zien: Ricardo, Cesária's ex. Hij staat met samengeknepen ogen te kijken naar Cé en haar aanbidders. Hij heeft een woedende blik in zijn ogen.

Shit, dit is niet goed.

'Cesária!' Hij roept haar, maar ze heeft hem nog niet gezien en hoort hem niet boven de luide muziek uit.

Ik moet iets verzinnen om hem bij haar uit de buurt te houden. Ik heb het nog niet gedacht of hij duwt wat mensen aan de kant en loopt de dansvloer op. Met drie snelle stappen ben ik bij hem.

'Hé, Ricardo, leuk om jou weer eens te zien.' Ik schiet hem aan, maar hij duwt me hardhandig aan de kant. Bijna kom ik ten val en ik word opgevangen door een meisje dat vlakbij staat. Ik bedank haar en ga Ricardo achterna.

Cé heeft hem inmiddels ook gezien en kijkt angstig. Hij negeert haar en slaat in plaats daarvan zijn armen om Victor en Remco heen en spreekt hen toe. Ik kan niet horen wat hij zegt, maar dat het niet vriendelijk is, lees ik van hun gezichten af. Dan doet hij een stap naar achteren en slaat beide jongens met hun koppen tegen elkaar. Alles gaat nu heel snel.

Cé slaakt een kreet en geeft hem een klap. Hij grijpt haar bij haar haren en legt zijn hand om haar keel en spreekt haar dreigend toe. Ik krijg een rood waas voor mijn ogen en spring zonder na te denken op zijn rug, trek aan zijn haren en ram op hem in met mijn vuisten. Hij werpt me zonder moeite van zich af, maar moet Cé wel loslaten om dat te doen.

Ik lig op de grond als hij met geheven vuist boven me hangt. Ik steek mijn armen voor me uit om mijn hoofd te beschermen. Ineens komt er een vuist van links die Ricardo vol op zijn kaak raakt. Hij raakt uit zijn evenwicht door deze verrassingsaanval van Victor. Van de andere kant duikt Remco op hem. Samen komen ze ten val. Ricardo weet zich bovenop te worstelen en wil net met volle kracht uithalen als iemand zijn vuist uit de lucht vangt. Tot mijn opluchting zie ik dat het iemand van de beveiliging is. Hij haalt de kemphanen uit elkaar en neemt Ricardo mee in zijn nekvel.

Vlug kom ik overeind en ontferm me over mijn vriendin. 'Cé, gaat het?'

Ze staat te trillen als een rietje en haar ogen zijn groot van angst.

Victor en Remco lopen naar ons toe. Allebei hebben ze een rode bult op hun voorhoofd.

'Shit, wat was dat ineens?' begint Victor. 'Die malloot begint gewoon ineens te matten. Maar dan moet hij toch van betere huize komen, ik ben...'

Mijn blik maakt hem duidelijk dat we niet zitten te wachten op een verslag van de vechtpartij die ongetwijfeld in zijn voordeel zou zijn uitgevallen als de bewaker niet had ingegrepen. Hij houdt zijn mond.

Remco biedt aan om een drankje voor ons te halen en ik knik hem toe dat het oké is.

'Ga je even mee naar de wc?' vraagt Cesária aan me.

Ik sla mijn arm om haar heen en neem haar mee. Ze verdwijnt meteen in een toilethokje en ik leun tegen de muur, wachtend tot ze terugkomt. Net als ik me zorgen begin te maken, gaat haar deur weer open.

'Gaat het?' vraag ik tegen beter weten in. Ze haalt haar schouders op. De tranen staan in haar ogen. Voorzichtig strijkt ze met haar vingers langs de plek waar Ricardo haar bij de keel greep. Hij heeft blijkbaar minder hard geknepen dan het eruitzag, want er is nauwelijks iets te zien in haar hals.

'Was hij het de vorige keer ook? Ja, hè? Het was geen ongeluk.' Ik moet het vragen.

'Nee, dat heb ik toch al gezegd. Ricardo kan er gewoon niet tegen als hij me met een ander ziet.'

'Hij heeft niks meer over je te vertellen. Toch?'

'Nee, maar daar denkt hij zelf anders over. Hij zegt dat hij me nooit zal laten gaan en dat hij iedereen die met zijn poten aan me zit wat aan zal doen.'

'Ik vind dat je aangifte moet doen.'

'Ach, je kent Ricardo toch? Het is gewoon een heethoofd. Morgen heeft hij er vast spijt van.'

'Cé!' roep ik uit. 'Je bent echt onverbeterlijk! Kom nou eens voor jezelf op! Straks doet hij je nog wat aan.'

'Dat zou hij nooit doen, hij houdt van me.'

Ze kijkt op haar horloge. 'Mag ik het nummer van die taxichauffeur? Ik wil naar huis, ik ben moe.'

Even wil ik protesteren, maar wat heeft het voor zin? Ik overhandig haar het briefje met het nummer en ze belt.

'Hij is er over vijf minuten, hij was nog in de buurt.'

'Oké. Wil je Victor en Remco nog gedag zeggen?'

'Nee, ik kan even geen mannen meer zien. Blijf je bij me tot de taxi er is?'

Samen verlaten we de discotheek. Ik speur de omgeving af, maar Ricardo is gelukkig nergens meer te bekennen. Al snel komt de taxi. Ik geef Cé een stevige knuffel en druk haar op het hart voorzichtig te zijn. Ze geeft me een kus op mijn wang en stapt in. Als de taxi wegrijdt, voel ik me ineens heel erg alleen.

Deel 2
Gabriela & Anoek

17

De lucht trilde zachtjes onder invloed van de warme zonnestralen. Een tropische bries zweepte de golven op die met donderend geweld tegen de rotsen sloegen. Op het leistenen pad rende een jongetje met een rood rugzakje. Zijn blote armpjes en beentjes glommen van de zonnebrand en zijn blonde haar piekte onder een petje uit.

'Robbie, hier blijven!' klonk de bezorgde stem van zijn moeder toen de afstand tussen hen te groot werd. De jongen hield zijn pas wat in en veranderde van koers. In plaats van vooruit liep hij richting de eenvoudige afzetting langs de kant en klom eronderdoor.

'Robbie, wat zeg ik nou? Kom terug, dat is veel te gevaarlijk.' Lichte paniek klonk door in de stem van zijn moeder.

'Maar zo kan ik het water beter zien.'

'Robbie, er staat niet voor niets een hek. Kom, terug op het pad.'

'Mama, mag ik zwemmen? De zee is net een wildwaterbaan.' Opgetogen keek hij naar beneden.

'Dat is veel te gevaarlijk, Robbie.'

'Maar ik heb toch een zwemdiploma?'

'Voor het zwembad, ja. Niet voor de zee.'

'Zij zwemt toch ook?' Hij wees met zijn vingertje naar beneden. Zijn moeder was bij hem en greep hem bij zijn arm. Ze tilde hem over de omheining heen en drukte hem even stevig tegen zich aan.

'Niet meer doen,' fluisterde ze terwijl ze zijn kindergeur

vermengd met zonnebrand opsnoof. Hij worstelde zich los.

'Kijk dan, mama. Zij zwemt ook!' Weer wees hij met zijn kleine vingertje naar de diepte.

Zijn moeder draaide zich langzaam om en tuurde omlaag. Toen sloeg ze haar hand voor haar mond. Ze trok haar kind achter zich, zodat hij het water niet langer kon zien.

Beneden tussen twee rotsen dreef een lichaam. De golven namen het mee de inham in en bliezen het vervolgens krachtig weer naar buiten. Het tafereel herhaalde zich een paar keer voordat de vrouw in staat was om te handelen.

Trillend over haar hele lijf belde ze het alarmnummer.

18

Inspecteur Gabriela Carvalho staarde met een grimmig gezicht naar het lichaam dat uit het water werd getakeld. Het was een ingewikkelde operatie. Het was onmogelijk om op een normale manier het water in te gaan en daarom was er gekozen voor een helikopter die zo dicht mogelijk boven de uitgesleten rots hing waarin het lichaam steeds weer verdween op het ritme van de golven. Onder de helikopter hing een duiker in een tuig horizontaal aan een kabel vlak boven het water. Het was de bedoeling dat hij het lichaam zou grijpen als het weer uit de rots geblazen werd. De eerste drie pogingen waren mislukt, omdat de helikopter onder invloed van de wind niet goed stil bleef hangen. Gabriela hield haar vingers gekruist en bad dat de wind, net als zijzelf, de adem even zou inhouden.

Daar was het lichaam weer. Ze kreeg kippenvel toen het via de scherpe rotsen richting het open water werd gestuwd. Ze sloeg haar handen ineen en keek heel even naar de hemel voordat ze zich weer concentreerde op het tafereel daarbeneden. Het lichaam kwam in de buurt van de duiker en met uitgestrekte armen greep hij ernaar. Een grote golf spoelde over hem heen en even was hij helemaal uit beeld. Gabriela zette een paar stappen naar voren en tuurde in de diepte. Druipend kwam hij boven. Ze juichte in stilte toen ze zag dat hij er deze keer wel in was geslaagd het lichaam vast te grijpen. Ze begon te springen en zwaaide wild met haar armen om de piloot duidelijk te maken dat hij bij de rots weg moest vliegen.

Twee mannen die in de buik van de helikopter zaten waren al bezig om de duiker omhoog te trekken. Bijna liet hij het lichaam los toen een nieuwe windvlaag de helikopter uit balans bracht. Een kreet van frustratie ontglipte aan Gabriela's lippen. De kabel bewoog wild heen en weer, maar stukje bij beetje werd de afstand tussen de duiker en het water groter. Het zag ernaar uit dat het lichaam op korte termijn weer op het vasteland zou zijn.

Gabriela kneep haar ogen tot spleetjes in de hoop een beter beeld van het lichaam op te vangen. Een sliert lang donker haar hing over de arm van de duiker heen. Een vrouw dus, of een kerel met lang haar. Ze keek nog eens toen de kabel weer heen en weer zwenkte. Nu zag ze blote benen en iets wat leek op een rode jurk. Ze maakte een kruisteken. De duiker en het lichaam waren inmiddels zo ver omhooggetakeld dat de mannen in de helikopter ze naar binnen konden trekken. Toen het luik gesloten was, rende Gabriela naar haar auto, die verderop geparkeerd stond. Ze snelde langs een collega die de vrouw ondervroeg die het lichaam had ontdekt en stak vluchtig haar hand op. Bij haar auto aangekomen rukte ze de deur open, sprong achter het stuur en scheurde vrijwel meteen weg richting het ziekenhuis waar het lichaam naartoe gebracht zou worden.

Voor de deur van de autopsieruimte stonden twee mannen in uniform. Gabriela zwaaide met haar politiekaart. Respectvol deden ze een stap opzij en ze maakten de deur voor haar open.

Haar adem stokte even toen ze het lichaam op de autopsietafel zag liggen. Ze bekeek het ranke, goedgevormde postuur in het kapotte rode jurkje. Net meisje af, en geen kans meer om een volgroeide vrouw te worden. 'Lady in Red' van Chris de Burgh schoot door haar hoofd. Het gezicht van de jonge vrouw zat onder de schaafwonden en was flink opgezet, zodat je niet kon zien of ze knap was geweest of niet. Misschien net twintig, dacht Gabriela. Net zo oud als Andreia destijds.

'Zullen we beginnen?'

Gabriela schrok op uit haar gedachten toen de stem van de patholoog door de steriele ruimte galmde. Ze herpakte zichzelf en knikte. De patholoog verwijderde de kledingstukken van het lichaam en begon zijn onderzoek aan de voorzijde. Hij inspecteerde hoofd, romp, armen en benen. Hij constateerde dat het slachtoffer lichte bloeduitstortingen in haar hals had.

'Verwurging?' vroeg Gabriela.

'Mogelijk, maar de verkleuring suggereert dat die dan al een paar dagen eerder zou hebben plaatsgevonden. Het is zeker niet de doodsoorzaak.'

Hij ging verder met het onderzoek en herhaalde hetzelfde ritueel aan de achterkant van het lichaam. Toen concentreerde hij zich op de schedel. 'Deze is op het eerste gezicht intact.' Voorzichtig schoof hij het haar van het slachtoffer aan de kant. 'Ik zie wel wondjes in de hoofdhuid.'

Gabriela boog zich over het lichaam en zag wat hij bedoelde. 'Van de rotsen? Daar is ze steeds met behoorlijke kracht tegenaan geslagen.'

'Ik vraag het me af. Om het zeker te weten moeten we de binnenkant van haar hoofdhuid bekijken. Met jouw instemming ga ik de forensisch patholoog vragen om het onderzoek over te nemen.'

Gabriela knikte en keek op haar horloge. 'Duurt het lang voordat hij hier is?'

'Het is een zij en als het goed is, is ze nog in huis. We hebben net samen een ander lichaam onderzocht. Ik bel de officier van justitie voor de officiële toestemming en dan zal ik haar op de hoogte brengen. Ga er maar van uit dat ze meteen komt.'

De patholoog had niets te veel gezegd. Vlak na zijn tweede telefoontje kwam een rijzige vrouw de ruimte in lopen. Gabriela had haar nog niet eerder gezien. De vrouw knikte haar toe en ging meteen aan de slag, en even later stroopte ze al voorzichtig het vel van de schedel. Gabriela slikte.

'Kijk eens aan,' zei de forensisch patholoog. 'Bloeduitstortingen.'

Gabriela zag meteen wat ze bedoelde. 'Stomp geweld?' vroeg ze.

De vrouw keek haar goedkeurend aan. 'Het lijkt er inderdaad op dat ze met een voorwerp op haar hoofd is geslagen. De afwezigheid van een deuk in de schedel, zou tot de conclusie kunnen leiden dat de klap niet dodelijk is geweest. Het slachtoffer is met iets op haar achterhoofd geslagen. Hoewel de klap niet dodelijk is geweest, geeft de omvang van de bloeduitstorting aan de binnenkant van de hoofdhuid wel aan dat de klap hard genoeg kan zijn geweest om het slachtoffer het bewustzijn te laten verliezen. Het feit dat de bloeduitstorting zich aan de rechterkant van het achterhoofd bevindt, duidt erop dat de klap door een rechtshandige persoon is toegebracht.' De forensisch patholoog ging verder met haar onderzoek. 'Er bevindt zich zout water in de longen. Het slachtoffer is door verdrinking om het leven gekomen. Gezien de locatie waar ze is gevonden, is het niet ondenkbaar dat ze het bewustzijn heeft verloren door de klap op haar hoofd en toen van het klif is gevallen en te water is geraakt.'

De dood van dit meisje leek geen ongeluk te zijn. Sterker nog, ze was waarschijnlijk niet uit zichzelf te water geraakt, maar een handje geholpen.

'Hebben we haar identiteit al kunnen vaststellen?'

'Ze had haar tas nog om,' antwoordde de patholoog. 'Haar spullen liggen daar en zijn al gefotografeerd.'

Hij wees naar een tafel in de ruimte waarop de spullen in gesealde zakjes lagen uitgestald. Gabriela liep ernaartoe terwijl de patholoog en zijn forensische collega verder werkten. Een telefoon, een identiteitskaart, een lippenstift en een bankpasje. De zwarte stoffen handtas met sierkraaltjes zat in een grotere gesealde doorzichtige zak en was op sommige plekken wit uitgeslagen van het zoute water.

Ze boog zich over de identiteitskaart heen.

19

De achternaam van het slachtoffer was Oliveira. Haar voornaam Cesária. Woonplaats: Santa Bárbara de Nexe, een plaatsje met ruim vierduizend inwoners in de gemeente Faro. Wat deed het meisje dan helemaal bij Het einde van de wereld? Ze was met haar zeventien jaar nog niet oud genoeg om auto te rijden, maakte Gabriela op uit haar geboortejaar. Taxi? Maar waarom naar zo'n verlaten plek? De forensisch patholoog had aangegeven dat het slachtoffer hooguit een nacht in het water had gelegen, wat betekende dat ze dus laat op de avond of 's nachts naar Het einde van de wereld was toe gegaan. Had ze daar met iemand afgesproken? Iemand die uiteindelijk geen goede bedoelingen had gehad?

Gabriela had een weeïg gevoel in haar maag. Ze was op weg naar de ouders van Cesária Oliveira om hun het slechte nieuws te brengen. Haar collega was weggeroepen voor een inbraak die vannacht had plaatsgevonden, dus ze stond er alleen voor. Helemaal volgens de regels was het niet, maar door de steeds verder oprukkende bosbranden werden steeds meer agenten ingezet om de brandstichters op te sporen. Alles wees erop dat de boel steeds op nieuwe plekken werd aangestoken en dat er geen sprake was van een natuurlijke oorzaak. Daardoor werd de regel dat je nooit zonder collega op pad ging ook vandaag weer met voeten getreden.

Ze reed bewust heel langzaam zodat ze het moment van de waarheid zo lang mogelijk kon uitstellen. Ze voelde ontzettend mee met de ouders van het meisje en ze haatte het dat zij de boodschapper was van het nieuws dat hun leven zou verwoesten. Maar deze ouders zouden in elk geval weten wat er met hun kind was gebeurd. Haar eigen ouders en zijzelf hadden nooit geweten waar ze aan toe waren en hadden de verdwijning van haar zus nooit goed kunnen afsluiten. Niet weten waar je aan toe bent maakt je kapot, elke dag een stukje meer.

Een vermissing liet als enige erfenis een spoor van vernieling na, dat wist Gabriela als geen ander. Ze kon er niets positiefs uit halen. Ze kreeg de kriebels van mensen die reclameerden dat vreselijke gebeurtenissen in hun leven ook goede dingen hadden gebracht. Dat ze er sterker door waren geworden, een beter mens. Dat het hun gemaakt had tot wie ze vandaag de dag waren. Wat een onzin! De verdwijning van Andreia had haar alleen maar ellende en nog meer verlies gebracht. Ze was niet alleen haar zus kwijtgeraakt, maar ook haar ouders, haar geborgenheid.

Zeven jaar geleden was Andreia na een avondje stappen niet thuisgekomen. Haar zusje was die avond gesignaleerd met een oudere man, maar niemand wist wie hij was en of Andreia uiteindelijk ook samen met hem was vertrokken. Een jaar lang had ze samen met haar vader elke avond gezocht in de omgeving van de discotheek, maar tevergeefs. Het verdriet had haar vader daarna kapotgemaakt, zijn lichaam leek het gewoon op te geven. Uiteindelijk was hij aan een leveraandoening overleden, maar Gabriela was ervan overtuigd dat Andreia's vermissing de oorzaak van zijn dood was. Haar moeder kon een tweede grote verlies in haar leven niet dragen en pleegde een maand na haar vaders overlijden zelfmoord.

Op eenentwintigjarige leeftijd bleef Gabriela alleen achter op de wereld. Ze had zich voor de politieopleiding aangemeld en was een paar jaar later met vlag en wimpel geslaagd. In de jaren daarna dwong ze door haar gedrevenheid respect af bij haar collega's. Ze was goed in haar werk, verdomd goed, al zou ze dat zelf nooit toegeven. Maar ze wist donders goed dat haar gedrevenheid voortkwam uit haar verleden; dat ze, totdat ze die ene vermissing had opgelost, geen rust zou hebben. Pas als ze haar zusje had gevonden, zou ze ook overwegen om haar ouderlijk huis te verkopen en ergens anders opnieuw te beginnen. Totdat Andreia gevonden was, zou ze thuis op haar wachten. Ook al was de kans nog zo klein dat dat ooit zou gebeuren.

Gabriela nam de afslag en stuurde haar auto een zandweg op die zou moeten uitkomen bij het huis van de ouders van het slachtoffer. De knoop in haar maag trok strakker bij elke meter die ze aflegde. De weg was slecht en hobbelig en keitjes spatten tegen de onderkant van de auto. Het huis kwam in zicht. Gabriela pakte een kauwgompje om de droogte in haar mond tegen te gaan en zuchtte een keer diep. Ze liet haar auto de laatste meters rustig uitrollen en bleef nog heel even zitten nadat ze de motor had uitgezet. Ze sprak zichzelf voor de laatste keer toe en stapte uit. Ze was een professional!

Gabriela liep naar de voordeur en zocht de bel. Die ontbrak. Met haar vuist klopte ze op het verweerde hout en wachtte af. Er kwam niemand naar de deur. Ze liep om het huis heen en keek door een raam naar binnen. Ze zag een vrouw die druk in de weer was met een stofzuiger. Ze klopte op het raam in de hoop dat de vrouw haar nu wel zou horen. Enigszins beschaamd keek ze naar de vette afdruk die haar hand had achtergelaten. De vrouw hoorde haar nog steeds niet, dus besloot Gabriela voor het raam te blijven staan. Ze zou zich vast wel een keer omdraaien. Toen dat gelukkig genoeg snel gebeurde, zwaaide ze naar de vrouw die haar met een geschrokken gezicht aankeek. Gabriela wees richting de voordeur en de vrouw knikte. Met een verhit hoofd deed ze open.

'Sorry, ik hoorde u niet. De stofzuiger maakt nogal veel lawaai en we hebben geen bel. Stond u hier al lang?'

'Een paar minuutjes. Bent u Doroteia Oliveira?'
De vrouw knikte bevestigend.
'Inspecteur Gabriela Carvalho. Mag ik even binnenkomen?'
'U komt om de overlast van de buurhond te bespreken neem ik aan? Ik heb een paar dagen geleden een klacht ingediend.' De vrouw stapte aan de kant en ging Gabriela voor naar de woonkamer. 'Let u niet op de rotzooi. Doordeweeks poets ik bij anderen en op zondag is mijn eigen huis aan de beurt.'
'Mevrouw Oliveira, bent u alleen thuis?'
'Ja, mijn dochter logeert bij een vriendin.'
'En uw man, is die er ook niet?'
Het gezicht van de vrouw betrok. 'Die is overleden,' zei ze zachtjes.
'Dat spijt me voor u.' Gabriela voelde haar maag weer samentrekken. Deze vrouw zou net als zijzelf alleen achterblijven. Over een minuut was ze het laatste lid van haar gezin ook kwijt.
'Kan ik u iets te drinken aanbieden?'
'Komt u eerst maar even zitten.'
'Gaat u de hond in beslag nemen?'
'Ik kom helaas niet voor de hond.'
Het gezicht van de vrouw werd op slag bleek. 'Maar waarvoor... wat... Cesária? Is er iets met Cesária? Alstublieft, nee toch. Nee toch! Niet Cesária! Niet Cesária.'
'Het spijt me, mevrouw Oliveira, maar ik heb inderdaad slecht nieuws over uw dochter Cesária. Vanochtend is haar lichaam gevonden in het water bij Het einde van de wereld. We vermoeden dat het om een misdrijf gaat.'
Gabriela zag de ogen van de vrouw wegdraaien en kon haar nog net opvangen voordat ze van haar stoel viel. Ze legde de vrouw op de grond en tikte tegen haar wang. 'Mevrouw Oliveira. Doroteia.' Vlug controleerde ze de vitale functies en legde de vrouw in stabiele zijligging. De hartslag was re-

gelmatig, evenals de ademhaling. Opgelucht constateerde ze dat de vrouw slechts was flauwgevallen. Ze bleef de naam van de vrouw herhalen en tegen haar wang tikken totdat ze langzaam weer bijkwam.

Doroteia keek haar verschrikt aan en verloor bijna weer het bewustzijn. Gabriela wist haar bij de les te houden, hielp haar overeind en begeleidde haar naar de versleten bruine sofa.

'Zal ik een glaasje water voor u halen?'

De vrouw knikte. Ze keek wezenloos voor zich uit, maar ze zat wel stabiel overeind. Gabriela liep naar de keuken en vulde twee glazen met water. Ze gaf Doroteia een glas en ging naast haar zitten met een eigen glas.

'Hebt u gehoord wat ik zei voordat u flauwviel?'

De vrouw trok weer bleek weg. 'Cesária,' fluisterde ze. Daarna barstte ze in tranen uit. Haar lichaam schokte en ze begon te hyperventileren.

Gabriela bleef uiterlijk rustig en hield Doroteia stevig vast, maar haar hart kromp ineen. Het was net alsof ze haar moeder weer vasthield toen ze het nieuws over haar verdwenen zus zeven jaar geleden voor het eerst hoorde. Automatisch suste ze met dezelfde kalmerende woorden als destijds en langzaam werd Doroteia wat rustiger.

'Mijn leven is voorbij. Ik heb niks meer om voor te leven. Mijn lieve kleine meisje.'

'Het spijt me zo,' fluisterde Gabriela. 'U begrijpt dat ik u wat vragen moet stellen. We willen degene die dit op zijn geweten heeft zo snel mogelijk te pakken krijgen.'

'Maar wie zou mijn meisje nou iets willen aandoen? Ze was de liefste van de hele wereld.' Doroteia droogde met een uitgeblust gebaar haar wangen.

'Hebt u de laatste tijd iets vreemds aan Cesária gemerkt? Heeft ze misschien ruzie met iemand? Had ze vijanden?'

'Nee, niemand. Iedereen hield van haar.'

'En er waren geen vreemde dingen? Ze gedroeg zich niet anders dan anders?'

'Nee. Nou, misschien toch. Een week of twee geleden kwam ze laat thuis van een feestje. Ze was doorweekt en haar scooter was beschadigd, haar knieën bloedden en haar linkeroog leek dikker.'

'Zei ze wat er was gebeurd?'

'Ze beweerde dat iemand haar op het feestje in het zwembad had geduwd en dat ze op de terugweg naar huis een ongeluk met haar scooter had gehad.'

'Maar u geloofde haar niet?'

'Ik twijfelde, vooral omdat ze de dag erna een sjaaltje om haar nek droeg. Toen ze haar hoofd draaide kwam er een rode plek onderuit en ik denk niet dat die door een val was veroorzaakt. Haar stem klonk heel schor, maar toen ik ernaar vroeg, beweerde ze dat het van het feesten was.'

'Waar was dat feestje?'

'Bij die Nederlandse filmproducent, Johan de Leeuw. Cesária was ernaartoe met haar vriendin Anoek.'

'Wat is haar achternaam?'

'Van Anoek? Huizing.'

Gabriela maakte een notitie. 'U zei dat de rode plek in haar nek niet door een val veroorzaakt kon zijn. Waar denkt u dat het dan door kwam?'

'Een hand. Het leek alsof iemand haar bij haar keel had gepakt. Tenminste, dat dacht ik.'

'Enig idee wie dat zou kunnen zijn geweest?'

'Misschien haar ex. Ricardo Carneiro? Hij liet haar maar niet met rust, terwijl ze al minstens anderhalf jaar uit elkaar waren.'

'Welke aanwijzingen hebt u dat hij haar niet met rust liet? Sprak ze daar met u over?'

'Ze liet zich weleens wat ontvallen, maar hij hing hier ook nog regelmatig rond het huis.'

‘Stalkte hij haar?’

‘Dat gaat misschien wat ver, maar hij kon haar in elk geval nog steeds niet loslaten.’

‘Hoe zou u hem willen omschrijven?’

‘Zeer temperamentvol. Heetgebakerd, jaloers, erg macho. Ik mocht hem niet.’

‘Heeft hij weleens geweld gebruikt tegen Cesária? Haar geslagen?’

‘Dat zou me niets verbazen.’

‘Maar u hebt er geen bewijs van?’

‘Nee.’

‘Heeft uw dochter de relatie met meneer Carneiro zelf verbroken?’

‘Ja, ze was verliefd geworden op een ander.’

‘Ai. Dat zal hij niet leuk hebben gevonden.’

‘Nee.’

‘Weet u ook op wie?’

‘De zoon van die filmproducent over wie ik net sprak. Die van dat feestje waar ze naartoe is geweest.’

‘Johan de Leeuw was het, hè? Hoe heet zijn zoon?’

‘Mees. Mees de Leeuw. Maar die relatie heeft niet lang geduurd hoor, die is vorig jaar aan het einde van de zomer uitgegaan.’

‘Hebt u deze Mees weleens ontmoet?’

‘Eén keer. Een aardige jongen. Beschaafd en rustig. Het tegenovergestelde van Ricardo, ook qua uiterlijk.’

‘Had uw dochter op dit moment een vriend?’

‘Niet dat ik weet, maar sinds een paar weken vertelde ze me niet alles meer.’

‘Hoe bedoelt u?’

‘Nou, dat zogenaamde scooterongeluk waar ik nog steeds niets van geloof. En gisteravond is ze met ruzie het huis uit gegaan.’

‘Waar ging de ruzie over?’

‘Ik was erachter gekomen dat ze zich al ruim een week ziek meldde op haar werk, terwijl ze helemaal niet ziek was. Ze wilde me niet vertellen wat ze op die dagen had gedaan of waar ze was geweest. En nu zal ik het misschien wel nooit weten.’ De stem van Cesária’s moeder klonk intens droevig.

‘Ik ga er alles aan doen om uw vragen beantwoord te krijgen, daar kunt u van op aan.’ Ze legde haar hand even kort op de knie van Doroteia, ook al wist ze dat dit kleine gebaar schril afstak bij het grote verdriet van de vrouw. ‘Uw dochter was bevriend met een Nederlands meisje, zei u eerder. Anoek Huizing?’

‘Ja. Anoek komt elke zomer een paar maanden met haar vader en stiefmoeder naar Portugal. Een ontzettend lieve meid. Ik maak één keer in de week bij hen schoon, zo hebben Anoek en Cesária elkaar ook leren kennen. Ik werk voor heel veel Nederlanders die hier een tweede huis hebben. Cesária helpt me in de zomervakantie altijd mee en draait dit jaar voor het eerst haar eigen adressen. Draa... draaide dit jaar...’ Ze slikte even.

‘Hebt u misschien het adres en telefoonnummer van Anoek Huizing?’

Doroteia liep naar een kast en trok een la open. Ze haalde er een klein adresboekje uit en hield het Gabriela voor zodat ze de gegevens van Anoek kon noteren.

‘Had uw dochter verder nog vrienden met wie ik volgens u zou moeten praten?’

Doroteia schudde haar hoofd. ‘Ze was eigenlijk heel erg op zichzelf. Meiden waren altijd jaloers op haar en zagen haar als een bedreiging omdat ze zo mooi was, en jongens wilden altijd wat van haar. Daarbij zijn we een arm gezin, dat helpt ook niet mee. Mensen kijken snel op je neer als je maar een schoonmaakster bent, maar ze zijn maar wat blij dat jij het poetsen van ze overneemt.’ Doroteia’s stem kreeg een bittere klank.

‘Maar de vrienden van Cesária?’

‘Anoek en Mees waren voor zover ik weet de enigen die haar met respect behandelden.’

‘En toch heeft ze het uitgemaakt met Mees.’

‘Tot op de dag van vandaag begrijp ik daar nog steeds niets van.’

20

Gabriela liep naar de toegangspoort van de villa en drukte op de intercom. Een vriendelijke vrouwenstem beantwoordde haar gebel.

'Goedendag, ik ben inspecteur Gabriela Carvalho,' introduceerde ze zichzelf. 'Ik zou graag met Anoek Huizing spreken.'

'Noekie? Heeft ze iets uitgevreten?'

'Nee, ik ben bezig met een zaak waar ze me misschien bij kan helpen. Mag ik even binnenkomen, dat praat wat gemakkelijker.'

'Ja natuurlijk, excuses.'

Op het geluid van een zoemtoon zwaaide het hek open. Door een haag van oleanders en palmbomen liep ze over geelkleurige tegels naar de voordeur. Aan de rand van de tuin stond zelfs een karakteristieke Portugese kurkeik. De deur zwaaide open en een blonde vrouw in een lange blauwe jurk stapte met uitgestoken hand naar buiten. Gabriela aarzelde even toen ze zag dat de vingers vol met verf zaten.

'Het geeft niet meer af hoor,' zei de vrouw lachend. Gabriela pakte de hand aan. De handdruk was warm en zacht. 'Marie-Louise Huizing.'

'Inspecteur Gabriela Carvalho.'

'Ik zal Anoek en mijn man Peter even roepen. Het is toch niets ernstigs, hoop ik?'

'Helaas wel. We hebben vanochtend het lichaam van Cesária Oliveira gevonden. Volgens haar moeder zou ze vannacht bij uw dochter logeren.'

Marie-Louise sloeg haar hand voor haar mond. 'O nee, wat erg. Anoek is gisteravond nog met haar uit geweest. Ik heb haar vanochtend niet gesproken, ze ligt haar roes uit te slapen.'

'Ze is vannacht alleen thuisgekomen? Mevrouw Oliveira was niet bij haar?'

'Niet dat ik weet.'

'Zou u Anoek willen gaan halen?'

'Ja, ja natuurlijk. Ze zal er kapot van zijn. Cesária is hier haar beste vriendin. Loopt u maar vast door naar de woonkamer.'

Marie-Louise rende met twee treden tegelijk de trap op. Gabriela liep de woonkamer binnen en ging voor het grote raam staan dat uitzicht bood op het zwembad. Boven haar hoofd klonk een ijselijke kreet gevolgd door een wanhopig 'Neeeee'. De harde boodschap was doorgekomen. Vlak daarna klonken gehaaste voetstappen. In de weerspiegeling van het raam zag Gabriela een meisje binnenkomen. Ze droeg een short en een strak hemdje, en niets aan haar voeten. Achter haar volgden Marie-Louise en een grote, dikke man. Dat moest Peter Huizing zijn.

Langzaam draaide Gabriela zich om. De heer des huizes wankelde en trok bleek weg toen hij haar zag. Met ogen die bijna uit hun kassen puilden, keek hij haar aan.

'U kijkt alsof u een spook ziet.' Gabriela liep naar hem toe en stak hem haar hand toe. Hij pakte hem met duidelijke tegenzin aan.

'Sorry, ik ben gewoon heel erg geschrokken van wat Marie me vertelde.' De man liet haar hand los en wreef bedachtzaam over zijn eigen hand. Zijn vrouw kneep hem zachtjes in zijn schouder en hij leek wat te ontspannen. Het meisje stond nog steeds als een soort vogelverschrikker midden in de kamer.

'Jij bent vast Anoek,' zei Gabriela zachtjes.

Het meisje knikte. 'Is het waar?' vroeg ze schril. 'Is Cé dood?'

'Het spijt me, ja. We hebben haar vanmorgen in de zee bij Het einde van de wereld gevonden.'

'Maar... hoe kan dat nou? Ze had nauwelijks iets gedronken.' Anoek sloeg haar handen voor haar gezicht en begon onbedaarlijk te huilen.

'We hebben sterke aanwijzingen dat ze niet vanzelf in de zee terecht is gekomen.'

'Wát? U denkt dat iemand haar van het klif heeft geduwd?'

'Dat zou kunnen.'

'Ik had al zo'n naar gevoel toen ze gisteravond in haar eentje vertrok na die ruzie. Waarom heb ik haar laten gaan?'

Schuldgevoel tekende zich af op Anoeks gezicht. Gabriela was meteen alert. 'Welke ruzie?'

'Met Ricardo en twee Nederlandse jongens.'

'Bedoel je Ricardo Carneiro, haar ex?'

'Ja, hoe weet u dat?'

'Ik kom net bij haar moeder vandaan.'

Anoek begon weer harder te huilen. 'Doroteia's grootste angst is uitgekomen. Nu is ze naast haar man ook Cé nog kwijt.'

Marie-Louise sloeg een arm om Anoek heen en leidde haar naar de grote, donkerbruine loungebank. 'Kom, laten we er even bij gaan zitten. Haal jij even wat water, Peter?'

De grote man maakte zich uit de voeten, zichtbaar opgelucht dat hij zich even aan het gesprek kon onttrekken. Gabriela ging naast Anoek en Marie-Louise zitten en haalde haar notitieboekje tevoorschijn. 'Vertel me eens meer over die ruzie.'

Anoek slaakte een trillende zucht en begon te vertellen. 'Cé en ik hadden gisteravond afgesproken in Club Kadoc met twee Nederlandse jongens, Victor en Remco, die we eerder die dag op het strand hadden leren kennen. Zowel Victor als Remco zat achter Cé aan en ze probeerden elkaar af te troeven om haar aandacht te krijgen. Maar Cé moest niets van hen hebben, die zat alleen maar met haar kop bij Robert.'

'Robert?'

'Robert Stevenson. Ze heeft hem leren kennen op de set van *Let Me Love You*.'

Gabriela keek haar aan alsof ze het in Keulen hoorde donderen.

'Weet je niet wie Robert Stevenson is?' vroeg Anoek verbaasd.

Gabriela schudde haar hoofd.

'Jemig, jij loopt achter. Hij is een van de heetste acteurs van dit moment! Hij heeft de hoofdrol in de film *Let Me Love You*, die hier wordt opgenomen. Cé heeft een paar keer met hem gezoend en hij heeft haar een onwijs duur kettinkje met een hartje gegeven. Ze droeg het gisteravond voor het eerst. Cé speelde ook een rolletje in die film.'

Gabriela trok haar wenkbrauw op. Doroteia had er niks over verteld. Zou Cesária zich daarom ziek hebben gemeld? 'Wanneer speelde dit zich af? Wanneer zijn die opnames geweest met Cesária?'

'Afgelopen week.'

'Misschien een rare vraag, maar wist Cesária's moeder dat haar dochter in een film speelde?'

'Nee. Ze had het haar moeder nog steeds niet verteld. Ze schaamde zich een beetje omdat ze een hoertje speelde. Ze was bang dat haar moeder het zou afkeuren.'

Gabriela maakte een aantekening. Op een van de vragen van Doroteia had ze nu een antwoord. 'En die Robert Stevenson had ze daar dus leren kennen?'

'Ja, ze speelde een paar scènes met hem en was sindsdien helemaal hoteldebotel.'

'Was die Robert Stevenson ook met jullie in Kadoc?'

'Nee. Cé had hem meerdere berichten gestuurd, maar hij liet niks van zich horen. Ze was behoorlijk teleurgesteld en zat de hele tijd op haar telefoon te kijken terwijl Remco en

Victor probeerden haar aandacht te vangen.'
'Maar hij is dus niet komen opdagen?'
'Nee. Op een gegeven moment kreeg Cé wel een appje waar ze erg van schrok, maar ze wilde me niet vertellen van wie. Vlak daarna liepen we haar ex Ricardo tegen het lijf en toen liep alles uit de hand.'
'Wat gebeurde er precies?'
'Nou, Ricardo ging gelijk op de vuist met Victor en Remco. Hij sloeg ze met hun koppen tegen elkaar en daarna greep hij Cé bij haar keel.'
Alarmbellen begonnen meteen te rinkelen bij Gabriela en ze dacht terug aan de bezorgde woorden van Doroteia. *Het leek alsof iemand haar bij haar keel had gepakt.*
'Ik ben op Ricardo's rug gesprongen en heb op hem ingeramd totdat hij Cé losliet. Niemand komt met zijn poten aan mijn vriendin.' Anoek kreeg een strijdlustige blik in haar ogen, maar die veranderde al snel in een verslagen uitdrukking toen ze besefte dat Cesária de strijd voorgoed had verloren. Zachtjes begon ze weer te huilen.
'Waar blijft Peter nou met dat water?' zei Marie-Louise geergerd. 'Peet! Schiet nou eens op!'
Peter haastte zich met twee volle glazen de kamer in en gaf er een aan Anoek. Het tweede glas zette hij zelf aan zijn lippen en dronk het gulzig leeg. Zweet parelde op zijn voorhoofd. Marie-Louise keek hem vragend aan.
'O, willen jullie ook een glaasje?' vroeg hij aan Marie-Louise en Gabriela.
'Lekker Peet, dank je wel.'
Hij vertrok weer. Anoek had zichzelf weer wat onder controle en Gabriela besloot het vraaggesprek voort te zetten. 'Anoek, we waren gebleven bij het moment dat je op Ricardo's rug sprong,' hielp ze het meisje weer op weg.
'Ja. Hij wist me van zich af te werpen en wilde me net met zijn vuist een klap geven toen Victor en Remco boven op hem

doken. Maar toen greep de bewaking in en die heeft Ricardo buitengezet. Toen de kust veilig was zijn Cé en ik naar het toilet gegaan om even bij te komen. Cé ging naar de wc en toen ze eruit kwam, wilde ze weg. Ze was moe en de feeststemming was haar wel vergaan. Ik heb haar aangeboden met haar mee te gaan, maar dat wilde ze niet, en ze is in haar eentje met een taxi vertrokken. Ik had er al zo'n slecht gevoel over. Denkt u dat Ricardo haar is gevolgd en haar tegen haar wil mee heeft genomen naar Het einde van de wereld?'

'Dat ga ik hem straks zelf maar eens vragen. Zijn er misschien nog andere jaloerse ex-vriendjes in het spel?'

'Nee. Mees is allang over haar heen.' De woorden rolden heel snel uit Anoeks mond en haar stem had een iets hogere toon gekregen.

Gabriela keek Anoek streng aan. 'Weet je het zeker?'

'Heel zeker. Hij is onschuldig.'

Het meisje werd rood, maar was uiterst stellig in haar antwoord. Gabriela schreef de naam Mees op en zette er een sterretje bij. Dat deed ze altijd bij dingen die in haar ogen nog wat nader uitgezocht moesten worden. Uit de houding van Anoek maakte ze op dat het meisje misschien wel niet de waarheid sprak. Die Mees lag duidelijk gevoelig. Probeerde ze hem uit de wind te houden?

'Heeft Mees nu verkering met jou?'

Anoek kleurde weer. 'Nee, we zijn alleen goede vrienden, altijd geweest. Alleen goede vrienden.'

Gabriela had het idee dat Anoek deze bewering voornamelijk herhaalde om zichzelf te overtuigen. Eén ding was zeker, dit meisje was een open boek. Ze besloot het onderwerp voor nu te laten rusten. Als ze straks bij Mees was, zou ze hem er zelf wel naar vragen.

'En Robert Stevenson, had Cesária echt verkering met hem of was het meer een flirt?'

Anoeks gezicht betrok. 'Voor hem was het een flirt, maar

Cé bleef hopen op meer. Robert heeft nogal een reputatie. Hij schijnt overal op te duiken. En...' Anoek leek wat te aarzelen maar besloot haar verhaal toch af te maken. '... hij schijnt in Amerika veroordeeld te zijn voor mishandeling. In zijn vorige relatie heeft hij zijn vriendin proberen te wurgen.'

Gabriela ging rechterop zitten en noteerde wat steekwoorden met sterretjes. Als dit verhaal klopte, dan was het heel interessant. 'Hoe weet je dat van die veroordeling?'

'Van Mees. Die is runner op de filmset en hij is op de hoogte van alle roddels.'

Daar was hij weer, good old Mees. Tegen zijn zin in gedumpt door Cesária. Ze had nu drie namen op haar lijstje staan van personen die ze stevig aan de tand wilde voelen. Drie mannen.

'Zijn er nog meer mensen met wie Cesária omging die ik zou moeten spreken?'

'Pedo-Sven. Hoe heet hij ook alweer echt? Sven... Sven... Sven van Dijk! Hij woont in Almancil.'

'Wat is zijn relatie met Cesária, wat heeft hij met haar te maken?'

'Ze vertelde me vorige week dat ze soms bij hem schoonmaakt en dat ze ook weleens model voor hem staat. Hij schildert.'

'Wat moest ze bij die viezerik?' Het was de eerste keer dat Peter Huizing zich in het gesprek mengde. 'Dat is toch vragen om ellende als je naar zo'n kerel toe gaat? Iedereen weet toch dat hij niet deugt!'

Marie-Louise keek haar man verbaasd aan. 'Waar komt dat ineens vandaan? Wat weet jij nou van Sven?'

'Ik weet blijkbaar meer dan jij. Doe toch niet zo naïef. Ze noemen hem niet voor niets Pedo-Sven.'

'Nou, ik vind het nogal wat Peter, als je iemand op basis van roddels veroordeelt. Heb je hem ooit een kind zien aanraken of iets anders zien doen wat niet door de beugel kon?'

'Zoiets doet zo'n man toch niet in het openbaar! Natuurlijk zorgt hij ervoor dat hij niet betrapt wordt. Weet jij veel wat hij in dat smerige huis van hem allemaal uitspookt?'

'Peter!'

Maar nu richtte hij zich tot zijn dochter. 'Jij bent toch nooit bij hem binnen geweest, hè? Jij hebt toch niet model voor hem gestaan? Als hij met zijn poten aan je heeft gezeten dan...' Hij zwaaide dreigend met zijn vuist in de lucht. Zijn vrouw en dochter keken hem allebei aan alsof hij gek was geworden.

'Mijn hemel, waar komt die haat ineens vandaan?' mompelde Marie-Louise.

'Sven zit doordeweeks altijd rond zeven uur 's avonds in het grillrestaurant in São Brás de Alportel,' zei Anoek.

Gabriela noteerde het en schreef ook op dat ze bij Doroteia moest nagaan of Cesária inderdaad bij deze Sven van Dijk had schoongemaakt. Als ze dat tenminste niet ook stiekem had gedaan. Het was zeer aannemelijk dat ze haar moeder in elk geval niets had verteld over het poseren.

'Oké, dan heb ik nog twee vragen. Ten eerste: kun je me de telefoonnummers van die twee Nederlandse jongens geven? En ten tweede: je zei dat Cesária een appje ontving waar ze erg van schrok, vlak voordat haar ex Ricardo opdook. Kan het zijn dat deze Ricardo haar had geappt?'

'Volgens mij had hij haar nieuwe nummer niet.'

'Nieuw nummer?'

'Cé's telefoon was kapot na een ongeluk met haar scooter. Ik heb haar toen mijn oude toestel gegeven omdat ze geen geld had voor een nieuwe. Ze had een prepaidnummer aangeschaft en volgens mij hadden maar een paar mensen dat en Ricardo was daar volgens mij niet een van.'

'Maar Ricardo dook vlak daarna wel op in Club Kadoc,' concludeerde Gabriela. 'Dat kan natuurlijk toeval zijn, maar Cesária's moeder zei dat Ricardo haar af en toe volgde en veel moeite had om haar los te laten.'

'Klopt. Daarom was hij ook stikjaloers toen hij Victor en Remco bij Cé zag.'

'Duidelijk, dank je wel. Goed, dan heb ik alleen de nummers van Victor en Remco nog nodig. Zou ik jouw telefoonnummer ook mogen noteren, Anoek, mocht ik nog meer vragen hebben?'

'Natuurlijk.' Anoek dreunde de nummers op.

Gabriela herhaalde hardop wat ze had opgeschreven ter controle. Daarna stond ze op en gaf alle aanwezigen een hand. 'Heel veel sterkte met het verlies van Cesária.'

'Wilt u me op de hoogte houden?' Anoek keek haar smekend aan.

'Sorry, maar in het belang van het onderzoek kan ik dat niet doen.'

Anoek knikte begripvol, maar de teleurstelling droop van haar gezicht. 'Ik loop wel even met u mee naar de deur.'

Gabriela volgde het meisje naar de hal.

'Ik wil u nog iets geven, ogenblikje.' Anoek liep naar een tas die onder de kapstok op de vloer was gesmeten. Ze bukte en haalde er iets uit. Ze drukte Gabriela een kaartje in haar handen. 'Dit is het nummer van de taxichauffeur met wie Cé gisteren is vertrokken. Misschien weet hij meer?'

Gabriela pakte het kaartje aan. 'Wat voor man was het, die taxichauffeur?'

'Aardig, al wat ouder. Hij had al grijze haren. Hij heeft ons in het verleden wel vaker naar Kadoc gebracht.'

'Hoe deed hij tegen Cesária? Had je het idee dat hij bovenmatige interesse in je vriendin toonde?'

'Nee. Hij keek even toen ze instapte, maar verder heeft hij zich de hele weg niet met ons bemoeid. Hij was oké, zoiets voel je als meisje. Anders had ik Cé toch ook nooit alleen met hem meegestuurd?'

Helaas was de intuïtie van je vriendin een stuk slechter dan de jouwe, dacht Gabriela. Ze had zich in elk geval ingelaten met drie mannen van wie ten minste twee een dubieuze reputatie hadden. Een van hen had haar misschien vermoord. De onrust in Gabriela's lijf nam toe. Ze moest aan de bak. Ze stak het kaartje van de taxichauffeur in de lucht.

'Oké, bedankt voor de informatie. Ik ga erachteraan.'

21

Terwijl ze wegreed bij de familie Huizing maakte Gabriela een lijstje in haar hoofd van wie ze allemaal moest spreken. Cesária's exen Ricardo Carneiro en Mees de Leeuw natuurlijk, plus Robert Stevenson en Sven van Dijk. De taxichauffeur die Cesária's laatste rit had verzorgd, maar ook de Nederlandse jongens Victor en Remco. De beveiliger van Club Kadoc die Ricardo Carneiro uit de discotheek had verwijderd zou ze ook willen uithoren. En dan Doroteia weer om te checken wat zij wist over mogelijke schoonmaak- en andere werkzaamheden bij Sven, en om haar te vertellen over Cesária's beginnende filmcarrière.

Daarnaast zou ze ook de Technische Recherche nog eens extra achter de broek gaan zitten. Ze moest zo snel mogelijk weten of ze nog gegevens konden achterhalen uit Cesária's telefoon. Als ze een bericht van iemand had gehad om naar Het einde van de wereld te komen, dan stond dat bericht vermoedelijk nog in haar telefoon.

En last but not least, dat ene ding dat haar niet lekker zat: Anoek had gezegd dat Cesária op de avond waarop ze verdween een nieuw kettinkje droeg dat ze van Robert Stevenson had gekregen. Ze had het niet meer omgehad toen haar lichaam was gevonden. Waar was het kettinkje gebleven? Had de zee het opgeëist of had iemand het meegenomen?

Het geluid van Gabriela's telefoon in de carkit onderbrak haar gedachten. Ze nam op. De stem van haar collega Raimundo schalde door de auto. Opgelucht vernam ze dat hij weer beschikbaar was. Ze wilde als eerste bij Ricardo Carneiro langsgaan maar gezien zijn gewelddadige reputatie deed ze dat bij voorkeur niet in haar eentje. Terwijl ze haastig doorreed om Raimundo bij het bureau op te pikken, praatte ze hem vast bij over haar vorderingen tot nu toe. Hij was het met haar eens dat Carneiro de eerste persoon was bij wie ze moesten langsgaan, gezien het incident in de discotheek. De andere 'verdachten' waren de bewuste avond niet in haar buurt gezien. Robert Stevenson en Sven van Dijk hadden de schijn weer meer tegen dan Mees de Leeuw. De enige reden dat hij toch op Gabriela's lijstje stond was de geforceerde en nerveuze manier waarop Anoek over hem had gepraat. Het meisje kon slecht liegen en had zich zichtbaar ongemakkelijk gevoeld toen ze bij hoog en bij laag beweerde dat Mees geen gevoelens meer koesterde voor Cesária. Het was Gabriela snel duidelijk geworden dat de mannen die Cesária aanraakte, meteen ook in haar ban waren. Als een spin lokte ze hen, bedoeld of onbedoeld, met haar schoonheid in haar web.

Ineens schoot er nog een mogelijkheid door haar hoofd. Zou Anoek jaloers kunnen zijn geweest op Cesária? Het was overduidelijk dat het meisje zelf smoorverliefd was op de ex van het slachtoffer, Mees de Leeuw. Een jongen die voor haar neus was weggekaapt door Cesária. Waarschijnlijk was het niet de eerste keer dat dat gebeurde. Dat moest frustrerend zijn, zeker op die leeftijd. Anoek beweerde wel dat ze niet samen met Cesária was vertrokken bij Club Kadoc, maar ze vond het de moeite waard om na te gaan of het meisje de waarheid sprak. Ze zou het personeel van de discotheek daarover moeten bevragen, maar ook de taxichauffeur. Waarom had ze Anoek niet gevraagd hoe ze zelf uiteindelijk thuis was gekomen? Ze kon zichzelf wel voor haar kop slaan dat ze dat niet had gedaan. Het meisje had zo aardig en onschuldig geleken, oprecht verdrietig en bereid om volledig mee te werken. Misschien wel te.

Raimundo stond haar op het parkeerterrein al op te wachten. Hij wipte ongeduldig heen en weer en zijn gezicht klaarde op toen hij haar zag. In een paar passen was hij bij de auto en een tel later zat hij naast haar. Hij deed zijn gordel om en gaf een klap op het dashboard ten teken dat hij er klaar voor was. Gabriela gaf meteen gas.

Raimundo wreef in zijn handen. Een karakteristiek trekje dat altijd voorafging aan het bezoeken van een potentiële dader.

'Je hebt er weer zin in,' grijnsde Gabriela.

'Zeker weten. Klootzakken die meisjes slaan wil ik graag van de straat halen of in elk geval een beetje zenuwachtig maken.'

Gabriela knikte instemmend. 'Hij staat op dit moment boven aan mijn verdachtenlijst, maar we hebben nog wat meer interessante kandidaten.'

'Was het heftig voor je?' Raimundo legde even kort een hand op haar been maar trok hem snel weer terug toen hij voelde dat ze verstijfde onder zijn aanraking. Hij had haar al een paar keer gevraagd na werktijd iets met hem te gaan drinken en dat had ze tot nu toe consequent geweigerd.

Gabriela besloot te doen alsof haar neus bloedde en de vraag niet te beantwoorden. Ze had geen zin om emotioneel aan te komen bij een man die bekendstond om zijn losse handjes. Ze moest scherp blijven en niet kwetsbaar overkomen.

'Nou, zeg eens. Gaat het goed met je?' drong Raimundo aan. 'Ze had dezelfde leeftijd als je zus toen ze verdween.'

Gabriela klemde haar kaken op elkaar. 'Niet nu,' fluisterde ze. Ze voelde haar strot dik worden en de tranen duwden tegen haar oogleden.

'Sorry, ik wilde je alleen maar laten weten dat ik oprecht meeleef en bezorgd om je ben.'

'Dat weet ik en dat is ook heel lief, maar niet handig als ik op weg ben naar een potentiële dader. Ik wil me niet laten meeslepen door mijn persoonlijke emoties.'

Er viel een stilte, die na enkele tellen werd verbroken door Gabriela. 'We weten nog helemaal niet of Ricardo Carneiro de dader is en we zullen meer informatie moeten hebben. Tot die tijd behandelen we hem als ieder ander op ons lijstje. Ik ben wars van vooringenomen standpunten, dat weet je.' Ze zei het meer om zichzelf te overtuigen dan haar partner.

'Het spijt me als ik je uit je evenwicht heb gebracht met mijn vraag, dat was niet de bedoeling. Ik wilde je juist laten weten dat je op me kunt rekenen en dat je er niet alleen voor staat. Je mag me altijd bellen, Gabrie.'

Zijn stem klonk zacht en zijn woorden raakten haar meer dan ze wilde toegeven. Raimundo was een aantrekkelijke man en hij deugde ook nog eens. Het idee van een schouder waar ze tegenaan kon hangen, was even heel aanlokkelijk. Maar nee, ze had niemand nodig en zeker niet iemand met wie ze bijna dagelijks nauw samenwerkte. Ze kon haar werk niet goed doen als ze te close zou worden met Raimundo. De spanning die tussen hen in hing sinds zijn scheiding probeerde ze dan ook telkens weer de kop in te drukken. Op momenten als deze kostte dat wat meer moeite, dat gaf ze ruiterlijk toe.

'Ik denk dat we hem moeten verhoren op het bureau.' Raimundo had de hint begrepen en zette zijn zakelijke pet weer op. Gabriela zuchtte dankbaar voordat ze antwoord gaf.

'Goed plan. Dat soort types hebben altijd een minder grote bek als je ze uit hun comfortzone haalt.'

De navigatie gaf aan dat ze nog een minuut van de plaats van bestemming verwijderd waren en ze voelde de spanning toenemen. Raimundo controleerde routineus zijn handboeien en wapen, ook al hadden ze die waarschijnlijk niet nodig. Gabriela parkeerde de auto voor het huis en ze stapte uit. Raimundo volgde en liep achter haar aan naar de voordeur. Het geluid van de deurbel galmde door het huis en een vrouw met een baby op haar arm deed open. Gabriela liet haar politiepenning zien en vroeg of Ricardo Carneiro thuis was.

'Ricardo! Politie voor je! Wat heb je nou weer gedaan?' De baby schrok van het plotselinge gekrijs en zette het op een brullen. De vrouw suste het kind door hem zachtjes heen en weer te wiegen en over zijn rug te wrijven. Verderop in het huis klonk het geluid van een dichtslaande deur.

'Ricardo!' De vrouw keek geërgerd achterom, maar de gang achter haar bleef leeg.

'U weet zeker dat hij thuis is?' vroeg Gabriela. De vrouw knikte. 'U bent zijn moeder?'

'*Sim*,' bevestigde de vrouw.

Op dat moment scheurde een opgevoerde rood-witte Derbi-brommer in volle vaart via de achtertuin van het huis de weg op. Er zat een ineengedoken gestalte op. Gabriela was meteen alert. 'Is dat uw zoon?'

De vrouw zette een stap naar buiten en vloekte. '*Filho da puta estúpido!*' riep ze hem na.

Gabriela en Raimundo aarzelden geen moment en sprongen in hun auto. Gabriela deed de sirene aan en zette de achtervolging in. Carneiro sloeg een zandweg in en de stofwolk die hij achterliet belemmerde Gabriela's zicht. Carneiro was wendbaarder, maar zij waren sneller en kwamen steeds dichter bij de brommer. Toen het Carneiro te heet onder de voeten werd, maakte hij een scherpe bocht naar rechts, waarbij zand en kiezels opspatten die sterretjes achterlieten in de voorruit van de politieauto. Gabriela vloekte hartgrondig.

De brommer schoot een weiland in en raakte weer verder van hen verwijderd. Door de greppel langs de kant was het onmogelijk om de auto het weiland in te sturen en Gabriela nam vliegensvlug een besluit; ze gaf gas bij en volgde de weg die parallel liep aan het weiland. Ze wist weer op gelijke hoogte te komen met de brommer. Carneiro keek opzij en even was er oogcontact en toen vloog de brommer ineens over de kop. Een enorme kei die Carneiro niet had gezien was de oorzaak. Het lichaam van de jongen klapte op de grond en hij bleef versuft liggen.

Gabriela trapte vol op de rem en nog voor de auto tot stilstand was gekomen, sprong Raimundo er al uit. Razendsnel was hij in het weiland, maar Carneiro was alweer overeind gekrabbeld en rende zigzaggend bij hen vandaan alsof zijn leven ervan afhing. Raimundo keek over zijn schouder naar Gabriela, die hem dicht op de hielen zat, en zag haar knikken. Zij rende vervolgens schuin naar links en hij schuin naar rechts. Langzaam kwamen ze dichter bij elkaar en zo dreven ze de jongen tussen hen in.

Toen Raimundo hem bij zijn arm probeerde te pakken, ramde Carneiro met volle kracht zijn elleboog naar achteren. Hij raakte de politieman vol op zijn kaak, die hard onderuitging. Gabriela maakte echter van het moment gebruik om de jongen te tackelen en ook hij ging hard tegen de grond. Hij kwam op zijn gezicht terecht en ze dook meteen boven op hem. Raimundo krabbelde vliegensvlug weer op en kwam aanzetten met een setje handboeien, die hij snel om de polsen van de jongen klikte. Met zijn tweeën moesten ze hem vervolgens in bedwang houden toen hij om zich heen schopte en kronkelde als een aal. Bloed stroomde uit zijn neus en vermengde zich met het zand op zijn gezicht.

'*Comporte-se!*' beet ze de jongen toe.

Raimundo gaf een ruk aan de handboeien en Carneiro's armen bewogen pijnlijk in zijn schoudergewrichten. Hij reutelde wat scheldwoorden en werd toen eindelijk rustig.

'Jij hebt heel wat uit te leggen. We nemen je mee naar het bureau,' deelde Raimundo mee. Hij wees de jongen op zijn rechten, terwijl Gabriela naar de brommer liep, die met spinnend wiel en ronkende motor een stukje verderop lag. Ze zette de motor uit. Op het eerste gezicht leken de beschadigingen aan de brommer mee te vallen. Onder luid protest van

Carneiro lieten ze het ding liggen en hem sleepten ze mee naar de auto.

Gabriela kroop weer achter het stuur en Raimundo ging naast de arrestant achterin zitten. Terwijl Raimundo de jongen hielp met de veiligheidsriem, bekeek Gabriela hem eens goed via haar binnenspiegel. Zijn lijf was behoorlijk gespierd en mannelijk, maar zijn gezicht oogde nog jong. Een vlassnorretje dat onder het zand en bloed zat, veranderde daar weinig aan. Verder ogen die gitzwart waren en samengeknepen van woede. De uitstraling van een raddraaier. Maar toen ze even oogcontact met hem had, zag ze in een fractie van een seconde de angst opflakkeren.

Ja, wees maar bang, daar heb je alle reden toe. Je komt hier niet zo makkelijk mee weg.

22

'Wat had dat allemaal te betekenen?'

De armen van de jongen waren nog steeds achter zijn rug geboeid, ook al was hij op dit moment een stuk rustiger. De klap die hij Raimundo had gegeven was reden genoeg om hem nog een tijdje in deze ongemakkelijke positie te laten zitten.

'Nou?' Ongeduldig trapte ze tegen de poot van de stoel in de verhoorruimte waarop Ricardo Carneiro zat, maar de jongen zweeg in alle talen. Raimundo keek naar haar ten teken dat ze zich moest inhouden. Hij was veel diplomatieker dan zij.

Gabriela kon zich meestal goed beheersen tijdens een verhoor, maar deze jongen maakte iets in haar los. Hij deed haar denken aan Angelo, een van de jongens met wie Andreia was omgegaan in de weken voordat ze verdween. Hij beweerde destijds niets te maken te hebben met de verdwijning, net als zijn vriendjes. Gabriela had het nooit willen geloven, maar ze moest wel omdat alle jongens een sluitend alibi hadden. Angelo was net als haar zus zeventien geweest toen ze verdween. Nu was hij een man van vierentwintig en van zijn bravoure van destijds was weinig meer over. Hij was een hardwerkende huisvader geworden die zo veel mogelijk tijd doorbracht met zijn twee jonge dochters. Hij was getrouwd met een meisje dat bevriend was geweest met Andreia. Soms kwam ze hem weleens tegen met zijn gezin en dan kon ze niet anders dan wegkijken. Het leven van alle mensen die destijds om Andreia heen hadden gehangen was gewoon doorgegaan, alsof er niets gebeurd was. Het idee dat haar zus nu ook een man en kinderen, een eigen gezin, had kunnen hebben en dat zij tante had kunnen zijn, deed nog steeds veel pijn.

Tot Gabriela's grote ergernis bleef Carneiro zwijgen. 'We hebben de tijd hoor. We blijven hier net zo lang zitten totdat jij je mond opendoet en fatsoenlijk antwoord geeft op onze vragen.'

De jongen keek haar vuil aan. 'Ik beroep me op mijn zwijgrecht.'

'Nou, nou, wat een dure woorden. Maar goed, je hebt dus iets te verbergen. Duidelijk.'

'Hoezo?'

'Anders zou het geen probleem zijn om antwoord te geven op mijn vragen en die vlucht toen we aan je deur stonden spreekt ook niet bepaald in je voordeel. Wil je niet weten waarvoor we langskwamen?'

De jongen klemde zijn lippen op elkaar, maar Gabriela zag in zijn ogen dat hij nieuwsgierig was. Ze besloot er vol in te gaan. 'Wanneer heb jij Cesária Oliveira voor het laatst gezien?'

Carneiro keek verbaasd op, alsof dat de laatste vraag was die hij had verwacht. 'Cesária? Wat is er met haar?'

'Wanneer heb je haar voor het laatst gezien, vroeg ik.'

'Gisteravond. Hoezo?'

'Ze is dood en we hebben een getuige die verklaart dat jij gisteravond ruzie met haar hebt gemaakt.'

'Dood?' Carneiro schoof heen en weer op zijn stoel, maar herstelde zich snel. 'Ik heb er niets mee te maken.'

'Waar heb je niks mee te maken?'

'Nou, met hoe ze dood is gegaan.'

'We hebben nog helemaal niet verteld hoe ze dood is gegaan.'

'Je begrijpt best wat ik bedoel.'

‘Natuurlijk.’ Het cynisme droop van haar stem. ‘Waar ging die ruzie over?’

‘Hè, wat? Ik zeg toch dat ik er niks mee te maken heb?’

‘Ik hoorde je wel. Geef antwoord op de vraag: waar ging die ruzie over?’

‘Ze gedroeg zich weer eens als een *puta*.’

‘Ik zou maar een beetje op mijn woorden letten. Een beetje meer respect, maar dat heb jij niet echt voor vrouwen, hè?’

‘Waarom zou ik? Eerst maken ze je gek en daarna dumpen ze je als een stuk vuil voor een ander.’

‘Hebben we het nu over vrouwen in het algemeen of specifiek over mevrouw Oliveira? Je ex Cesária Oliveira die jou inruilde voor een Nederlandse jongen.’ Gabriela had besloten nog wat olie op het vuur te gooien, in de hoop dat hij zo boos zou worden en dingen ging roepen waar ze wat mee konden. De spanning in zijn lijf nam duidelijk toe en hij knarste gefrustreerd met zijn tanden.

‘Denk aan je gebit voordat je weer een stukje verliest.’ Deze keer was het Raimundo die het vuurtje opstookte.

Carneiro streek met zijn tong langs het scherpe randje van de voortand die was afgebroken tijdens zijn val van de brommer en vloekte. ‘Ik moet naar een tandarts.’

‘Voorlopig moet jij alleen antwoord geven op onze vragen.’

Raimundo knikte instemmend en herhaalde de vraag die Gabriela eerder had gesteld. ‘Dus nogmaals: waar ging de ruzie met je ex-vriendin precies over?’

‘Ze liep twee van die Nederlandse gasten op te geilen.’

‘Niet jouw pakkie-an toch, aangezien je haar ex bent. Stalkte je haar?’

‘Nee, man.’

‘Maar je hing wel rond bij haar huis en op andere plekken waar ze was.’

‘Wie zegt dat?’

‘Haar moeder en een vriendin.’

'Anoek zeker? Die puta heeft de pik op me.'

'Hoe zou dat nou toch komen?' mengde Gabriela zich weer in het gesprek. 'Waarom hield je mevrouw Oliveira in de gaten?'

'Belangstelling.' Carneiro keek haar uitdagend aan.

'Want vond zij van die "belangstelling"?'

'Dat moet je haar vragen.' Terwijl hij de woorden uitsprak, leek hij te schrikken. Alsof hij zich nu pas echt realiseerde dat Cesária dood was. 'Ik bedoel, eh...' hakkelde hij.

'We onderzoeken haar telefoon op dit moment. Denk je dat we daar berichten van jou in aantreffen?'

Carneiro bewoog weer heen en weer op zijn stoel. 'Mogen die dingen los?' Hij doelde op zijn geboeide handen.

'Als je rustig blijft zitten en netjes antwoord geeft.' Raimundo stond op en maakte Carneiro's handen los. Voor de zekerheid bleef hij achter hem staan zodat hij meteen kon ingrijpen als de jongen weer tekenen van agressie vertoonde.

Carneiro wreef over zijn polsen. 'Die dingen zitten hartstikke strak.'

'Watje,' gaf Gabriela hem lik op stuk. 'Nou, geef eens antwoord op de vraag: gaan we berichten van jou in mevrouw Oliveira's telefoon vinden?'

Carneiro klemde zijn lippen weer op elkaar.

'Laat ik het anders formuleren, wanneer heb je mevrouw Oliveira voor het laatst een appje gestuurd?'

'Dat weet ik niet meer. Ik verstuur zoveel berichten.'

'Pak je telefoon er anders even bij.'

'Heb ik niet bij me.'

'Wist je dat ze een nieuw telefoonnummer had?'

Carneiro's ogen schoten van links naar rechts.

'Nou?' vroeg Raimundo.

Carneiro haalde zijn schouders op.

'Had ze haar nieuwe nummer zelf aan je gegeven?'

'Ik heb het niet gedaan. Laat me met rust, ik wil naar huis.

Wat hebben jullie trouwens met mijn brommer gedaan?'

'We zijn met jou bezig, niet met je brommer.'

'Jullie hebben hem daar toch niet laten liggen? Straks wordt ie gejat!'

'Even bij de les blijven.' Gabriela tikte op tafel. 'Die brommer nemen we sowieso in beslag, want hij is opgevoerd.'

'Niet waar!'

'Een brommer die meer dan tachtig kilometer per uur rijdt...'

'Jullie blijven met je poten van mijn brommer af.' Hij kwam overeind en Raimundo duwde hem meteen terug in zijn stoel.

'Zitten blijven, anders doe ik je de handboeien weer om.'

De jongen zat zichzelf zichtbaar op te vreten. 'Wat is er eigenlijk precies met Cesária gebeurd?'

'Ik hoopte eigenlijk dat jij ons dat zou vertellen.' Gabriela keek Carneiro recht in de ogen, wat de jongen duidelijk ongemakkelijk maakte.

'Hoe moet ik dat nou weten? Is ze vermoord?'

'Waarom denk je dat?'

'Omdat ik hier zit. Waarom zouden jullie me anders ondervragen? Ja, we hadden ruzie, maar ik heb haar niet vermoord. Praat eens met die Mees. Die kan er vast meer over vertellen.'

'O, werkelijk. Hoezo?'

'Omdat Cesária tegen me zei dat ze het helemaal gehad had met Portugese jongens en dat ze alleen nog met buitenlanders ging daten.'

'En daarbij noemde ze de naam van... wie zei je ook alweer? Mees?'

'Ja. Eh nee.'

'Wat is het nou?'

'Nee. Ze noemde Mees niet concreet, maar dat was wel duidelijk. Toch? Het zou niet de eerste keer zijn dat ze met hem ging.'

'Heeft Mees ook een achternaam?'

'De Leeuw.' Ricardo had duidelijk moeite met het uitspreken van de Nederlandse naam.

'Probeer je deze Mees de Leeuw nou verdacht te maken omdat je nog een appeltje met hem te schillen hebt?'

Carneiro keek weer stuurs voor zich uit. Gabriela had allang door dat dit elke keer zijn reactie was als ze in de roos schoot met haar vragen. Verbaal mocht hij misschien niet veel zeggen, maar non-verbaal des te meer.

'Na die ruzie met mevrouw Oliveira en die Nederlandse jongens ben je door een beveiliger Club Kadoc uit gezet,' ging ze verder. 'Wat heb je daarna gedaan?'

'Wat? Niks. Gewoon, beetje rondhangen. Niks bijzonders.'

'Je bent dus niet naar huis gegaan.'

'Nee, dat zeg ik toch.'

'Heb je gezien dat mevrouw Oliveira de discotheek verliet?'

Carneiro haalde zijn schouders op. 'Misschien.'

'Ja of nee?'

'Ja,' antwoordde hij schoorvoetend. 'Ze stapte in een taxi.'

'Was mevrouw Huizing bij haar?'

'Wel toen Cesária buiten stond te wachten op de taxi, maar Cesária is alleen in de taxi gestapt en Anoek ging toen weer naar binnen.'

'Heb je ook gezien wanneer mevrouw Huizing Kadoc verliet?'

'Nee, natuurlijk niet. Waarom zou ik dat in de gaten houden?'

'Ben je mevrouw Oliveira gevolgd?'

'Nee!' reageerde hij fel.

'Zo'n gekke gedachte is dat niet, toch? In het kader van de "belangstelling" die je wel vaker toonde?'

'Ik ben haar niet gevolgd,' zei hij afgemeten.

'Oké, wat heb je dan gedaan nadat je haar in de taxi zag wegrijden? En een beetje rondhangen is niet concreet genoeg.'

Carneiro sloeg zijn armen over elkaar en zweeg.

'Laat ik duidelijker zijn. Was er iemand bij je tijdens het "rondhangen"? Kan iemand bevestigen dat je dat hebt gedaan?'

'Je bedoelt of ik een alibi heb?'

'Goed zo, slimme jongen. Inderdaad: heb je een alibi?'

'Ik was alleen.'

'Ai. Dat is nou jammer. Voor jou dan. Want weet je, ik geloof je niet. Wat denk jij, Rai: spreekt hij de waarheid?'

Haar collega schudde zijn hoofd. 'Hij houdt dingen achter. Waarom zou hij er anders vandoor zijn gegaan toen we aanbelden bij zijn huis?'

'Exact. Dat was ook mijn gedachte. Wat vind je, zullen we hem maar een nachtje hier houden?'

'Hé, heb ik ook nog iets te zeggen?' Carneiro ging rechterop zitten.

'Dat vind je vervelend, hè? Als je geen aandacht krijgt. Als mensen óver je praten in plaats van mét je. Je denkt dat je heel wat voorstelt met je stoere brommer en je opgepompte lijf. Patsertje.'

Het laatste woord fluisterde ze haast, maar het effect dat het op hem had loog er niet om. Zijn gezicht kleurde dieprood en zijn ogen vernauwden zich tot zulke kleine spleetjes dat er geen wit meer was te zien.

'Neem hem maar mee voordat ik zijn andere voortand beschadig.'

Raimundo stond op en deed Carneiro de boeien weer om. Voor het eerst leek de jongen echt in paniek te raken.

'Hé, jullie gaan me toch niet echt opsluiten? Ik heb niks gedaan.'

'Zolang er niemand is die dat kan bevestigen, geloven we je niet. Je mag hier vannacht gaan nadenken over een alibi.'

23

Op het licht van een kaars na was de kamer donker. Gabriela walste de rode wijn rond in het glas en snoof de krachtige geur van karamel, zwarte bessen, mint en vanille op. Ze hield haar glas voor de vlam van de kaars en bekeek de donkere rode kleur met bruine randen. Langzaam bracht ze het glas naar haar mond en nam een slok. De volle, maar tevens zachte smaak van zwart fruit, kruiden en geroosterd eiken was een traktatie boven op de geursensatie. Het was een vast ritueel geworden, als ze wilde nadenken had ze duisternis nodig om zich goed te kunnen concentreren. Dan wilde ze de foto's niet zien van haar ouders en zusje, de stoel waarin haar vader altijd de krant had zitten lezen, het gehaakte kleedje op tafel dat haar moeder had gemaakt. Alleen een kaars en een glas wijn.

Ze nam nog een slok en liet de dag de revue passeren. Na afloop van het verhoor van Ricardo Carneiro had ze eerst getelefoneerd met de Nederlandse jongens met wie het slachtoffer de avond voor haar dood in Club Kadoc was geweest. Ze hadden het verhaal van Anoek Huizing bevestigd en verder niks kunnen toevoegen. Daarna had ze nog even contact gehad met de forensisch patholoog. Die bleef bij de conclusie dat het slachtoffer met een voorwerp, vermoedelijk een kei, op haar hoofd was geslagen. Ze bevestigde nogmaals dat de klap op het hoofd uiteindelijk niet de doodsoorzaak was. Het meisje was gestorven door verdrinking in de zee; er was zout water aangetroffen in haar longen. Aannemelijk was dan ook dat ze door de klap met de kei het bewustzijn had verloren en in het water terecht was gekomen. Dat kon per ongeluk zijn gegaan, maar ze kon ook een handje geholpen zijn.

Maar er was meer. Er waren krassen in het gezicht en op de borst van het meisje aangetroffen, en blauwe plekken op haar polsen. De forensisch patholoog vermoedde dat deze sporen, met aan zekerheid grenzende waarschijnlijkheid, het gevolg waren van een worsteling en niet ontstaan waren door contact met de rotswand waar het meisje steeds tegenaan was geslagen onder invloed van de sterke stroming. Dergelijke verwondingen hadden geheel andere kenmerken. In het autopsieverslag stond dan ook dat er eerst een worsteling had plaatsgevonden voordat het meisje bewusteloos was geslagen. Omdat ze een klap op haar achterhoofd had gekregen, was de conclusie dat het slachtoffer door de klap overvallen moest zijn en hem niet aan had zien komen. Was ze misschien na de worsteling bij haar belager weggelopen? Als dat het geval was, was ze helaas niet ver gekomen. Het was een geluk bij een ongeluk dat ze buiten bewustzijn was geweest toen ze te water raakte. Daardoor had ze de verdrinking niet bewust meegemaakt en ook niet geleden.

Gabriela kreeg het Spaans benauwd toen ze zich voorstelde hoe het moest zijn als het water je steeds verder omsloot en je je er niet meer tegen kon verzetten. Die eerste hap water in je longen. De angst om te stikken. Ze huiverde en moest onwillekeurig toch weer aan haar zusje denken, maar ze bande het beeld snel uit haar gedachten voordat het haar niet meer zou loslaten en ze aan niets anders meer zou kunnen denken. Ze moest nu verder zien te komen in de zaak-Oliveira, haar zusje stond hier los van.

Ze ademde een keer goed door en schudde de nare gedachten van zich af. Toen liet ze het gesprek met Carneiro nog eens de revue passeren. Of hij nou de dader was of niet, één ding stond vast: hij sprak niet de volledige waarheid. En o ja, ze had een gloeiende hekel aan hem. Maar verder... er was nog wel heel veel vaag in deze zaak.

Nadat Carneiro naar zijn nachtverblijf was gebracht, was Gabriela met Raimundo op de filmset langsgegaan. Er heerste een bedrukte stemming nadat Gabriela het slechte nieuws had verteld. De Nederlandse actrice Emma DeWitt was in huilen uitgebarsten en de andere ster op de set, Robert Stevenson, was ook zichtbaar van slag geweest. Ook bij hem sprongen de tranen in zijn ogen en zijn gezicht had een intens bleke kleur gekregen, alsof hij elk moment kon flauwvallen. Een dame van de grime was meteen toegesneld met een stoel en had zijn hoofd tussen zijn knieën geduwd. De regisseur had zich duidelijk schuldig gevoeld omdat hij het slachtoffer die ochtend had vervloekt omdat ze niet op de set was verschenen. Hij was ervan uitgegaan dat ze zich had verslapen, omdat hij had opgevangen dat ze de voorafgaande avond naar een discotheek was geweest.

Gabriela had gehoopt ook Mees de Leeuw aan te treffen op de filmset, maar hij was de grote afwezige geweest. Hij had zich die ochtend ziek gemeld. Voordat ze hem met Raimundo thuis zou opzoeken, hadden ze echter eerst nog een pittig gesprek gevoerd met Robert Stevenson. Gabriela was niet gevoelig geweest voor zijn bijna-flauwvalactie. Wat haar betreft kon het net zo goed gefaket zijn; de man was acteur, god betere het. Ze had aan Raimundo gezien dat hij wat meer sympathie voor Stevenson had, maar gelukkig had hij dat niet laten merken. Hij had haar zonder in te grijpen haar vragen op de acteur laten afvuren. Ze had hem geconfronteerd met de bewering van Anoek Huizing dat hij een aantal jaar geleden al eens was veroordeeld voor geweld tegen zijn ex. Gabriela had nog geen tijd gehad om een en ander te verifiëren, maar ze had niet geaarzeld om het toch voor zijn voeten te werpen. Ze verafschuwde mannen die geweld gebruikten tegen vrouwen.

Stevenson had fel gereageerd op de beweringen, maar uiteindelijk toegegeven dat hij inderdaad een veroordeling aan zijn broek had. Hij beweerde echter onschuldig te zijn. Zijn ex had een valse aangifte van mishandeling tegen hem gedaan, maar omdat ze sporen van wurging in haar hals had zitten, was het toch tot een veroordeling gekomen. Stevenson ontkende niet dat zijn ex was mishandeld, maar beweerde bij hoog en bij laag dat hij daar niet verantwoordelijk voor was. Hij was erin geluisd. De avond voor zijn arrestatie had hij de relatie met de vrouw verbroken en ze was volledig overstuur het huis uit gerend en de hele nacht weggebleven. De volgende ochtend had de politie voor zijn deur gestaan en was hij meteen meegenomen naar het bureau. Het had niet bepaald geholpen dat hij op het moment van de arrestatie een zakje cocaïne in zijn broekzak had gehad. In de media was hij vervolgens weggezet als vrouwenmepper en drugsverslaafde, maar hij hield vol dat dit allebei leugens waren. Het was een wraakcampagne van zijn ex, volgens hem. Wie haar echt had mishandeld, was hij nooit te weten gekomen. Hij was alle negatieve ellende net een beetje te boven en had zijn tweede hoofdrol in een Hollywoodproductie gespeeld voordat hij de hoofdrol kreeg in *Let Me Love You.*

Op de vragen of hij Oliveira een kettinkje had gegeven en of hij gevoelens voor haar had, antwoordde hij bevestigend. Zijn reputatie als vrouwenverslinder ontkende hij niet. Hij was altijd op zoek naar de perfecte vrouw, had hij gezegd. Helaas wist hij vaak na één date al dat iemand niet de ware voor hem was. 'Maar Cesária vond ik echt leuk. Omdat ze nog zo jong was, deed ik het rustig aan met haar. Maar ik vond haar prachtig, grappig, intelligent en gezellig. Ze had echt acteertalent en alles in zich om een goede actrice te worden.' Daarna waren zijn ogen weer volgelopen met tranen. 'Het is zo zonde dat ze er niet meer is. Ik kan het gewoon niet geloven.'

Ondanks haar scepsis had Gabriela moeten toegeven dat hij oprecht klonk. Totdat ze de veroordeling van Stevenson hadden gecheckt, was er geen reden om hem op dit moment het vuur nog nader aan de schenen te leggen of om hem op te pakken. Raimundo was dezelfde mening toegedaan. Toch had Gabriela met een onbevredigd gevoel de filmset verlaten. Het knaagde aan haar dat Stevenson had beweerd gisteravond geen appje van Oliveira te hebben ontvangen waarin ze hem had gevraagd naar Club Kadoc te komen, terwijl Anoek Huizing heel stellig had beweerd dat haar vriendin dat appje had verstuurd. Stevenson had de twijfel in haar ogen gezien en haar de berichten in zijn telefoon laten zien. Het laatste bericht dat hij van Oliveira had ontvangen, dateerde van twee dagen geleden. Hij beweerde haar de dag ervoor op de filmset voor het laatst te hebben gezien en de rest van de crew bevestigde dat. Maar wat als Stevenson loog? Stel dat hij wel degelijk een bericht van haar had ontvangen en daarop had gereageerd met het verzoek om elkaar bij Het einde van de wereld te ontmoeten? Een intieme date in plaats van een publiek afspraakje in een overvolle discotheek? Als dingen om onverklaarbare redenen uit de hand waren gelopen bij Het einde van de wereld, dan was hij vast zo slim geweest om de correspondentie tussen hem en Oliveira te wissen.

Het onderzoek naar de telefoon van het slachtoffer moest meer helderheid brengen. Als ze daar wel een bericht van Stevenson in terugvonden, had hij heel wat uit te leggen. Tot die tijd kon ze echter geen kant op en moest ze hem laten lopen. Ze filosofeerde nog wat verder over wat er bij Het einde van de wereld zou kunnen zijn gebeurd. Misschien was Oliveira erachter gekomen dat Stevenson ooit was veroordeeld voor mishandeling van zijn ex-vriendin en wilde ze daar meer over weten. Misschien had ze hem ermee gechanteerd en was Stevenson zo woedend geworden dat hij haar met een kei op haar hoofd had geslagen om haar te laten zwijgen. Het kon in een opwelling gebeurd zijn en het hoefde geen vooropgezet plan te zijn geweest. Door de klap op haar hoofd was het meisje bewusteloos geraakt. Als ze dicht bij de rand van het klif had gestaan, kon ze per ongeluk in het water terecht zijn gekomen. Stevenson kon daarna in paniek zijn gevlucht. Het kon allemaal. Maar ze moest keiharde feiten hebben om iets uit te kunnen richten. Aannames telden niet. Als dat zo was, dan had ze de verdwijning van haar zusje allang opgelost.

Het gesprek dat zij en Raimundo daarna met Mees de Leeuw en zijn vader Johan hadden gevoerd, had er bepaald niet voor gezorgd dat ze de jongen van de verdachtenlijst konden schrappen. Ondanks Anoek Huizings beweringen was het overduidelijk dat De Leeuw junior nog stapelgek op Oliveira was. Hij had extreem geërgerd gereageerd toen ze hem voorspiegelde dat het heel pijnlijk voor hem moest zijn geweest om haar elke dag op de filmset samen te zien met Robert Stevenson. Dat hij haar bedscènes met Stevenson zag spelen. Na stevig aandringen had hij met een rood hoofd schoorvoetend toegegeven dat het hem niet onberoerd had gelaten dat Oliveira haar gevoelens voor Stevenson niet onder stoelen of banken stak. Hij gaf toe dat hij er niets van begreep dat zoveel vrouwen vielen voor Stevensons gespeelde charmes en dat ook zijn grote liefde er met open ogen was in getrapt. Op Gabriela's vraag of hij haar had gewaarschuwd voor Stevenson, antwoordde hij bevestigend.

Ze had verwacht dat hij uit zichzelf zou beginnen over de mishandeling van de ex van Stevenson waar de acteur een aantal jaar geleden voor was veroordeeld. Mees de Leeuw was immers degene die dat feit had opgerakeld, maar hij maakte geen enkele opmerking in die richting. Gabriela begreep niet dat hij het onderwerp meed, omdat het een uitgelezen kans was om de focus van de politie van hemzelf weg te halen en te verplaatsen naar Stevenson. Iemand die al eens eerder was veroordeeld voor geweld was een aannemelijkere dader dan iemand die een schoon blazoen had. Volgens de jongen was de enige misdaad die hij had begaan 'dat ik verliefd ben geworden op Cesária'. Op de vraag naar zijn relatie met Anoek Huizing had hij resoluut geantwoord dat ze goede vrienden waren. Toen Gabriela vroeg of hij weleens iets met haar had gehad, had hij verbaasd gereageerd. 'Met Noek? Nee, ik zie haar als mijn zusje.'

Gedurende het hele gesprek had Johan de Leeuw naast zijn zoon gezeten en hem strak aangekeken. Het viel Gabriela op dat de jongen elk oogcontact met zijn vader vermeed. Er heerste een rare spanning tussen de twee waar ze niet direct vat op kon krijgen, maar dat er geen warme band bestond tussen vader en zoon was overduidelijk. Toen Gabriela uiteindelijk de hamvraag had gesteld – waar was Mees op de avond en de nacht van de moord? – had zijn vader als eerste antwoord gegeven. 'Hij was thuis en ik ben zijn getuige,' had De Leeuw senior stellig gezegd. De jongen leek te schrikken van de bulderende stem van zijn vader. Bleek had hij voor zich uit gestaard.

'Is dat waar, was je thuis? Terwijl je vrienden in Kadoc waren?'

Voordat hij kon antwoorden, had zijn vader een hand op zijn schouder gelegd. De jongen was zichtbaar ineengekrompen onder de aanraking. 'Ik was thuis, ja,' had hij zachtjes gezegd. 'Op mijn kamer. Ik was de hele avond op mijn kamer. Cesária wilde niet dat ik meeging naar Kadoc en dus ben ik niet gegaan. Ik ga niet als een kwijlend hondje achter haar aan lopen, daar voel ik me te goed voor.'

Hij had zijn hoofd geschud en zijn handen voor zijn gezicht geslagen. Uit het schokken van zijn schouders had Gabriela opgemaakt dat hij huilde. Tussen de snikken door had hij gezegd dat hij, sinds de relatie was verbroken, altijd was blijven hopen dat Cesária weer bij hem zou terugkeren. Haar dood had haar nu voorgoed onbereikbaar gemaakt. Toen was de jongen voor hun ogen echt volledig ingestort en zijn vader had een hand in zijn nek gelegd en 'Verman je!' tegen hem gesist. Van een arm om hem heen of van troostende woorden was geen sprake geweest en Gabriela vermoedde dat het gesprek heel anders was verlopen als De Leeuw senior er niet bij had gezeten.

Het liefst had ze de jongen meegenomen naar het bureau, maar het feit dat hij een alibi had, stond die wens in de weg. Voor nu had ze het erbij moeten laten. Pas als er nieuwe feiten bekend zouden worden die ze aan Mees konden linken, was er voldoende grond om hem op het bureau te horen. Voordat ze waren vertrokken, had ze hem echter nog één vraag gesteld: wist hij toevallig of mevrouw Oliveira weleens had schoongemaakt bij de heer Sven van Dijk?

'Pedo-Sven?' had hij gevraagd. 'Denken jullie dat hij er iets mee te maken heeft?'

Gabriela had iets zien flakkeren in de ogen van De Leeuw senior toen de naam van Van Dijk werd genoemd. De man had duidelijk geen vrienden gemaakt in de jaren dat hij in Portugal woonde. 'Kent u hem?' had ze hem gevraagd.

'Niet persoonlijk, maar net als iedereen ken ik de verhalen. Het lijkt me dan ook zinvoller dat u achter die viezerik aan gaat. Laat mijn zoon verder met rust.'

Gabriela was opgestaan. 'We zullen uw zoon nu verder voorlópig met rust laten, want hij heeft een alibi. Maar vergis u niet, meneer De Leeuw, we doen dit niet omdat u dat wilt. Laat daar geen onduidelijkheid over bestaan.'

Ze had er behoefte aan gehad om de verhouding even duidelijk te maken. Johan de Leeuw was het type man dat dacht dat hij de hele wereld naar zijn hand kon zetten. Iemand die gewend was zijn zin te krijgen. Maar dan was hij bij haar aan het verkeerde adres en bij Raimundo ook. Zonder te groeten waren ze vertrokken.

Gabriela nam nog een slok wijn en voelde de loomheid bezit nemen van haar lijf. Haar ogen werden steeds zwaarder en ze besloot ze even dicht te doen voordat ze verderging met uitvogelen wie Cesária Oliveira zou kunnen hebben vermoord.

24

Het geluid van een telefoon verbrak de stilte en Gabriela vloog overeind. De kaars die voor haar op tafel stond, was uitgegaan. Tegen haar bedoeling in was ze toch in slaap gevallen.

Op de tast graaide ze voor zich uit totdat ze haar mobiel te pakken had. Het was vier uur 's nachts, zo zag ze op het scherm, en met een schorre stem van de slaap nam ze op. Haar mond was droog en de smaak van wijn lag nog op haar tong.

'Carvalho, ben je wakker?' klonk de stem van haar chef in haar oor.

'Nu wel, ja.'

'Gedronken?'

'Niet echt.'

'Ik heb je nodig.'

'Wie niet. Kunt u Raimundo niet bellen?'

'Die is al op pad. Weer een inbraak.'

'Oké, zegt u het maar.'

'Het gaat om een geval van mishandeling. Het slachtoffer is iemand die jullie morgen toch al een bezoekje zouden brengen.'

Gabriela ging in haar hoofd haar takenlijst voor morgen langs en kwam uit bij Sven van Dijk. 'U bedoelt...'

'Sven van Dijk,' was haar chef haar voor. 'Hij is vannacht overvallen in zijn woning door een groep jongeren die vreselijk heeft huisgehouden. De man is in elkaar geslagen, meubilair is vernield en de muren zijn beklad. Zijn buren werden gealarmeerd door het lawaai en hebben de politie gebeld. De patrouillewagen die erlangs is gereden, trof Van Dijk bewusteloos aan en heeft er een ambulance bij gehaald. Hij is net naar het ziekenhuis gebracht. Ik wil dat jij een kijkje gaat nemen in zijn huis voordat je naar het ziekenhuis gaat.'

Gabriela aarzelde met antwoord geven en haar chef had het in de gaten.

'De kust is veilig. Het was gewoon een groepje jongens die elkaar hadden lopen opjutten. Toe Gabriela, ik zit met mijn handen in het haar. De helft van mijn team staat elders brandjes te blussen. Er moet iemand naar dat huis om poolshoogte te nemen en vast te leggen welke schade er is aangericht. Ik stuur een fotograaf achter je aan. Een nieuwe met spierballen. Stelt dat je gerust?'

Gabriela zuchtte. 'U weet wat de Technische Recherche hiervan gaat vinden, hè?'

'Ik neem de volledige verantwoordelijkheid op me. Kan ik op je rekenen?'

'Natuurlijk, zoals altijd.' Gabriela verbrak de verbinding voordat hij duizend complimentjes over haar kon uitstorten. Op de tast schuifelde ze door de overvolle woonkamer naar de lichtknop. Na een paar seconden waren haar ogen gewend en begaf ze zich snel naar de badkamer. Ze haalde een borstel door haar donkere krullen en bond ze in een strakke staart. Vlug poetste ze haar tanden en spoot wat deodorant onder haar oksels. Toen nog een verkwikkende plens water in haar gezicht en ze was wakker. Ze pakte haar spullen, deed het licht weer uit en vertrok.

De fotograaf stond al op haar te wachten toen ze haar auto parkeerde. Het was een vrij lange vent met een heel jong uiterlijk. Inderdaad flink gespierd en om zijn nek droeg hij een grote koptelefoon. Hij zag dat Gabriela ernaar keek.

'Ik werk beter met muziek,' verklaarde hij het ding om zijn nek.

Gabriela trok haar wenkbrauwen op en stak hem haar hand toe. 'Gabriela Carvalho.'

'Luiz Salgueiro, aangenaam.'

'Nieuw?'

'Derde dag.'

'Recht uit de schoolbanken?'

'Zoiets.'

Gabriela zuchtte en deed geen moeite om te verbergen dat ze liever een doorgewinterde fotograaf had gehad.

'De deur staat op een kier,' veranderde hij van onderwerp. 'Het is opmerkelijk stil in de straat. Geen nieuwsgierige buren of ander gespuis.'

Gabriela nam het ter kennisgeving aan en knikte. Ze trok overschoenen aan over haar schoenen en een paar handschoenen. Ze gebood de fotograaf hetzelfde te doen. Ze gebaarde dat hij achter haar moest gaan staan en hij gehoorzaamde meteen. Toen duwde ze tegen de deur, die met een krakend geluid verder openging. Een muffe geur kwam haar tegemoet. Er hing een bedompte warmte in het huis. Ze richtte haar zaklamp op de muren en vond een lichtknop. Een peertje aan het plafond zette de boel in het licht. Op de beige tegels lag bloed en verderop lagen wat slordig opengescheurde verpakkingen van verbandgaas die door de ambulancemensen waren achtergelaten. Gabriela wees de fotograaf zwijgend op het bloed en hij stelde zijn lens scherp. De muren in de hal waren wit en de leuzen waar haar chef het over had gehad, trof ze hier in elk geval niet aan.

Voorzichtig liep ze door naar de woonkamer, alert op elk geluid. De vieze geur werd hier sterker. Uitwerpselen? Haar hand hield ze op haar pistool, klaar om het te trekken bij de minste of geringste aanwijzing dat er zich toch nog mensen in het huis bevonden. De rugdekking die ze kreeg van de fotograaf stelde haar iets meer op haar gemak, maar kon niet voorkomen dat haar hart als een razende tekeerging. Ze duwde de deur van de woonkamer open. Het peertje dat doorschemerde uit de hal gaf genoeg licht om te zien dat hier flink was huisgehouden. Ze scheen met haar zaklamp langs de muren die volgespoten waren met bloedrode graffiti. 'Vuile mordenaar' en 'Peedo' wisselden elkaar af. Spelling was duidelijk niet hun sterkste kant.

Ze vond een lichtknop op de muur aan haar rechterhand. Haar adem stokte in haar keel toen ze de vernielingen in de woonkamer in het lamplicht zag. Wat een zwijnenstal. Er was geen laatje, geen kastje met rust gelaten. Een vitrinekast was omvergetrokken en eromheen lagen kapotgetrapte porseleinen beeldjes. Gabriela herkende een beeldje van een kat dat ook in haar eigen huis stond. De deurtjes van een houten kast hingen stuk voor stuk half uit hun scharnieren en de lades daaronder waren allemaal door de kamer gesmeten. In een van de lades was gepoept en een andere rook naar urine. De gescheurde papieren en een servies dat compleet aan diggelen lag, moesten uit de kast zijn gekomen. Overal waar je keek lag de vloer ermee bezaaid.

Tussen alle rotzooi in zag ze een identiteitskaart liggen. Ze liep ernaartoe en pakte hem met haar gehandschoende handen op. De goudkleurige chip op de kaart was beschadigd. De foto liet een oudere man met halflang grijs haar zien. Sven van Dijk. Rond zijn ooghoeken zaten kraaienpootjes die voor lachrimpeltjes door konden gaan. De man had een open blik met een vriendelijke oogopslag. Als ze hem op straat zou tegenkomen, zou hij haar niet eens opvallen. Niet in positieve en niet in negatieve zin. Als ze Anoek Huizing moest geloven dan zag 'Pedo-Sven' eruit als een smoezelige landloper, een griezel. Maar hoe Gabriela ook haar best deed, ze zag het niet. De man op de foto voldeed in geen enkel opzicht aan die beschrijving, maar misschien was deze foto gedateerd. Het maakte haar nog benieuwder naar wat ze straks in het ziekenhuis zou aantreffen. Ze maakte een notitie van het documentnummer, de uiterste geldigheidsdatum en de andere gegevens die op de kaart stonden zodat ze het slachtoffer door een collega door het systeem kon laten halen.

'Mijn hemel,' mompelde de fotograaf achter haar. 'Er is iemand die de bewoner van dit huis extreem moet haten.'

Gabriela knikte. Tijd om weer aan het werk te gaan en te stoppen met filosoferen. 'Maak jij hier vast een goed overzicht. Ik wil elke scherf op de foto hebben. Ik ga vast kijken hoe de bovenverdieping eraan toe is.'

De man knikte en zette de koptelefoon op die om zijn nek hing.

Het enige geluid dat de stilte verstoorde, was het kraken van de trap en haar eigen gespannen ademhaling. In haar linkerhand hield Gabriela de zaklamp vast, haar rechterhand rustte op haar pistool. Boven aangekomen scheen ze met haar lamp heen en weer. Recht tegenover de trap was een kamer. De deur was open. Ze liep ernaartoe en vond een lichtknop.

Overal was bloed. De muur. Het bed. De vloer. Ook hier hing een sterke urinelucht. Op de molton zag ze naast het bloed ook een gele vlek. Het leek erop dat het slachtoffer van angst zijn blaas had geleegd. Heel begrijpelijk. Op de gele vinylvloer, aan de beslapen kant van het bed, was een spoor van bloederige druppels te zien. Een schemerlampje lag aan diggelen op de vloer, naast een volledig uiteengereten boek. De kapotgescheurde cover onthulde een gedeelte van een schilderij.

Voorzichtig liep ze om de ravage heen naar het bed, ervoor zorgend dat ze het druppelpatroon op de vloer zorgvuldig omzeilde. De bruinrode vlek op de muur trok haar aandacht, erboven leek het stucwerk wat beschadigd. Hadden ze het slachtoffer met zijn hoofd tegen de muur geramd? Hem daarna nog met vuisten bewerkt? Het zou kunnen dat hij daar een gebroken neus aan over had gehouden die flink had gebloed, dat zou het druppelpatroon op de vloer verklaren. Maar totdat ze de verwondingen met eigen ogen had gezien, bleef het allemaal speculatie. Ze draaide zich om en liet haar ogen nauwgezet door het vertrek gaan. De deur had een forse deuk. Een schoen? Of misschien een vuist? Ze liep erheen en duwde de deur dicht. Nu viel pas goed te zien met hoeveel geweld de deur open was gegooid. De klink had een behoorlijke afdruk in de muur achtergelaten.

Gabriela hoorde de trap kraken, trok de deur weer open en zag de fotograaf verschijnen. Voorzichtig kwam hij dichterbij en floot tussen zijn tanden. Gabriela wees hem ten overvloede op alle ontdekkingen die ze in de kamer had gedaan en die vastgelegd moesten worden. De fotograaf nam er geen aanstoot aan en ging rustig door met zijn werk. 'Ik check de andere kamers,' liet ze hem voor de vorm weten. De muziek knalde zo hard uit zijn koptelefoon dat hij haar onmogelijk gehoord kon hebben.

Ze liep eerst naar de deur die helemaal links van haar zat. Een badkamer die er ongeschonden uitzag. Ze opende de deur ernaast en tastte naar de lichtknop. Haar oog viel in eerste instantie op de schildersezel. Er stond een half afgemaakt schilderij op van de vuurtoren die bij Het einde van de wereld stond. De lichtbundel was zo natuurgetrouw geschilderd dat Gabriela even dacht dat hij de kamer in een gloed zette. Ze liep verder naar binnen en sloot de deur. In de rechterhoek van de kamer stond nog een ezel. Ook daarop stond een half afgemaakt schilderij van de vuurtoren van Het einde van de wereld, maar van een aanmerkelijk slechtere kwaliteit. Dit beeld miste dimensie en levensechtheid, het deed Gabriela meer denken aan een ingekleurde tekening. Degene die het geschilderd had, kon duidelijk nog wat bijleren.

Ze draaide zich om. De linkerwand van de kamer stond vol

met rijen schilderijen. De eerste rij bestond uit afbeeldingen van de zee. Hoewel water in haar ogen niet veel variatie vertoonde, was de schilder – ze nam aan dat het Van Dijk was – erin geslaagd om elk schilderij een totaal eigen sfeer en look te geven. Vol bewondering keek ze naar een variant waarop de zon in de zee schitterde. De ontelbare twinkelende diamantjes van licht leken te gloeien op het doek. Op een ander schilderij tekenden grote wolken donkere schaduwen op het water.

De rij ernaast begon met een tafereel van voetballende jongetjes op het strand. Gabriela zette het aan de kant en keek toen naar een perfecte weergave van het gezicht van... Cesária Oliveira. Het portret bezorgde haar op slag koude rillingen. Ze pakte het op om het beter te bekijken, maar verstijfde en liet het vallen. Ze kreunde, zakte op haar knieën en strekte haar hand uit naar het schilderij dat achter dat van Oliveira tevoorschijn was gekomen. Oliveira en de reden waarom ze in het huis was, waren even volledig uit haar gedachten. De kamer om haar heen vervaagde. Haar hart kromp ineen en tranen stroomden over haar wangen, en zonder na te denken omhelsde ze het schilderij en drukte het tegen haar borst terwijl ze ongecontroleerd snikte.

25

Ik loop tegen de muren op van ellende. Het besef dat Cé er niet meer is en nooit meer terugkomt, begint steeds meer tot me door te dringen. Op de momenten dat het volle besef er is, weet ik niet waar ik het zoeken moet. Ik heb al zoveel gehuild dat ik voor de rest van mijn leven geen tranen meer overheb. Ik moet met Mees praten. Hij kende haar bijna net zo goed als ik. Ik probeer hem al dagen te bereiken, maar hij neemt zijn telefoon niet op. Eén keer reageerde hij met een appje waarin hij zei dat ik hem met rust moest laten. Ik heb geprobeerd dat te respecteren, iedereen gaat anders om met verdriet, maar ik houd het niet meer. Ik moet hem zien, hem vasthouden.

De filmopnames zijn na het bezoek van de politie tijdelijk stilgelegd om iedereen de kans te geven het slechte nieuws te verwerken. Johan heeft voor de crew een week geboekt in een luxehotel in de hoop dat ze in die omgeving beter kunnen opladen om er later weer tegenaan te gaan. Althans, dat is wat mijn vader gisteren vertelde tijdens het ontbijt. Hij was die avond even een drankje gaan doen met Johan. Het schijnt dat Emma ladderzat is geworden en in het zwembad is gedonderd. Ik heb mijn vader niet gevraagd of hij Mees die avond ook heeft gezien. Ik weet het antwoord al. Mees heeft zijn vrije dagen thuis op zijn kamer doorgebracht en is ver van het hotel gebleven. Hij heeft net als ik een hekel aan overmatige luxe en is niet bepaald een feestbeest.

Bij de gedachte aan Mees die eenzaam in zijn grote kamer zit, staat mijn besluit vast. Ik ga hem opzoeken. Als ik voor zijn neus sta, stuurt hij me vast niet weg. Het is niet goed als hij alles opkropt. Ik schuif mijn voeten in de teenslippers die naast mijn bed staan, spuit nog wat extra parfum op en kam mijn door de zon gebleekte haren. Mijn ogen zijn roodomrand en klein, zie ik in de spiegel. Zonnebril op dus.

Ik ben verbaasd als ik Marie beneden aantref. Normaal gesproken maakt ze elke maandagmiddag een lange wandeling in haar eentje 'om na te denken en te mediteren'. 'Ben je nog niet op pad?' vraag ik.

'Ik sla vandaag een keertje over. Ik voel me niet zo goed.'

Marie ziet inderdaad nogal bleek. Bezorgd voel ik aan haar voorhoofd. 'Je voelt niet alsof je koorts hebt. Misselijk?'

'Een beetje. De afgelopen dagen liggen nogal zwaar op mijn maag. Red jij je een beetje?' Ze strijkt liefdevol over mijn wang. 'Ik heb je maar een beetje met rust gelaten, maar ineens betwijfel ik of ik daar wel goed aan heb gedaan. Ik ben er voor je, Noek, dat weet je, hè?'

Ik geef haar een zoen. 'Als ik behoefte heb aan gezelschap, dan geef ik het aan. Goed? Ik vond het fijn om even alleen te zijn.'

Marie trekt mijn zonnebril een stukje van mijn hoofd en schuift hem snel weer terug. 'Ik huil ook altijd het liefst in mijn eentje,' zegt ze met een glimlach die zo triest is dat ik me op slag zorgen maak.

'Het gaat toch wel goed tussen jou en papa?'

'Maak je maar geen zorgen. Ik ga even liggen als je het niet erg vindt.'

'Ik ga even bij Mees langs. Misschien eet ik daar.'

'Kijk maar. Doe vooral waar je je prettig bij voelt.'

'Marie?'

'Ja.'

'Als er echt iets met je is, zou je het wel tegen me zeggen, toch?'

Ze lacht, deze keer oprechter. 'Als ik een enge ziekte heb,

ben jij de eerste die het hoort.' Ze knipoogt en even lijkt ze weer de oude Marie.

Ik zwaai haar hoofdschuddend gedag. 'Ik hoop dat je je straks beter voelt.'

26

Het schilderij dat Gabriela omklemde, toonde het levensechte gezicht van haar zus Andreia. Gabriela moest alle zeilen bijzetten om zichzelf weer onder controle te krijgen. Voorzichtig depte ze haar ogen. Hoewel ze in eerste instantie vreemd had opgekeken van de koptelefoon van de fotograaf, was ze er nu blij mee. Hij had haar huilbui vast niet gehoord. Aan het geschuifel in de kamer ernaast te horen, was hij nog steeds druk bezig om de plaats delict te fotograferen.

Met pijn in het hart zette ze het schilderij van haar zusje terug en plaatste het schilderij van Oliveira er weer voor. Ze moest de fotograaf zo snel mogelijk het huis uit zien te werken. Over het schilderij van de vuurtoren bij Het einde van de wereld en dat van Oliveira zou ze haar chef keurig inlichten, maar het schilderij van haar zus hield ze voor zichzelf. Geen denken aan dat ze dat uit handen zou geven aan die lomperiken van de Technische Recherche. Door het personeelsgebrek en de negatieve zweem die rond 'Pedo-Sven' hing, had haar chef haar tegen de regels in vooruit gestuurd, maar er bestond geen twijfel over dat de TR het huis nog eens grondig zou onderzoeken. Waarschijnlijk vloekend en tierend omdat zij en de fotograaf hun plaats delict hadden verstoord. Gelijk hadden ze, maar zij volgde ook alleen maar orders van hogerhand op.

Kritisch bekeek ze de kamer. Ja, alles zag er weer uit zoals ze het bij binnenkomst had aangetroffen. Ze schrok van een roffel op de deur. De fotograaf stak zijn hoofd om de hoek en ze knikte dat hij kon binnenkomen. Net als zij was hij zichtbaar onder de indruk van de schilderijen die vooraan stonden.

'Wow, dit is een knap staaltje werk,' zei hij bewonderend. Hij stak zonder na te denken zijn hand uit om een schilderij aan de kant te zetten, Gabriela kon hem nog maar net op tijd tegenhouden.

'Afblijven! De TR moet er eerst naar kijken.' Ze schatte in dat hij nog onervaren genoeg was om haar klakkeloos te geloven.

Hij bloosde en verontschuldigde zich. 'Natuurlijk, stom van me. Ik ben een enorme kunstliefhebber. Het liefst zou ik zelf schilderen, maar ik ben er niet goed in. Daarom ben ik me in andere vormen van vastlegging gaan specialiseren.' Hij zwaaide met zijn camera. 'En ik ben fan van horrorfilms, vandaar mijn specialisatie in forensische fotografie.'

Zijn voorliefde voor horrorfilms verklaarde zijn sterke maag. Gabriela had vaker meegemaakt dat de maag van nieuwelingen in het vak zich tijdens de eerste klussen omdraaide. Het had haar enigszins verbaasd dat Luiz Salgueiro daar totaal geen last van leek te hebben. Ze had zelf al een keer extra moeten slikken van de geur van uitwerpselen vermengd met die van bloed.

'Je hebt van je hobby je werk gemaakt. Dan heb je alles in huis om een echte vakidioot te worden.'

Hij leek het op te vatten als een compliment en knikte enthousiast.

'Maar die muziek, ik weet het niet hoor. Het communiceert wat lastig en communicatie is juist heel belangrijk op een plaats delict.'

Hij keek teleurgesteld. 'Weet je, dit ding is eigenlijk een soort talisman voor me. Ik zie dit werk als een soort kunstvorm en de muziek brengt me in de juiste stemming om optimaal te presteren.'

'Een plaats delict als kunstvorm? Tja, dat is ook een manier om ernaar te kijken. Wel wat morbide. Maar goed, als je van deze kamer nog een overzichtsfoto maakt dan zijn we hier klaar. In de badkamer heb ik verder geen opmerkelijke zaken aangetroffen.'

De fotograaf deed wat hem gevraagd werd. Gabriela keek naar zijn serieuze gezicht en focuste toen op zijn wijsvinger die verbeten op de ontspanknop drukte.

'Nog eentje om het af te leren,' luidde hij de laatste foto in.

Schiet nou maar op, dacht Gabriela ongeduldig. Ze kon alleen maar denken aan het schilderij van Andreia dat ze zo snel mogelijk mee naar huis wilde nemen. En dan zou ze Sven van Dijk een bezoekje gaan brengen in het ziekenhuis. Hij had heel wat uit te leggen. Hoe kwam hij aan een schilderij van haar zus? Had zij, net als Oliveira, in het geheim voor hem geposeerd? Was het daarbij gebleven, of was er meer gebeurd? Ze moest en zou antwoorden krijgen. Hoe dan ook.

De fotograaf keek haar zo doordringend aan dat ze even dacht dat ze hardop had gezegd wat ze van plan was. 'Wat?'

'Ik ben klaar.'

'Wegwezen dan. Als je opschiet, kun je nog een paar uurtjes slapen.'

Ze wuifde met haar hand dat hij de kamer kon verlaten en ging achter hem aan, hoewel elke vezel in haar lijf schreeuwde om bij haar zusje te blijven. Bij het sluiten van de deur viel haar oog nogmaals op het schilderij van de vuurtoren. Was het toeval dat Sven van Dijk juist die plek had geschilderd, de plek waar Oliveira voor het laatst in leven was geweest? Het schilderij was nog niet af. Betekende het dat hij er recent, misschien wel de avond van Oliveira's dood, aan was begonnen? Had het meisje met hem afgesproken in die bewuste nacht?

De vragen buitelden over elkaar heen in haar hoofd. Gekmakend was het. Maar nog veel erger was het schrijnende gevoel in haar hart bij de gedachte aan het schilderij van Andreia, dus toen ze de fotograaf de deur uit had gewerkt, rende ze zo snel mogelijk weer terug naar boven. Met trillende hand duwde ze de deurklink van het atelier naar beneden en liep naar binnen. Ze knielde neer en haalde uiterst voorzichtig het schilderij van haar zus tevoorschijn. Weer werd ze emotioneel. *Ik ga je thuisbrengen, lief zusje. Ik heb je zo gemist.*

Ook al was het maar een schilderij, Gabriela had het gevoel dichter bij Andreia te zijn dan in de afgelopen zeven jaar. Het voelde alsof ze niet alleen een deel van haar zusje, maar ook van zichzelf had teruggevonden. De ogen van Andreia sprankelden door de verf heen; het schilderij was een perfecte vertaling van het beeld dat Gabriela al zeven jaar in haar herinnering droeg. Dit was haar zusje op haar best. Blij, een tikje ondeugend. Voorzichtig raakte ze het gezicht aan. Even was er die teleurstelling dat ze geen mensenhuid voelde, maar verf en doek. *Het is goddomme een schilderij, Gabriela, wat dacht je dan!* Toch kon ze het niet nalaten om ook even over de lange donkere haren te strelen. Ofschoon het schilderij de verdwijning van haar zusje niet oploste, was het na lange tijd eindelijk weer een nieuwe aanwijzing die haar zoektocht nieuw leven inblies. Het gaf hoop en troost. Sven van Dijk moest iets weten over Andreia. Hij had haar in elk geval zo goed gekend dat ze zich door hem had laten schilderen.

Gabriela's oog viel op een stapel verpakkingsmateriaal: enkele kokers, touw, pakpapier en een rol bubbeltjesplastic. Aangezien het schilderij van Andreia was geschilderd op een katoenen doek met houten spielatten had ze niks aan een koker. Ze wikkelde het schilderij dus ruimschoots in bubbeltjesplastic om beschadigingen tijdens het vervoer te voorkomen. Pas toen het doek goed was ingepakt had ze de rust om de andere schilderijen in de kamer stuk voor stuk te bekijken. Haar handen hadden al gejeukt toen de fotograaf nog in de kamer was, maar ze had het risico niet durven lopen dat ze nog meer schilderijen van Andreia zou ontdekken waar hij bij was.

Uiterst voorzichtig bekeek ze de andere schilderijen die in

'Andreia's rij' stonden, maar tot haar teleurstelling zaten er geen andere afbeeldingen van haar zusje bij. Ze verschoof en bekeek de volgende rij. Ook niets. Nog één rij te gaan. Toen ze op drie schilderijen na ook die rij had doorgespit, stokte haar adem in haar keel. Ze pakte het schilderij voorzichtig tussen de andere uit en zette het vooraan zodat ze het goed kon bekijken. Er stonden twee figuren op, een man en een meisje, beiden met hun rug naar de schilder toe. Ze stonden op het strand en tuurden naar de zee, hun armen om elkaar heen geslagen. Een streep zonlicht zette hen in een gouden gloed. Gewoon een onschuldig verliefd paartje, ware het niet dat het meisje, dat slechts een bikini droeg, verdacht veel op Andreia leek. Gabriela herkende de kaarsrechte houding van haar zus en de felroze bikini die haar favoriet was geweest. Het armbandje dat het meisje om haar pols droeg en volledig natuurgetrouw was geschilderd nam alle laatste twijfel weg. Het was het zilveren bedelarmbandje met geloof, hoop en liefde dat Gabriela aan Andreia had gegeven voor haar zeventiende verjaardag. Gabriela had ook een exemplaar voor zichzelf gekocht. Ze droeg het nog steeds.

Wie was de man met wie Andreia zo innig verstrengeld stond? Hij was anderhalve kop groter dan haar zus, dus ze schatte hem op zeker één meter negentig. Hij liep op blote voeten, droeg een knielange bruine broek en had extreem witte, lichtbehaarde onderbenen. Het kon daardoor bijna niet anders dan dat hij geen local was. Zijn puntige schouderbladen waren goed zichtbaar in het dunne witkatoenen overhemd met korte mouwen. Ook aan zijn armen zag ze dat hij een mager postuur had. Zijn haar was donkerblond en kortgeknipt. Wat opgeschoren in de nek. Hij hield zijn hoofd wat schuin. *Had ze deze man ooit ontmoet?* Ze bleef naar de figuur op het doek kijken, maar er ging op geen enkele manier een belletje rinkelen. Dat ze zijn gezicht niet kon zien, hielp ook niet echt mee. Deze man was en bleef een compleet vreemde voor haar.

Ze moest Sven van Dijk spreken over dit schilderij. Ze moest meer te weten zien te komen. Was het tweede schilderij met Andreia's instemming gemaakt of had hij haar bespied op het strand tijdens haar romantische ontmoeting met deze man? Een man die in elk geval een stuk ouder was geweest dan haar zusje. Waarom had Andreia haar nooit verteld over deze en misschien wel meerdere afspraakjes met deze onbekende man? Wanneer was haar zusje gestopt met alles met haar te delen? Gabriela had het tot aan de verdwijning van Andreia altijd vanzelfsprekend gevonden om haar zusje alles te vertellen. Ze had altijd gedacht dat het wederzijds was, maar blijkbaar had ze zich daarin vergist. Hoeveel geheimen had Andreia nog meer gehad zonder dat zij of haar ouders daar weet van hadden gehad?

Een misselijkmakend gevoel maakte zich van Gabriela meester.

27

Wanneer ik aanbel bij Mees, doet Johan open. Hij groet me amper en brult naar boven. Mees verschijnt boven aan de trap. Hij lijkt niet echt blij me te zien en ik blijf besluiteloos onder aan de trap staan.

'Nou, kom dan,' zegt hij ongeduldig. Het lijkt alsof Cé's dood een levensgrote wig tussen ons heeft gedreven. Ik begrijp er niks van. Als een gezamenlijke vriendin overlijdt, dan zoek je toch juist steun bij elkaar? Ik zou op dit moment niets liever doen dan keihard op zijn schouder uithuilen. Omdat hij Cé ook goed heeft gekend, is hij een lijntje naar haar voor mij.

'Ga je mee naar het strand?' opper ik. Ik moet er niet aan denken dat we elkaar samen op zijn kamer gaan zitten aankijken nu hij in zo'n bui is. Als ik ongemakkelijke stiltes wil, dan ga ik wel bij mijn vader en Marie zitten. Op het strand kan ik tenminste af en toe nog even door de branding rennen. Ik blijf dus stokstijf staan waar ik sta.

'Oké,' antwoordt hij onverschillig. Slungelig komt hij de trap af, loopt me voorbij naar de deur en stiefelt naar buiten. Geen knuffel, geen kus op mijn wang zoals we dat normaal altijd doen. Maar wat is normaal? Niets meer sinds de dood van Cé. Het woord 'moord' krijg ik nog steeds niet uit mijn strot. Ik kan maar niet geloven dat er iemand op deze aarde rondloopt die haar iets wilde aandoen. Niet alleen wilde, maar ook heeft gedaan. Zo'n mooi en lief meisje. Mijn allerbeste vriendin.

Ik loop Mees achterna en trek de deur achter me dicht. Ik

ga er maar van uit dat hij een sleutel bij zich heeft. Ongeduldig trommelt hij met zijn vingers op het dak van mijn auto. Ik ontgrendel de deuren en hij stapt in. Nog steeds met die norse blik op zijn gezicht.

'Je begint op je vader te lijken,' grap ik, in de hoop dat het een glimlach aan Mees ontlokt die me vertelt dat alles weer goed is.

Hij steekt afwerend zijn hand op. 'Als je zo gaat beginnen, ben ik weg. Dan ga je maar alleen naar het strand.'

'Jemig, man, wat mankeert jou? Wat heb ik in godsnaam verkeerd gedaan?'

Ik barst in tranen uit. Ineens voel ik een arm om mijn schouder en trekt Mees me tegen zich aan. Opgelucht laat ik het gebeuren, blij dat hij eindelijk een beetje ontdooit.

'Sorry Noek, jij kunt er ook allemaal niks aan doen.' Zachtjes streelt hij over mijn haar en legt dan zijn hoofd tegen dat van mij aan. Ik voel zijn adem over mijn gezicht strijken en dat levert ongewild kippenvel op. Ik zit muisstil en durf niks te zeggen, bang om het moment te verstoren dat ons even zo dicht bij elkaar brengt. Bang dat die enorme afstand van zo-even meteen weer tussen ons in staat zodra hij me loslaat. Mees omarmt de stilte ook en we blijven een tijdje zo zitten. Uiteindelijk laat Mees me los. Ik krijg een brok in mijn keel als hij me aankijkt. Hij lijkt iets te willen zeggen. Iets belangrijks, want hij kijkt zo zorgelijk. Ik zit klaar om zijn woorden te incasseren, wat ze dan ook mogen inhouden.

'Laten we gaan,' is het enige wat hij uiteindelijk zegt. Zijn stemming is weer omgeslagen.

Ik start de auto en probeer mijn teleurstelling te verbergen. We hebben het nog niet één keer over Cé gehad. Dat zit me dwars. Cé beheerst op dit moment mijn denken, mijn doen en mijn gevoel. Dat is voor Mees toch niet anders? Amper een week geleden liet hij me weten dat hij haar terug wilde en nog steeds van haar hield. Dat zal door haar dood niet ineens veranderd zijn, dat kan niet. Iets in me zegt dat Mees niet goed gaat reageren als ik over Cé begin, dus besluit ik het pijnlijke onderwerp te bewaren voor het strand. Misschien dat het warme zand en het ruisen van de golven Mees in een wat toegankelijkere stemming brengen. Dat het hem kalmeert zoals het mij kalmeert.

De ongemakkelijke stilte bezorgt me kramp in mijn buik. Ik heb liever dat Mees tegen me schreeuwt dan dit en zet de radio aan om zijn zwijgen te overstemmen.

Het warme zand kriebelt aan mijn tenen en voetzolen. Normaal geniet ik van dat gevoel, maar nu kan het me niets schelen. Mees is naast me komen lopen. De afstand tussen ons is groot. Veel te groot. Zonder dat het al te veel opvalt, probeer ik het gat te dichten als we richting de branding lopen. Mees laat het toe. Ik koel mijn voeten in de zee en pas dan heb ik genoeg moed verzameld.

'Mis jij haar ook zo?' gooi ik de knuppel in het hoenderhok.

Mees verstart en kijkt me met een vreemde blik in zijn ogen aan. 'Ze is dood, over en uit, klaar,' is zijn reactie.

Ik had alles verwacht maar niet dit. 'Hoe kun je dat nou zeggen? Dat ze dood is wil toch niet zeggen dat we haar ook dood moeten zwijgen? Ik wil haar levend houden door over haar te praten, herinneringen op te halen. Met wie kan ik dat beter dan met jou, Mees? Jij hield toch ook van haar?'

In plaats van dat mijn woorden hem ontdooien, iets bij hem losmaken, sluit hij zich nog verder in zichzelf op. Ik zie het gebeuren als hij met gebalde vuisten zijn armen voor zijn lichaam kruist. Ineens begrijp ik helemaal niets meer van de jongen met wie ik altijd kon lezen en schrijven. Het lijkt wel of buitenaardse wezens Mees hebben gekaapt en een of ander gevoelloos gedrocht in zijn lichaam hebben achtergelaten.

'De politie vroeg aan me of Cé buiten Ricardo nog meer

jaloerse ex-vriendjes had toen ze me kwamen vertellen dat ze dood was.'

Mees kijkt me aan, nog steeds die vreemde blik in zijn ogen. 'Wat heb je gezegd?'

'Dat jij allang over haar heen was en geen interesse meer in haar had. Dat je onschuldig bent.'

'Waarom heb je dat gezegd? Dat weet je toch niet.'

Ik kijk hem verbaasd aan. 'Natuurlijk weet ik dat wel, ik ken je toch. Jij zou Cé nooit iets aandoen.'

Mees' gezicht loopt rood aan. Ik probeer te peilen wat er door hem heen gaat en schrik als ik besef dat hij boos is. Nee, niet boos. Woedend. Maar waarom? 'Je was toch bij je vader thuis de avond dat wij in Kadoc waren? En die nacht toch ook? Kom op, Mees, wat doe je raar. Je hoeft jezelf niks te verwijten, je was er niet eens bij. Ík had haar nooit alleen moeten laten vertrekken in die taxi. Ík had haar moeten beschermen.'

Het schuldgevoel vindt weer een weg naar boven en ik barst in huilen uit. Ik verwacht dat Mees een arm om me heen zal slaan, me troost zoals hij dat eerder ook in de auto deed, maar hij loopt bij me vandaan en begint te schreeuwen.

'Hou op, Anoek! Ik wil er niet over praten, dat heb ik toch gezegd!' Hij loopt weer op me af en zijn van woede vertrokken gezicht maakt me bang. Hij grijpt me bij mijn polsen en knijpt.

'Au, je doet me pijn!' Ik probeer mijn polsen te bevrijden, maar hij is sterk. Veel te sterk voor mij. De blik in zijn ogen is nu bezeten. Hij knijpt nog harder en lijkt me niet te horen. Ik trap hem tegen zijn scheenbeen. Hij moet me loslaten.

Mees lijkt te schrikken en laat me plotsklaps gaan. Zijn handen ballen zich tot vuisten en ik zie zijn knokkels wit worden. Even ben ik bang dat hij me een klap gaat verkopen. In een reflex steek ik mijn handen afwerend voor me uit. Nu lijkt hij pas echt te schrikken. Hij heeft de angst in mijn ogen gezien, de angst voor hem. Hij slaat zijn handen voor zijn gezicht en begint te huilen. ‘Sorry, Noek. Ik wil dit helemaal niet.’

Ik loop naar hem toe en leg mijn hand voorzichtig op zijn schouder. Hij schrikt van de aanraking maar laat het wel toe. Inmiddels huil ik zelf ook weer. Ik druk hem tegen me aan en hij beantwoordt mijn omhelzing.

‘Laat het alsjeblieft rusten, Anoek. We moeten het er niet meer over hebben. Echt, het is voor je eigen bestwil.’

Hij laat me los en rent weg. Even overweeg ik hem achterna te gaan, maar mijn benen komen niet los uit het zand. Verbouwereerd kijk ik hem na. De kant die ik vandaag van hem heb gezien, kende ik nog niet. Hij leek totaal iemand anders. Wat is er met hem aan de hand? Heeft hij iets te verbergen en reageert hij daarom zo fel? Ik wil er niet eens over nadenken wat hij dan probeert te verbloemen. Waar is mijn lieve, zachtaardige, vrolijke Mees gebleven? Heb ik me dan al die jaren zo in hem vergist? Hij worstelt met iets, maar met wat? Ik realiseer me dat ik hem alleen maar ken in goede omstandigheden. Zomers zonder zorgen. Dit is de eerste keer dat ik hem meemaak in een crisis en wat ik net heb gezien, bevalt me niets. Ik dacht dat ik best over een aardige portie mensenkennis beschikte. Ik durf zelfs toe te geven dat mijn vader een eikel is, maar na vandaag blijkt dat ik niet meer blind op mijn intuïtie kan vertrouwen. Mijn gevoelens voor Mees zijn niet veranderd, maar de roze wolk die ik altijd om hem heen zag hangen, is verdwenen.

28

Het begon al licht te worden toen Gabriela de oprit bij haar huis opreed. Nu pas zag ze dat ze het licht in haar woonkamer had aan gelaten. Ze stapte uit haar auto en opende haar kofferbak. Voorzichtig pakte ze er de twee schilderijen uit en met de kostbare schatten in haar armen liep ze even later naar binnen. Met haar voet trapte ze de deur achter zich dicht.

Gabriela wist dat ze haar boekje te buiten ging. Ze had bewijsmateriaal meegenomen van een plaats delict. Bovendien hoorde ze nu niet thuis te zijn, maar bij het slachtoffer in het ziekenhuis. Maar hoewel ze popelde om hem te ondervragen, moest ze eerst de schilderijen veiligstellen. Het schilderij met de onbekende man op het strand zou ze in haar woonkamer ophangen tegenover de bank. Zo kon ze de man elke vrije minuut die ze had bestuderen, net zo lang tot ze een aanwijzing had gevonden waarmee ze zijn identiteit kon achterhalen. Ze wilde de man in haar buurt hebben, in het schilderij kruipen en hem voelen. Wat had hij gedacht toen hij daar met haar zusje stond? Had hij vunzige gedachten gehad over haar jonge lijf? Of was de arm die hij om haar heen had geslagen van vaderlijke aard geweest en zag ze dingen die er niet waren?

Al zeven jaar lang vroeg ze zich dag en nacht af wat er met haar zusje was gebeurd. Het feit dat Sven van Dijk wellicht al die tijd meer had geweten en zich nooit had gemeld bij de politie maakte haar woest. Had hij enig idee wat hij hun gezin had aangedaan? Was hij te laf geweest omdat hij zelf iets met Andreia's verdwijning te maken had? Was de man op het schilderij soms een vriend van hem die hij wilde beschermen? Had dat zwaarder gewogen dan het verdriet dat haar familie had om Andreia? Gekmakende onzekerheid, pijn en angst – alle emoties van toen kwamen in volle hevigheid terug en benamen Gabriela even de adem. En toen was er weer die woede. Die allesoverheersende woede die ze steeds moeilijker kon onderdrukken.

Toch maakte het idee dat ze misschien op korte termijn dichter bij de waarheid zou komen haar ook bang en onzeker. Wat als de waarheid zo erg was dat ze haar niet kon verdragen? Zou ze dan uiteindelijk toch de voorkeur gaan geven aan de onzekerheid die ze nu nog voelde? Als de waarheid eenmaal boven tafel was, zou ze ermee moeten leven, ongeacht de impact die het op haar en haar leven zou hebben. De zoektocht naar Andreia was de afgelopen jaren ook een houvast geworden, iets om zich in vast te bijten zodat ze het verdriet niet in volle hevigheid hoefde te voelen. Een intense kou overviel haar en deed haar klappertanden.

Lamgeslagen pakte ze haar boor en hing het schilderij op in de woonkamer. Daarna liep ze met het portret van Andreia door naar haar slaapkamer en hing het op tegenover haar bed. Ze vond het te risicovol om het schilderij beneden in het zicht te hangen; Raimundo kwam haar weleens thuis ophalen en die zou meteen vragen waar ze dat schilderij vandaan had. De gelijkenis met haarzelf was te opvallend en hij was opmerkzaam genoeg om te zien dat het een portret van haar vermiste zusje betrof.

Nadat ze het schilderij had opgehangen, ging ze even op het bed zitten om het opnieuw te bestuderen. Ze bewonderde het talent van de schilder. Hij had haar zus zo levensecht weten te portretteren dat ze het gevoel had dat ze echt bij haar in de kamer was. Het verlangen naar Andreia was overweldigend en ze sloot haar ogen om haar nabijheid op zich te laten inwerken. Minutenlang zat ze zo in stilte. Toen opende ze haar ogen, stond op en liep zonder nog naar het schilderij om te kijken de kamer uit.

De borden langs de weg gaven aan dat ze rechtdoor moest rijden voor het ziekenhuis in Faro, maar Gabriela nam de afslag. Voordat ze Sven van Dijk zou bezoeken, moest ze eerst iets anders doen.

Van Raimundo had ze zojuist vernomen dat hij de rest van de ochtend nog bezig zou zijn met de afhandeling van de inbraak, waardoor hij zich dus pas later bij haar zou voegen. Het was de afgelopen weken bijna elke nacht raak geweest met inbraken, vermoedelijk ging het om een en dezelfde bende, en Raimundo leidde het onderzoek. Gabriela zou het nooit hardop toegeven, maar ergens was ze de inbrekers dankbaar. Het gaf haar nu de kans om het verhoor alleen af te nemen zonder dat Raimundo in haar nek hijgde. Ze popelde om Van Dijk te confronteren met de schilderijen die hij van haar zus had gemaakt.

Het onderzoek naar de moord op Cesária Oliveira leek bij haar steeds meer aan belang in te boeten en steeds wanneer Gabriela zich dat realiseerde, speelde haar beroepsethiek op. Persoonlijke zaken mochten nooit de overhand krijgen. Toch was dat nu het geval en dat bracht haar in een onmogelijke spagaat. Ze was tot nu toe altijd zeer professioneel geweest bij de uitoefening van haar beroep, maar de confrontatie met de perfect gelijkende beeltenis van Andreia had een kettingreactie van emoties in gang gezet die zich niet meer liet stoppen.

Ze parkeerde haar auto bij de ingang van de begraafplaats en liep door de toegangspoort het terrein op. Op momenten als deze was er maar één plek waar ze tot rust kon komen. Met de Portugese hitte was het onmogelijk om echte bloemen een paar dagen toonbaar te houden, daarom lagen op het gros van de grafstenen kunstbloemen. Ze kende maar één vrouwtje dat op dit kerkhof trouw elke dag verse bloemen bij het graf van haar man kwam zetten. Het graf lag naast dat van haar vader en was een week eerder gedolven dan dat van hem. Al ruim vijf jaar lang knikten zij en de weduwe elkaar vriendelijk toe als ze elkaar op de begraafplaats zagen, maar ze hadden in al die jaren nog nooit een woord gewisseld. Ook niet toen de urn met de as van Gabriela's moeder werd bijgezet.

Opgelucht concludeerde Gabriela dat de 'buurvrouw' vandaag al vroeg langs was geweest. Juist nu wilde ze alleen zijn bij het graf van haar ouders. Ze had ze zoveel te vertellen en dat ging niemand wat aan. Met een brok in haar keel liep ze naar de grafsteen. Ze was er al twee maanden niet geweest. In de loop der jaren was de bezoekfrequentie van elke zondag veranderd in 'naar behoefte'. Haar schuldgevoel speelde op toen ze een laagje zand op de marmeren grafsteen zag liggen. Met haar handen veegde ze het ervan af.

'Dag, papa. Dag, mama,' zei ze zachtjes. 'Ik heb misschien een doorbraak in het onderzoek naar Andreia. Iemand heeft haar geschilderd en ik heb dat schilderij per toeval gevonden. Het is zo mooi, zij is zo mooi. Ik zou willen dat ik het aan jullie kon laten zien. Wat zou je er blij mee zijn geweest, mama. Misschien had het je de hoop gegeven dat er ooit een einde aan de onzekerheid zou komen. Misschien had het je genoeg kracht gegeven om door te leven. Dan hadden we samen kunnen wachten tot ze weer thuiskomt. Want dat gebeurt, mama, op een dag gebeurt dat.'

Gabriela droogde een traan met haar mouw en hurkte neer bij de grafsteen. Ze keek naar de plek bij de rechterhoek. Na het overlijden van haar vader had haar moeder daar een vlinder neergezet ter nagedachtenis aan Andreia. Na de zelfmoord van haar moeder had Gabriela hem meteen weggehaald. Hij stond voor haar symbool voor opgegeven hoop. Die vlinder was het teken dat haar moeder niet meer geloofde dat Andreia nog leefde. Gabriela was pas bereid te geloven dat haar zusje dood was als dat onomstotelijk was bewezen. Tot dat moment weigerde ze pertinent om voorgoed afscheid te nemen. Ze had de vlinder kapotgetrapt na de crematie van haar moeder en de restanten in een container op de begraafplaats gesmeten.

Woedend was ze geweest op haar moeder. Waarom was zij niet genoeg om voor te leven? Was zij niet de moeite waard? Ze voelde zich in de steek gelaten, een mislukkeling. Ze had haar moeder niet vaak genoeg gezegd hoeveel ze van haar hield, hoezeer ze haar nodig had. Als ze dat wel had gedaan, had dat dan iets veranderd? Had haar moeder dan wel geprobeerd om stukje bij beetje het leven weer te omarmen? Slechts een maand had ze het kunnen opbrengen om te wennen aan een leven zonder haar man voordat ze koos voor de weg van de minste weerstand. Had ze dan helemaal niet aan Gabriela gedacht toen ze een overdosis slaappillen nam?

29

Voor de deur van de ziekenhuiskamer van Sven van Dijk stond een bewaker. Toen Gabriela dichterbij kwam, zag ze dat hij een uniform van een particulier beveiligingsbedrijf aanhad dat erg leek op een politie-uniform. Vreemd, dacht ze. Ze liep naar de verpleegstersbalie en liet haar ID zien aan de vrouw achter de desk, en vertelde toen waarvoor ze kwam.

'De patiënt is niet aanspreekbaar,' hielp de verpleegster haar meteen uit de droom. 'Het trauma aan zijn hoofd was zo hevig dat hij al buiten bewustzijn was toen hij vannacht werd binnengebracht. Tot op heden is hij nog niet ontwaakt.'

'Weet u zeker dat hij buiten bewustzijn is of houdt hij zich slapende?' vroeg Gabriela.

De verpleegster keek haar bevreemd aan. 'Hoe bedoelt u?'

'Precies zoals ik het zeg. Doet hij wellicht net alsof hij slaapt, zodat hij niet gehoord kan worden?'

'Mevrouw, wij zijn meer dan capabel om de medische conditie van een patiënt te beoordelen. Het antwoord is dus "nee", hij doet niet net alsof. Als u de patiënt zou zien, zou u dat zelf kunnen beamen,' zette de vrouw Gabriela op haar plek.

'Inspecteur.'

'Wat zegt u?'

'Inspecteur, niet "mevrouw".' Gabriela keek haar uitdagend aan. 'Kunt u mij misschien ook vertellen wie de bewaker is die daar voor de deur staat? Hij is daar niet door de politie neergezet.'

'Ik weet niet wie hij is, inspectéúr, maar hij is ingehuurd

door een vriendin van de patiënt. Ze zit al de hele ochtend naast zijn bed.'

'Is dat zo? Is ze nu op zijn kamer? Ik wil haar graag spreken.'

'Ik zag haar naar beneden gaan om koffie te halen, ze zal zo wel terugkomen.'

'Goed, dan zou ik nu graag het slachtoffer zien.'

'Kan dit niet wachten?'

'Nee, dit kan niet wachten. Ik moet hem zeer dringend spreken en als er ook maar enige mogelijkheid is, dan zal ik die benutten.'

De vrouw kwam zuchtend achter de balie vandaan en liep hoofdschuddend voor haar uit. De bewaker hield Gabriela tegen toen ze de kamer in wilde lopen. Gepikeerd hield ze hem haar ID voor en duwde hem toen opzij. Hij liet haar begaan. Ze sloot de deur achter zich en de verpleegster en draaide zich om naar het bed.

'Veel succes met uw verhoor,' zei de verpleegster cynisch.

Gabriela begreep de ergernis van de vrouw toen ze het slachtoffer zag liggen. Dit was hem dus: Sven van Dijk, de man die mogelijk meer wist over haar zusje en Cesária Oliveira. Hij zag er vreselijk uit. Zijn gezicht was één grote gezwollen beurse plek. Met de beste wil van de wereld was er geen gelijkenis te ontdekken met de foto die op zijn identiteitsbewijs had gestaan. Om zijn voorhoofd zat een wit verband waar bloed doorheen kwam. Zijn neus was zo ernstig verwond dat het onmogelijk was om erdoor te ademen, wat de beademingsslang in zijn mond verklaarde.

'Hij wordt zo opgehaald voor een hersenscan. Het is maar de vraag of hij hier ongeschonden uit komt.'

Gabriela bond in. 'Ja, dat begrijp ik. Enig idee wanneer hij bijkomt?'

'Ik heb mijn glazen bol thuis laten liggen, dus nee.'

'Sorry, domme vraag.'

'Inderdaad.'

‘Hoe groot is de schade die jullie al hebben vastgesteld?’

‘Gebroken oogkas en neus, gekneusde ribben, ontwrichte schouder, gekneusde pols, en zijn lijf is één grote bloeduitstorting,’ somde de verpleegster staccato op. ‘Mogelijk inwendige bloedingen en beschadiging aan de hersenen.’

Gabriela trok een moeilijk gezicht. ‘Het is voor hem dus eigenlijk te hopen dat hij nog een tijdje buiten bewustzijn blijft.’

‘Inderdaad. De patiënt zal door een hel van pijn gaan als hij wakker wordt. Wat hij ook heeft gedaan, niemand verdient het om zo te worden toegetakeld.’

‘We zullen alles doen wat in onze macht ligt om de daders te vinden, daarom is het ook zo belangrijk dat ik hem enkele vragen kan stellen. Een signalement van de daders kan van cruciaal belang zijn bij het opsporen en ter verantwoording roepen van degenen die deze laffe daad op hun geweten hebben. Vandaar mijn ongeduld.’

De norse gezichtsuitdrukking van de verpleegster verzachtte en ze wilde net wat gaan zeggen toen de deur van de kamer openging. Gabriela draaide zich om en keek in het gezicht van... Marie-Louise Huizing.

‘Wat doet u nou hier?’ vroeg ze verbaasd.

‘O, u bent het... Ik wil niet dat hij alleen is als hij wakker wordt.’

‘U kent hem dus goed?’

Marie-Louise knikte. ‘We zijn bevriend.’

Gabriela trok haar wenkbrauwen op. ‘Daar weet uw man zeker niets van af? Hij was niet bepaald mild ten aanzien van meneer Van Dijk toen ik bij u thuis was.’

‘Dat klopt. Vindt u het erg als we buiten verder praten? Ze zeggen weleens dat mensen die in coma liggen meekrijgen wat er om hen heen gebeurt en ik wil niet dat hij dit gesprek hoort.’

‘Wat u wilt.’

'Ik ben zo weer terug,' liet Marie-Louise de verpleegster weten.

Gabriela opende de deur en nodigde haar uit om eerst naar buiten te gaan. 'Komt dit hier ook uit uw koker?' en ze wees naar de bewaker.

Marie-Louise knikte. 'Als de daders terugkomen, dan staat hun wat te wachten,' zei ze vastberaden.

'Daar weet uw man zeker ook niets van af?'

'Nee, en dat is ook nergens voor nodig,' was het antwoord. 'Zullen we een blokje om lopen? Ik heb behoefte aan spreekwoordelijke frisse lucht.'

Gabriela knikte instemmend en liep zwijgend achter Marie-Louise aan naar buiten. Haar ogen brandden van het tekort aan slaap en ze onderdrukte een geeuw. De intense warmte maakte haar nog lomer.

'Ik weet niet waar jullie hem precies allemaal van verdenken, maar Sven is onschuldig,' viel Marie-Louise met de deur in huis toen ze een stukje van het ziekenhuis waren verwijderd.

Gabriela knipperde een paar keer met haar ogen tegen het felle zonlicht. 'Waarom denkt u dat we hem ergens van verdenken?'

'Wilt u geen spelletjes met me spelen? Ik ben niet gek. Ik ken de geruchten die de ronde over hem doen en u kunt van mij aannemen dat ze niet waar zijn.'

'Welke geruchten?'

Marie-Louise zuchtte geërgerd maar gaf keurig antwoord. 'Dat hij pedofiel zou zijn.'

'En dat is niet zo?'

'Klinkklare onzin. Sven doet geen vlieg kwaad en zeker geen kinderen.'

'U bent wel heel stellig...' Gabriela onderbrak haar zin toen haar telefoon ging. Ze verontschuldigde zich bij Marie-Louise en liep een stukje bij haar vandaan. Toen begroette ze haar collega aan de andere kant van de lijn en hoorde aan wat hij te vertellen had. Verward hing ze even later op. Met een ernstig gezicht liep ze naar Marie-Louise toe.

'Ik heb zojuist nieuwe informatie binnengekregen over uw "vriend" Sven.'

Marie-Louise keek haar vragend aan, maar zei niks.

'Die informatie is... dat er geen informatie is.'

'Kunt u wat minder cryptisch zijn?'

'We hebben zijn identiteitskaart door het systeem gehaald en het blijkt dat het om een vals document gaat. Er bestaat geen Sven van Dijk.'

In plaats van de verbaasde en misschien wel geschokte reactie die Gabriela van Marie-Louise had verwacht, zuchtte deze gelaten. 'Hij wist dat het eens zou uitkomen, de vraag was alleen wanneer.'

'U wist hiervan af?'

'Ja, als een van de weinigen.'

'Ik geloof dat wij wel meer dan een ommetje moeten maken. Het wordt tijd dat u open kaart met me speelt. Het dragen van een valse identiteit is strafbaar en als u ervan af wist dan bent u medeplichtig.'

'Probeert u me nou bang te maken? Doe geen moeite, dat lukt u niet. Sven heeft veel meer te verliezen dan ik. Ik zal u vertellen wat ik weet en ik hoop dat u discreet met deze informatie zult omgaan.'

Hoewel Gabriela zich ergerde aan de toon die de vrouw tegen haar aansloeg, had ze ook wel bewondering voor de wijze waarop Marie-Louise het gesprek weer naar haar hand probeerde te zetten. Maar dat zou niet lukken. 'Ik geloof dat ik even iets recht moet zetten. Ik stel hier de voorwaarden en de vragen en niet u. We kunnen dit gesprek nu hier voeren in een ontspannen sfeer, of ik neem u mee naar het bureau. Aan u de keuze.'

Marie-Louise liep bij Gabriela weg. Briesend liep ze achter de vrouw aan.

'Sven heeft inderdaad een valse identiteit aangenomen. Ik leerde hem kennen in het jaar dat ik ook mijn huidige man ontmoette. Ik was met Peter in Portugal en hij had een zakelijke afspraak waar hij een paar uur voor weg moest. Anoek logeerde bij vrienden in Nederland dus ik moest mezelf zien bezig te houden. Ik besloot naar het strand te gaan en me daar te vermaken met mijn schildersezel tot Peter terug was. Ik had net wat eerste schetsen gemaakt toen er een man achter me kwam staan en me een paar suggesties deed hoe ik mijn werk kon verbeteren. Hij deed voor wat hij bedoelde en ik zag meteen dat hij goed was. Heel goed, een raskunstenaar. Hij stelde zich voor als Sven. Zijn gezicht kwam me ergens bekend voor, maar ik kon er niet de vinger op leggen. De rest van de middag hielp hij me met het schilderij. Een privéles op het strand. Toen ik thuiskwam zat daar een woedende Peter op me te wachten. Hij was in die tijd extreem jaloers en argwanend. Ik heb alles uit de kast moeten halen om hem ervan te overtuigen dat ik had geschilderd op het strand en zo in mijn werk was opgegaan dat ik de tijd was vergeten. Gelukkig had ik mijn schilderij waar de verf nog nat van was als bewijs. Ik heb Peter nooit verteld van mijn eerste ontmoeting met Sven en de ontmoetingen daarna. Die eerste ontmoeting heeft er namelijk toe geleid dat Sven mij nu al jaren schilderles geeft zonder dat iemand dat weet.'

'Was dat half afgemaakte schilderij in zijn atelier van de vuurtoren die bij Het einde van de wereld staat soms van u?'

'Zullen we elkaar tutoyeren? Daar voel ik me prettiger bij.'

'Wat u, eh, je wilt. Was dat schilderij van jou?'

'Ja. Ik ben drie weken geleden met Sven naar Het einde van de wereld geweest om een begin te maken met het schilderij.'

'Was dat voordat de filmopnames van *Let Me Love You* daar plaatsvonden?'

‘Ja.’

‘En dus ook voordat Cesária Oliveira daar dood werd gevonden?’

‘Ook dat.’

‘Weet je of meneer Van Dijk na die keer dat hij met jou naar Het einde van de wereld is geweest, vaker naar die plek is gegaan?’

‘Ik beheer zijn agenda niet en hou ook niet de hele dag zijn hand vast. Geen idee dus.’

‘Wist je dat mevrouw Oliveira poseerde voor Sven? We hebben een schilderij van haar gevonden in zijn atelier.’ Het lag op Gabriela’s lippen om ook over de schilderijen van Andreia te beginnen, maar ze besloot dat te bewaren voor later. De zaken gingen anders te veel door elkaar lopen.

‘Ja, dat wist ik. Hij betaalde haar ervoor omdat ze spaarde voor een studie.’

‘Waren er meer mensen van op de hoogte? De moeder van het slachtoffer wist er bijvoorbeeld niets van.’

‘Sven bleef graag in de luwte en Cesária wilde niet dat iemand ervan wist gezien de geruchten die gingen over Sven. Geruchten die nergens op gebaseerd en pertinent onjuist zijn overigens. Ik kan dat niet vaak genoeg herhalen.’

‘Dat hij graag in de luwte blijft, blijkt wel uit zijn valse identiteit. Wat heeft hij te verbergen?’

‘Sven is tien jaar geleden na een traumatische gebeurtenis Nederland ontvlucht. Er zaten behoorlijk wat mensen achter hem aan die dachten geld aan hem te kunnen verdienen en de enige manier om aan hen te ontsnappen, was zijn uiterlijk veranderen en een andere identiteit aannemen.’

‘Het wordt steeds vreemder. Ik ben nu wel heel benieuwd waarom hij op de vlucht sloeg en wat die traumatische gebeurtenis was. Heeft het een criminele achtergrond?’

‘Absoluut niet. Svens grote liefde Karel was gestorven en het immense verdriet had hem zo verlamd dat hij niet meer aan zijn zakelijke verplichtingen kon voldoen.'

'Is Karel gestorven aan aids?'

'Ook weer zo'n hardnekkig vooroordeel. Niet alle homo's hebben aids. Ze sterven net zo goed als hetero's aan allerlei dingen. Karel kwam om het leven bij een ordinair ongeluk. Hij werd toen hij op de fiets zat door een dronken vrachtwagenchauffeur van de weg gereden.'

Gabriela mompelde een verontschuldiging voor haar reactie. Marie-Louise gaf met een korte hoofdknik aan dat ze die accepteerde.

'Kun je me wat meer vertellen over die zakelijke verplichtingen van Van Dijk die spaak liepen na de dood van zijn partner?'

'Sven was in Nederland een gewild kunstenaar. Zijn echte naam is Didier van Oudheusden. Hij had een contract met een grote galerie dat hem verplichtte om jaarlijks vijftig schilderijen voor hen te maken. Dat stond gelijk aan een schilderij per week. Toen Karel nog leefde was dat geen enkel probleem, maar na Karels dood liep alles in het honderd. Zijn werk was deprimerend en grauw en het ene na het andere werk werd afgekeurd door de galerie. Ze bleven in zijn nek hijgen en gunden hem geen tijd om de dood van Karel te verwerken en zichzelf weer bij elkaar te rapen. Het belang van de galerie was te groot, het ging om miljoenen. Toen ze Sven begonnen te dreigen met een claim waar hij nooit aan zou kunnen voldoen binnen de gestelde termijn, raakte hij in paniek. Hij is op een nacht in zijn auto gestapt en met de noorderzon vertrokken. Hij staat in Nederland nog steeds te boek als vermist. Na wat omzwervingen heeft hij zich tien jaar geleden in Portugal gevestigd, een nieuwe identiteit aangenomen en zijn uiterlijk veranderd. Hij is begonnen met wat baantjes in de horeca om de kost te verdienen, want aan het vermogen dat op zijn echte naam in Nederland stond, kon hij niet komen zonder zichzelf te verraden.'

'Hoe kwam hij dan aan het geld voor plastische chirurgie?'

'Hij had nog een behoorlijke hoeveelheid contant geld waar verder niemand iets van wist. Maar goed, hij werkte dus in de horeca en als hij niet aan het werk was, ging hij naar het strand. De zee maakte hem rustig en langzaam kwam zijn inspiratie weer terug. Steeds vaker ging hij met zijn schetsboek naar het strand om daar tekeningen te maken die hij later in zijn atelier uitwerkte. Nu de druk van zijn opdrachtgevers was weggevallen en hij kon schilderen wat hij wilde, hervond hij zijn passie.'

'Wat tekende hij zoal?'

'Willekeurige dingen. Stillevens van de zon in de zee, schelpen, vogels, mensen. Van alles eigenlijk. Je hebt zijn atelier toch bekeken?'

Gabriela knikte afwezig. Andreia zou een van die 'willekeurige dingen' kunnen zijn geweest. Zeker het schilderij waar ze met die man op stond kwam daarvoor in aanmerking. Het portret van haar zusje dat nu in haar slaapkamer hing, was echter geposeerd. Daar was Gabriela voor bijna honderd procent zeker van. Het was te gedetailleerd en te precies gelijkend om van een afstandje vluchtig te zijn geschetst. De enige die daar uitsluitsel over kon geven, was de schilder zelf.

'Werkt hij nog steeds in de horeca?' vroeg Gabriela om het gesprek weer op gang te brengen.

'Nee. Sinds een paar jaar komt hij rond door exclusieve teken- en schilderlessen te geven, met name aan rijke Nederlanders die hier een tweede huis hebben. Het gros van zijn klantenkring komt via mij.'

'Vrij riskant lijkt me. Waarom geeft hij geen lessen aan Portugezen? De kans dat zij hem herkennen en zijn identiteit verraden, is aanzienlijk kleiner.'

'Tot nu toe is er niemand geweest die ook maar enig vermoeden had van zijn ware identiteit. Geloof me, qua uiterlijk is er niets over van de oude Didier. Nederland kent hem als een flamboyante dikzak die zijn homoseksualiteit niet onder stoelen of banken stak.'

Gabriela dacht aan de fragiele magere man die ze zojuist in het ziekenhuisbed had gezien. 'Dat kan ik me voorstellen,' zei ze dan ook, 'maar nu moet je me toch eens iets uitleggen. Als hij van die chique schilderlessen aan bobo's geeft, waar komen al die roddels over zijn vermeende pedofilie dan vandaan? Ik heb altijd geleerd dat waar rook is ook vuur is.'

'Mensen willen iedereen altijd graag in een hokje stoppen. Als iemand niet in een hokje past, dan wijzen ze hem er wel een toe. Er zijn mensen die er niet tegen kunnen dat Sven zo teruggetrokken en gesloten leeft. Dat heeft speculaties in de hand gewerkt die van kwaad tot erger gingen. Sven heeft nooit geprobeerd om zichzelf te verdedigen. "Tegen zoveel domheid kan ik niet op," zei hij altijd als ik hem aanspoorde om voor eens en altijd een einde aan de roddels te maken. "Mensen moeten maar geloven wat ze willen," zei hij dan. Ik heb hem altijd gewaarschuwd dat het op een dag tegen hem zou gaan werken en helaas heb ik gelijk gekregen. Toen ik hoorde over Cesária's dood wist ik meteen dat jullie ook bij hem zouden aankloppen.'

'Helaas klopte de knokploeg die hem zo heeft toegetakeld eerder aan dan wij. Het is te hopen dat hij snel bijkomt zodat ik hem zelf ook wat vragen kan stellen. Voor nu ben ik echter blij met jouw openhartigheid. Je verhaal klinkt plausibel en werpt een heel ander licht op de zaak. Toch zijn er nog wat losse eindjes die ik echt met hemzelf moet bespreken.'

De verleiding om het met Marie-Louise te hebben over de schilderijen van Andreia lag weer op de loer, maar Gabriela wist zich te beheersen. Haar persoonlijke belang bij de ondervraging van Sven van Dijk mocht onder geen beding bij haar collega's terechtkomen. Haar chef zou haar meteen van de zaak halen in verband met conflicterende belangen en dat moest te allen tijde worden voorkomen. Ze moest hem zo snel mogelijk alleen te spreken zien te krijgen.

'Misschien ten overvloede,' onderbrak Marie-Louise haar gedachtegang, 'maar Sven heeft een alibi voor de nacht dat Cesária werd vermoord.' Ze stopte even met praten en keek Gabriela doordringend aan. 'Ik ben zijn alibi. In de nacht dat Cesária werd vermoord, werkte hij samen met mij in zijn atelier verder aan het schilderij van de vuurtoren bij Het einde van de wereld.'

'Wat vond je man ervan dat je die nacht niet thuis was?'

'Die heeft het niet gemerkt. Hij was naar een of ander feestje. Ik was eerder thuis dan hij en lag al in bed toen hij er tegen de ochtend bij kroop.'

'En je stiefdochter was er natuurlijk ook niet, omdat die met Cesária op stap was.'

'"Dochter." Zou je Anoek alsjeblieft mijn "dochter" willen noemen? Bij stiefmoeder moet ik altijd denken aan een boze heks.'

Gabriela glimlachte.

'Maar dat klopt inderdaad. Ik weet niet hoe laat Anoek precies is thuisgekomen, maar ik vermoed eerder dan ik. Ze gaat altijd linea recta naar haar slaapkamer. De tijd dat ze ons welterusten kwam zeggen ligt al een paar jaar achter ons, dus het zal haar niet zijn opgevallen dat ik ook weg was. Ze heeft er de volgende ochtend ook niets over gezegd.'

'Anoek wist niet van de schilderlessen af?'

'Nee, op Svens verzoek heb ik dat ook voor Anoek stilgehouden.'

'Het moet je pijn hebben gedaan dat ook zij zo lelijk over hem sprak.'

'Ja. Ik heb haar vaak subtiel proberen te corrigeren, maar dat werkte niet. Anoek is niet dom. Als ik Sven met hand en tand zou verdedigen, zou dat meteen argwaan bij haar wekken.'

'Mevrouw Oliveira was wat loslippiger dan jij. In de week

voor haar dood heeft ze je dochter verteld dat ze weleens voor Van Dijk had geposeerd. Vandaar ook dat hij op ons verdachtenlijstje terechtkwam.'

Marie-Louise knikte.

'Wist zij eigenlijk dat je schilderlessen volgde?'

'Wie, Cesária? Nee. Als zij het wist, zou Anoek het ook te weten komen en dan zou ik het ook niet langer voor Peter verborgen hebben kunnen houden. Het was voor mij belangrijk dat Peter er geen lucht van kreeg. Het spijt me om het te moeten zeggen, maar mijn man is niet bepaald... hoe zal ik het zeggen... Als hij heeft gedronken, wordt hij nog weleens loslippig en flapt hij er van alles uit. Hij zou Sven binnen een dag hebben verraden als hij van de hoed en de rand wist.'

'Klinkt als een goed huwelijk,' zei Gabriela cynisch.

'Het is niet aan jou om daar een oordeel over te vellen. Maar voor de goede orde: ik blijf bij hem voor Anoek. Ik hou van haar als van een eigen dochter en totdat ze zich helemaal zelfstandig kan redden, hou ik het toneelstuk vol. Ik wil dat ze een thuis heeft met een vader en een moeder. Maar als Anoek het huis uit gaat, weet ik niet of ik het nog langer zal kunnen opbrengen om bij Peter te blijven. Het enige gemeenschappelijke wat we nog hebben is Anoek, verder gaan we compleet onze eigen gang.'

'Het spijt me, ik had geen kritiek mogen geven.'

'Het geeft niet, in wezen had je ook gelijk.'

'Is er misschien een andere vrouw in het spel?'

'Vrouwen, meervoud. Ik heb geen concreet bewijs, maar ik vermoed van wel. Er lopen zoveel strakgetrokken, gewillige types rond op die feestjes waar hij heen gaat dat het me zou verbazen als hij de verleiding heeft weerstaan. Peter is altijd al zwak geweest en hij heeft zeker altijd al losse handjes gehad.'

'Klinkt niet als een man op wie je makkelijk verliefd zou kunnen worden,' concludeerde Gabriela.

'En nu wil je natuurlijk weten waarom ik dat ooit wel was.

Toen ik Peter leerde kennen, was hij heel anders dan nu. Hij had zakelijk gezien zware tijden gekend en begon net weer een beetje uit het dal omhoog te klimmen. Hij had toen een soort kwetsbare eenzaamheid om zich heen hangen en de manier waarop hij over Anoek sprak, raakte me. De eerste twee jaar van ons huwelijk waren we ook echt een gelukkig gezin. Daarna ging het bergafwaarts. Ik weet niet eens precies wat het keerpunt was en wat de eerste signalen waren dat ons geluk begon af te brokkelen. Maar dat het gebeurde, realiseerde ik me toen Anoek en ik steeds vaker met zijn tweeën aan de eettafel zaten. Peter werkte vaker wél over dan níét. Hij nam niet eens de moeite om een originele smoes te verzinnen en iedere vrouw weet dat het mis is als haar man steeds vaker tot laat moet "vergaderen". Ben jij eigenlijk getrouwd?'

'Wat doet dat ertoe?'

'Niks, gewoon nieuwsgierigheid.'

'Ik zou mijn persoonlijke leven graag buiten dit gesprek houden.'

'Oké, geen man in je leven dus, anders zou je niet zo moeilijk doen. Ook geen kinderen, schat ik zo in, anders zou je wel vaker op je horloge kijken of je ze al uit school moet halen tijdens je middagpauze.'

'Kennelijk ben ik een open boek, of anders is er met jouw opmerkzaamheid niks mis,' concludeerde Gabriela.

Marie-Louise lachte triomfantelijk en op datzelfde moment ging Gabriela's telefoon. De naam van Raimundo verscheen op het scherm.

'Mijn excuses, deze moet ik even nemen.'

Marie-Louise hield discreet haar pas in zodat Gabriela wat privacy had.

'Dat is nog eens een interessante nieuwe ontwikkeling,' reageerde ze op het nieuws dat Raimundo haar vertelde. 'Oké, ik kom eraan. Ik kom hier op dit moment niet veel verder.' Ze pauzeerde even. 'Nee, hij is nog niet bij kennis. Ik heb met een vriendin van hem gesproken. Ik praat je zo bij vanuit de auto, ik rond het hier eerst even af.'

Gabriela verbrak de verbinding en richtte zich tot Marie-Louise. 'Ik moet er helaas vandoor. Mochten me nog meer vragen te binnen schieten dan kom ik bij je terug.'

'Wacht, ik geef je mijn kaartje met mijn mobiele nummer.' Marie-Louise doorzocht haar tas en haalde er een visitekaartje uit. 'Ik zou het zeer op prijs stellen als je me op dit nummer belt als je me wilt spreken en niet ineens bij me thuis op de stoep staat. Ik wil Peter hierbuiten houden, dat zul je begrijpen. Ik moet Sven beschermen.'

'Prima, afgesproken, ik zal je discreet benaderen. Maar daar staat wel iets tegenover. Ik wil dat je mij meteen belt zodra hij bijkomt. Niet het bureau, geen van mijn collega's, maar mij.' Ze diepte haar eigen kaartje op uit haar broekzak. 'Dit nummer staat dag en nacht tot je beschikking. Zodra er ook maar de minste of geringste verandering in zijn toestand komt, wil ik dat weten. Afgesproken?'

'Afgesproken.' Marie-Louise stopte Gabriela's kaartje in haar tas en draaide zich om voor de terugtocht naar het ziekenhuis. 'Ik ga nog even een uurtje bij hem zitten en dan moet ik mijn neus thuis weer laten zien om geen vragen te krijgen over mijn afwezigheid.'

'Wat als hij bijkomt als je er niet bent?'

'Dat zou ik verschrikkelijk vinden, maar ik kan helaas niet 24/7 bij hem waken. Ik heb met de verpleging afgesproken dat ze mij in dat geval als eerste inlichten.'

'En wat als dat midden in de nacht is?'

'Daar kom ik wel uit. Net als mijn man ben ik inmiddels heel bedreven in het verzinnen van smoesjes. Een vriendin van me staat op het punt om te bevallen. Ik kan haar de komende dagen als excuus gebruiken,' zei ze met een twinkeling in haar ogen. 'Goed, dan wens ik je voor nu verder nog een fijne dag toe en ik hoop dat we elkaar heel snel weer spreken, want dat zou betekenen dat Sven is bijgekomen. Hoe sneller dat gebeurt, hoe groter de kans op volledig herstel.' Ze zwaaide halfslachtig met haar hand en ging er toen met grote passen vandoor.

Gabriela keek haar na totdat ze volledig uit het zicht was verdwenen, daarna liep ze vlug naar haar auto. Ze snakte naar het flesje water dat ze met haar stomme kop in de auto had laten liggen. Het zou nu wel zo'n beetje koken, maar desondanks zou ze het tot de laatste druppel leegdrinken. Ze merkte aan haar lichaam dat haar vochtinname veel te laag was vandaag. Haar tong plakte aan haar gehemelte en ze voelde zich misselijk en licht in haar hoofd. Er ging geen journaal voorbij zonder waarschuwingen voor de gevaren van de voortdurende hittegolf en de ziekenhuizen lagen vol met mensen die waren bezweken onder de verzengende hitte. *Je moet beter voor jezelf zorgen, Gabrie!* De steeds verder oprukkende bosbranden baarden haar ook grote zorgen. Zolang de hitte aanhield en er geen regen werd aangekondigd, zou de situatie niet snel verbeteren.

Voordat ze de motor startte, controleerde ze of het geluid van haar telefoon op maximaal stond zodat ze een eventueel telefoontje van Marie-Louise niet zou missen. Ze hoopte maar dat het zou komen op een moment dat ze alleen was. Ze wilde per se eerst een-op-een met Van Dijk praten; ze had tijd nodig om hem de cruciale vragen te stellen die misschien nieuw licht zouden werpen op de verdwijning van haar zus. Het idee dat degene die haar meer zou kunnen vertellen al die jaren praktisch bij haar om de hoek had gewoond, was gekmakend. Had ze het maar geweten, dan had ze nu misschien al grote stappen gezet in haar onderzoek. Maar was dat niet altijd zo, dat je met kennis achteraf de hele wereld aankon en dingen kon rechttrekken? Voorlopig zou ze geduld moeten hebben, hoe moeilijk dat ook was. Ze moest het laten rusten en zich weer concentreren op het onderzoek naar de dood van Cesária Oliveira.

Wat Raimundo haar net had verteld, was een belangrijke ontwikkeling in de zaak. Ze konden één naam van het lijstje met verdachten schrappen: Ricardo Carneiro kon het meisje niet hebben vermoord. En de reden waarom, was zeker niet alledaags te noemen.

30

'Het is een grote puinhoop en daar hou ik jullie beiden verantwoordelijk voor.'

Peter Huizing plaatste zijn gouden golfbal tussen de markers op de *teeing ground*. Johan de Leeuw en Tom Verbeek reageerden in eerste instantie niet op de beschuldiging. Peter uit zijn concentratie halen als hij zich opmaakte voor zijn slag was nog dommer dan hem tegenspreken. Geduldig wachtten ze tot de bal de lucht in vloog. Ze keken enigszins opgelucht toen de bal precies terechtkwam waar Peter hem wilde hebben. Misschien bracht dit hem in een beter humeur.

'Nou, wat hebben jullie daarop te zeggen? Was dit wat jullie bedoelden met de zaken oplossen? Ik had nog zó gezegd discreet te zijn. Nu zitten we met een dode figurante en een actrice die het talent heeft om telkens weer negatief in het nieuws te komen. Fantastisch! Wat een uitstekende pr voor *Let Me Love You*,' klonk het cynisch.

'Negatieve publiciteit is ook publiciteit,' bracht Tom er zwakjes tegen in.

'Het zal niet de eerste keer zijn dat negatieve publiciteit het commerciële succes juist een zet geeft,' viel Johan hem bij.

'Jij moet je mond houden! Die zoon van jou had zich wel honderd keer moeten bedenken voordat hij dat meisje in zee donderde.' Peter prikte Johan met een beschuldigende vinger in zijn borst.

'Wat! Verdenk je mijn zoon van de moord op Cesária?' reageerde Johan geschokt.

‘Wil jij soms beweren dat hij niet verantwoordelijk is voor haar dood?’

‘Ja, natuurlijk. Hij heeft er niks mee te maken. Mijn zoon is geen moordenaar. Hoe kun je dat denken?’

‘Hij was verliefd op dat meisje en kon haar niet krijgen, toch? Misschien vond hij dat als hij haar niet kon krijgen, niemand haar mocht krijgen. Zoiets? Mensen doen wel gekkere dingen uit jaloezie.’

‘Veel gekker dan moord kun je niet gaan, lijkt me,’ was het droge commentaar van Tom.

Peter keek hem vuil aan. ‘Het lijkt me niet echt het moment om de lolbroek uit te gaan hangen.’

‘Sorry,’ bond Tom meteen in.

‘Mees heeft een alibi,’ verdedigde Johan zijn zoon. ‘Hij was samen met mij de hele avond en nacht thuis.’

‘Lulkoek. Hij is in elk geval een paar uur uit je blikveld geweest toen je die conferencecall in je kantoor had met je geldschieters uit Amerika.’

‘Hoe weet jij dat?’

‘Ga er maar van uit dat er niks gebeurt zonder dat ik het weet. Ik heb overal mijn mannetjes zitten en kom overal achter.’

Johan zweeg en keek onzeker naar de grond.

‘Los het op met Mees en zorg ervoor dat hij zijn bek houdt. Ik wil hem niet meer op de set hebben. Zorg er maar voor dat je een andere runner regelt.’

‘Waar moet ik die zo snel vandaan halen? We lopen al vertraging op door dit hele gedoe en Mees is volledig ingevoerd, hij kent de cast met al hun wensen en onhebbelijkheden...’

‘Vooral dat, ja. Onhebbelijkheden.’ Peter richtte zich tot Tom. ‘Ik overweeg om mijn steun voor Emma in te trekken.’

Tom verslikte zich en werd lijkbleek. ‘Dat kun je niet doen. Niet nu we zo dichtbij zijn.’

‘Noem eens één goede reden waarom ik niet zelf zou beslissen wat ik met mijn geld doe. Het is heel simpel. Ik investeer in zaken waar ik brood in zie en als ik ga twijfelen aan de winstgevendheid dan kap ik ermee. Dat moment is inmiddels wel bereikt.'

'Maar die rol voor Emma als bondgirl die ik bijna rond heb dan? Dat is het laatste zetje dat ze nodig heeft voor haar definitieve doorbraak.'

'Ja, misschien dat Emma daar ook eens aan kan denken. Haar gezuip en die val in het zwembad zijn op Twitter terechtgekomen met een uiterst gênante foto. En wat denk je: dat bericht is ook in Amerika niet onopgemerkt gebleven en ik werd vervolgens gebeld dat ze overwegen die rol in de nieuwe Bondfilm aan iemand anders te geven.'

Tom kreunde wanhopig.

'Precies. Ik heb voor de zoveelste keer moeten praten als Brugman om het op te lossen.'

'Maar het is je dus wel gelukt?' vroeg Tom hoopvol.

Peter liep op hem af en greep hem bij zijn witte poloshirt. 'Dit was echt de aller-allerlaatste keer. Bij het volgende akkefietje, hoe klein ook, ligt ze eruit. En jij ook. Begrepen?'

Peter liet Tom los en liep naar Johan. Hij legde een grote hand op zijn schouder en trok hem naar zich toe. 'Hou die jongen van je onder controle, anders lever ik hem uit aan de politie.'

Johan duwde Peter ruw van zich af. 'Mees heeft niks te maken met de dood van Cesária. Je moet ophouden met die onzinnige beschuldigingen, want anders heb ik ook nog wel een leuk verhaaltje voor de politie.'

'Wat bedoel je?'

'Speel nou maar niet de vermoorde onschuld. Misschien heb jij Cesária wel vermoord zodat ze haar mond zou houden. Chanteerde ze je?'

'Waar heb je het over?'

'Over die aanranding, bij het zwembad in mijn eigen tuin

nota bene. Ben je vergeten dat ik gezien heb dat jij Cesária aanviel met je dronken kop? Dat ik je heb moeten tegenhouden voordat het helemaal uit de klauwen liep?'

'Wat?!' riep Tom verontwaardigd. 'Heb jij haar die blauwe plekken bezorgd? Was het geen ongeluk?'

Peter deed een stap achteruit en keek plots ongemakkelijk voor zich uit.

'De regisseur had haar bijna ontslagen om die blauwe plekken! En jij mij maar verwijten dat ik Emma niet onder controle heb! Leer zelf je poten eens een keer thuis te houden of doe het in elk geval niet zo opvallend. Als Robert het niet voor Cesária had opgenomen, dan was haar carrière al geruineerd voordat ie begonnen was.'

'Dat is nu evengoed het geval, dus waar hebben we het nog over?' reageerde Peter stekelig. 'Had ik je trouwens niet gezegd dat je Cesária bij Robert weg moest houden? Je kent zijn reputatie als het om vrouwen gaat en je weet ook wat er gebeurt als ze hem afwijzen.'

'Ik manage een hoop, maar niet het gevoelsleven van mijn acteurs,' verdedigde Tom zich. 'Wat ze in hun vrije tijd doen is niet mijn pakkie-an.'

'Was het dat maar wel geweest, dan hadden we nu niet met een dode gezeten.'

Peter keek vuil naar Johan, die meteen een weerwoord gaf. 'Misschien heeft Robert Cesária wel van dat klif geduwd. Wat dachten jullie daarvan? Gezien zijn niet al te schone blazoen en die veroordeling is dat helemaal niet zo onwaarschijnlijk. Het is dat die drie meisjes in het verleden zijn afgekocht, maar anders had hij waarschijnlijk nog meer veroordelingen aan zijn broek gehad.'

'Dat is eigenlijk helemaal niet zo gek wat je daar zegt. Wat jij, Tom?'

Emma's agent haalde zijn schouders op. 'Dat zou wel heel slecht uitkomen als dat zo is. Het zou de productie van *Let*

Me Love You in gevaar brengen. Dat zou een financiële strop vanjewelste zijn.'

'En dat is dus wat we te allen tijde moeten zien te voorkomen. We kunnen ons geen financiële tegenslagen meer permitteren.' Peter keek Johan en Tom een voor een doordringend aan. 'Heb ik jullie commitment? Geen enkele tegenslag meer bij *Let Me Love You* totdat elke fucking scène erop zit?'

'Is de politie op dit moment geïnteresseerd in Robert? Weten ze van zijn veroordeling?' vroeg Tom. 'Ze hebben hem al wel uitgebreid gesproken op de set.'

Peter schudde zijn hoofd. 'Het laatste bericht dat mij bereikte via mijn dochter was dat de ex van Cesária is opgepakt. Het lijkt me goed als de politie voorlopig nog even op dat spoor blijft.'

'Hoe wilde je dat voor elkaar krijgen?'

'Misschien kan ik mijn dochter wel zover krijgen dat ze nogmaals naar de politie gaat om hem zwart te maken. Ze heeft een grondige hekel aan die jongen. Losse handjes, jaloers.'

'Klinkt als de ideale schoonzoon, maar helemaal als onze perfecte zondebok. Misschien kan je dochter bellen met die politieagente die ook op de set is geweest. Meiden onder elkaar en zo.'

'Heeft een van jullie die agente al eens vaker gezien?'

'Eh, nee. Ik kom niet dagelijks met de politie in aanraking. Sterker nog, eigenlijk nooit,' antwoordde Tom. 'Hoezo?'

'Niks. Laat maar.'

Johan lachte. 'Heb je fantasieën over vrouwen in uniform?'

Tom grinnikte om de opmerking, maar Peter kon er duidelijk niet om lachen. 'Ik zou maar een beetje inbinden als ik jou was, anders gaat er een streep door dat verzoekje dat je me vanochtend deed. En ik kan de politie nog steeds attenderen op Mees.'

Johans gezicht verschoot meteen van kleur.

'Mis ik iets?' vroeg Tom. Zijn beide golfpartners reageerden niet. 'Balletje slaan dan maar?' probeerde hij de ongemakkelijke sfeer te doorbreken.

'Ik ga naar huis, de lol is me vergaan voor vandaag,' antwoordde Peter.

'Hè, kom op nou, laten we de bal nog even in het spel houden.'

'Ik heb belangrijkere dingen te doen. Mijn dochter de politie laten bellen, bijvoorbeeld. Dat lijkt me in ons aller belang.'

31

Gabriela parkeerde haar auto bij het bureau. Ze was gestopt met om de paar minuten op haar telefoon kijken of ze al een bericht had van Marie-Louise met het heuglijke nieuws dat Sven van Dijk was bijgekomen. Het frustreerde haar met de minuut meer dat hij waarschijnlijk meer wist over haar zus maar niet aanspreekbaar was. Ergens in zijn hoofd zat informatie opgeslagen waar hij op dit moment zelf niet eens bij kon, laat staan dat hij die met anderen kon delen. Ze moest het voorlopig uit haar hoofd zetten en zich samen met Raimundo concentreren op het aanstaande verhoor van Ricardo Carneiro en de zaak-Oliveira. Dit zou voldoende afleiding opleveren voor de komende dagen. Hoe ze de nachten moest doorkomen, wist ze niet.

Gabriela duwde de toegangsdeur van het bureau open en maakte ruimte voor een collega die gehaast naar buiten kwam. Hij mompelde iets wat op een begroeting leek en rende langs haar heen. Ze zette haar tocht naar binnen voort en liep rechtstreeks naar de kamer die ze met Raimundo deelde. Hij zat met zijn voeten op zijn bureau op haar te wachten. Ze wierp hem een boze blik toe. Schoenen hoorden niet op tafel had ze altijd geleerd. Met een ernstig gezicht haalde hij zijn voeten van het bureau, maar aan de pretlichtjes in zijn ogen zag ze dat hij haar niet serieus nam. Als ze al eens nadacht over een relatie dan werkten dit soort momenten altijd heel ontnuchterend. In haar eigen huis bepaalde zij de regels en dat beviel haar meer dan prima.

'Koffie?' vroeg Raimundo. 'Je ziet eruit of je het kunt gebruiken.' Hij gooide zijn eigen lege bekertje met een mooie worp in de prullenbak die een eindje verderop stond en keek haar vragend aan.

'Laten we maar meteen aan de slag gaan. Ik drink wel koffie na het verhoor.'

'Wat jij wilt.'

Raimundo liet haar voorgaan en sloot de kamer af. Zwijgend liepen ze naar de ruimte die grensde aan de verhoorkamer waar Carneiro al klaarzat. Ze keek naar het beeldscherm waar de jongen op te zien was en observeerde hem nauwkeurig. Een verhoor begon wat haar betreft altijd met kijken naar de verdachte. Aan de hand van haar bevindingen bepaalde ze de strategie voor het daadwerkelijke verhoor. Moesten ze lief beginnen en de druk opvoeren of meteen vol erin gaan? Bij iedere verdachte was dat weer anders.

Ze concentreerde zich op Carneiro. Zijn ogen waren groot van angst en hij krabde steeds zenuwachtig aan een wondje op zijn voorhoofd dat er de laatste keer dat ze hem had gezien nog niet had gezeten. Zijn benen bewogen onrustig onder tafel. Hij zag eruit als het prototype verdachte dat op het punt stond om te breken en een bekentenis af te leggen. Zo zag Gabriela ze graag. Ze schatte in dat slechts een klein beetje druk van hun kant voldoende was om Carneiro aan het praten te krijgen. Ze knikte naar Raimundo dat ze er klaar voor was. In het begin had hij moeten wennen aan haar manier van voorbereiding, maar inmiddels zag hij er ook de voordelen van in. Het had hem zelfs wat minder lomp en onbezonnen gemaakt en het had ertoe geleid dat ze een hecht team waren dat uitstekend op elkaar was ingespeeld. De lastige verhoren werden dan ook vaak op het bordje van Gabriela en Raimundo geschoven.

'Jij gaat eerst naar binnen.'

Hij knipoogde naar haar. 'Ah, de truc met de deur.'

Gabriela knikte instemmend en haar partner pakte de deurklink vast.

'Op drie,' fluisterde Gabriela. Ze begon te tellen. Exact op drie gooide Raimundo de deur van de verhoorkamer met zoveel geweld open dat hij tegen de muur vloog. Gabriela kwam er meteen achteraan en smeet de deur zo hard dicht dat hij bijna uit zijn sponningen schoot. Carneiro werd lijkbleek en maakte een piepend geluid. Zijn laatste restje zelfvertrouwen en brutaliteit was vervlogen, en hij zat letterlijk te bibberen van angst. Gabriela liep met grote passen op hem af en sloeg met haar vuist op tafel. De jongen trok snel zijn handen terug en kon de klap nog net ontwijken. Beschermend hield hij zijn handen voor zijn hoofd.

'En nu ga je praten, begrepen?!' beet Gabriela hem toe.

'Ik heb het niet gedaan! Ik heb Cesária niet vermoord!'

'Dat weten we. Je had een alibi.' Raimundo was achter hem gaan staan.

'Wat? Wat bedoel je? Ik begrijp het niet. Ik heb het niet gedaan.'

'Hou je niet van de domme. Stop met bluffen.'

'Ik bluf niet!'

'Oké, dan helpen we je een handje.' Gabriela pakte een stoel en ging tegenover Carneiro zitten. 'We hebben Aldino gesproken.'

De jongen begon zenuwachtig op zijn stoel te schuiven. 'Wat is er met Aldino? Hoezo heb je hem gesproken?'

'Hij heeft je verraden, jongen.'

Er parelde zweet op zijn voorhoofd en hij veegde het weg met zijn arm. Daarna keek hij op. De blik in zijn ogen was fel. 'Aldino zou nooit iets over mij zeggen, dat is een erecode. We zijn maten.'

'Ik denk dat Aldino daar wat anders tegenaan kijkt. Hij zit in de kamer hiernaast en is de hele ochtend verhoord nadat hij op heterdaad bij een inbraak is betrapt.'

De blik in Carneiro's ogen werd onzeker. Hij keek zenuwachtig van Raimundo naar Gabriela.

'Zijn vingerafdrukken zijn afgenomen en wat blijkt? Het was niet zijn eerste inbraak.' Gabriela liet een tactische stilte vallen en keek de jongen stoïcijns aan.

Carneiro werd nog bleker dan hij al was en slikte hoorbaar. 'Wat heeft Aldino dan, eh, precies gezegd?'

'Worden we nieuwsgierig? Wat dénk je dat Aldino heeft gezegd?'

'Niks. Hij heeft helemaal niks gezegd.'

Gabriela keek hem vragend aan. 'Weet je dat heel zeker?'

'Ja,' klonk het schor.

'Beetje droge mond? Dat krijg je van al dat liegen, jongen. Rai, geef hem maar wat te drinken, dan kan hij daarna misschien eindelijk eens de waarheid gaan vertellen.'

Raimundo liep naar de hoek van de verhoorkamer waar een tafel stond met een plastic kan met water, en schonk een bekertje in. Hij gaf het aan de jongen, die het met trillende handen aanpakte. Er klotste wat water op de tafel en hij veegde het met een punt van zijn shirt weg. Verder hield hij zich stil. Gabriela ging onverstoorbaar door.

'Aldino was jouw alibi in de nacht dat Cesária Oliveira werd vermoord.' Ze stond op, liep om de tafel heen en ging dreigend achter Carneiro staan. De jongen kromp ineen alsof hij bang was dat ze hem pijn zou doen.

'Nou heb je niet zo'n grote mond meer, hè?'

'Ik word dus niet meer verdacht van moord?' klonk het voorzichtig.

'Dus je ontkent niet dat je bij Aldino was in de nacht van de moord?'

'Ik ben zo vaak bij Aldino. Geen idee of dat die nacht ook zo was.' Zijn stem klonk weer iets vaster nu hij had geconcludeerd dat hij niet langer werd verdacht van de moord op zijn ex.

'En wat doen jullie dan als jullie bij elkaar zijn?'

'Gewoon, een beetje rondhangen, wat klooien.'

'Is dat hoe jullie het bestelen van hardwerkende mensen noemen, "wat klooien"?'

'Ik heb niks gedaan. Jullie kunnen niks bewijzen.' Stuurs sloeg hij zijn armen over elkaar.

'O nee? Je vriend Aldino heeft anders een verklaring afgelegd dat jij hem hebt geholpen bij meerdere inbraken, waaronder die in de nacht van de moord. Verder hebben we je vingerafdrukken ruimschoots gevonden in zeker drie huizen. Hoeveel bewijs wil je hebben?'

'Jullie proberen me te fucken door mij en Aldino tegen elkaar uit te spelen. Ik kijk ook weleens tv, ik weet hoe dat gaat in die series. Aldino heeft niks gezegd, dat zou hij nooit doen. Ik ga ook niks zeggen, ik verraad mijn vrienden niet.' En hij zweeg weer.

'Dat impliceert dus dat er wat te verraden valt. Luister Ricardo, wees nou slim en vertel ons hoe het zit. Misschien levert het je nog wel strafvermindering op als je eerlijk bent.'

Gabriela wist dat ze haar boekje te buiten ging, maar het kon haar niet schelen. Raimundo corrigeerde haar niet en zonder de aanwezigheid van een advocaat – die pas later die middag beschikbaar was – zou ze hem een prachtige verklaring kunnen laten afleggen die hij dan in het bijzijn van zijn advocaat mocht ondertekenen. Even leek het woord 'strafvermindering' effect te hebben, maar toen ging de jongen door met zijn stuurse zwijgen. Het viel Gabriela tegen hoe lang het duurde voordat ze hem gebroken hadden, hij bleek taaier dan ze hem had ingeschat. Hij geloofde heilig in de 'erecode' van zijn vriendschap met Aldino en daarom werd het tijd dat ze hem uit die droom hielp.

'Rai, pak jij de papieren er even bij?' vroeg ze aan haar collega. Ze wist dat hij begreep wat ze bedoelde zonder nadere uitleg. Dat was het grote voordeel van twee handen op één buik zijn. Raimundo verliet de verhoorkamer en Gabriela zweeg.

'Welke papieren?'

Carneiro werd zichtbaar weer wat nerveuzer. De onzekerheid die de stilte met zich meebracht, deed hem duidelijk meer dan haar agressieve aanpak. Goed om te weten. Ze schonk zichzelf een bekertje water in en dronk het rustig leeg. Toen Raimundo weer terug was met een dossiermap onder zijn arm, zei ze tegen haar collega: 'Laat het hem maar zien.'

Raimundo haalde een vel papier uit de map en hield dit voor Carneiro's neus. 'Komt die handtekening je bekend voor?'

De jongen keek naar de krabbel die voor handtekening moest doorgaan. De naam van zijn vriend was er duidelijk in te lezen. 'Jullie hebben zijn handtekening vervalst,' zei hij zwakjes.

'Ja, natuurlijk, daar hebben we speciale mensen voor in dienst.' Raimundo tikte tegen het papier. 'Lees, of moeten we je voorlezen?'

'Ik ben geen analfabeet.' Hij wilde het papier pakken maar Raimundo trok het weg.

'Alleen met de oogjes, niet met de handjes.' Hij hield het dossierblad weer voor de jongen zijn neus zodat hij de passage kon lezen waarin zijn 'goede vriend' Aldino hem erbij lapte. Terwijl zijn ogen over de pagina vlogen, werd zijn gezicht steeds roder en zijn ademhaling versnelde.

Ineens haalde hij uit en sloeg het papier uit Raimundo's handen. Gabriela dook meteen boven op hem en trok ruw zijn armen op zijn rug. Raimundo had zich vrijwel meteen hersteld van de onverwachte uithaal en overhandigde haar een set handboeien. Pas toen ze Carneiro's handen stevig op zijn rug had gebonden, liet ze de jongen los.

'De vuile verrader,' siste Carneiro terwijl zijn ogen vlamden van woede. 'Het was Aldino's plan, hij heeft alles gepland. De adressen uitgezocht, de bewoners in de gaten gehouden. En hij heeft ook het grootste deel van de buit opgestreken.'

'Dat pleit jou niet vrij.'

'Oké, goed dan, ik was erbij, maar gewoon voor de lol. Een beetje rondhangen, wat tegen spullen aan trappen. Ik heb er haast niks aan verdiend, hoor. Aldino is zo gierig als de pest. Hij hield zelf driekwart van de opbrengst en de rest moest ik met drie anderen delen.'

Gabriela hield haar gezicht in de plooi toen hij het over nog drie andere medeplichtigen had. Dat was nieuwe informatie. De vingerafdrukken van Aldino Figo en Ricardo Carneiro waren in een aantal huizen gevonden, samen met de vingerafdrukken van een nog onbekende persoon die niet in hun systeem stond. Van de twee anderen over wie hij het had, wisten ze tot nu toe niets af. Gabriela gokte dat die op de uitkijk hadden gestaan en de huizen niet zelf waren binnengedrongen.

'Aldino heeft al jullie namen genoemd, ook die van jou. Daarvoor kan hij strafvermindering krijgen. Als jij voor die strafvermindering in aanmerking wilt komen, zul je hetzelfde moeten doen en ons de namen van je partners moeten geven.'

'Waarom zou ik dat doen? Zoek het lekker zelf uit. Aldino heeft me verraden, dus die kan hem krijgen, maar die anderen hebben me niets gedaan.'

'Als je verstandig bent, doe je wat ze zegt en noem je de namen.' Raimundo boog zich over Carneiro heen en hield zijn hoofd ter hoogte van de jongen. Hij keek hem recht in de ogen en zei: 'Of wil je ook nog een aanklacht wegens mishandeling aan je broek hebben voor die uithaal van net?'

'Ik heb je niet eens geraakt, man!'

'Is dat zo? Jij zag toch dat hij me raakte, Gabriela?'

'Absoluut. En dat zal ik getuigen ook, mocht dat nodig zijn.'

'Dat is een leugen!'

Gabriela staarde de jongen zwijgend aan. Die leek na enige tijd te beseffen dat hij geen kant op kon. Hij vloekte. Boos keek hij naar Gabriela en toen naar Raimundo. Uiteindelijk gooide hij de handdoek in de ring en somde de namen op, die Raimundo snel opschreef.

'Kijk eens aan, zie je nou wel dat dat niet zo moeilijk was,' kon Gabriela niet nalaten om te zeggen.

'Wat mij betreft kan hij terug naar zijn cel. Ik heb weer genoeg te doen.' Raimundo zwaaide triomfantelijk met het blaadje met de nieuwe namen waar hij achteraan kon en Gabriela pleegde het belletje om Carneiro te laten ophalen.

Toen de jongen langs haar heen werd afgevoerd, wierp hij haar nog eenmaal een vernietigende blik toe. Hij leek iets te willen zeggen en Gabriela reageerde meteen. 'Maak het niet nog moeilijker voor jezelf.' Ter ondersteuning van haar woorden legde ze haar vinger op haar mond. Het had het beoogde effect.

Enkele seconden later was Ricardo Carneiro uit het zicht verdwenen en tevreden sloot ze de verhoorkamer af. Raimundo keek haar lachend aan. 'Appeltje-eitje.'

Gabriela grinnikte. 'Eerlijk gezegd was hij taaier dan ik dacht. We hebben ons snelheidsrecord bekentenissen vandaag niet gebroken.'

'Dat is waar, maar dat mag de pret niet drukken. Met een beetje mazzel kan ik deze zaak snel afronden nu ik de namen van die andere klootzakjes ook heb. Kan ik daarna jou weer mooi helpen met die moordzaak.'

Gabriela kreeg spontaan weer kramp in haar maag. Het beviel haar prima dat ze tot nu toe bij het onderzoek in de zaak-Oliveira haar eigen gang kon gaan. Daardoor had niemand door dat ze een dubbele agenda had. Met Raimundo weer aan boord, was de kans klein dat ze Van Dijk in haar eentje kon verhoren als hij bijkwam. Natuurlijk kon ze hem door de afspraak die ze met Marie-Louise had gemaakt alleen spreken, maar dan begaf ze zich op glad ijs. Marie-Louise vertrouwde ze wel, maar wat als de verpleging zich liet ontvallen dat een tweede verhoor van Van Dijk zijn herstel niet zou bespoedigen? Dan zou Raimundo toch even raar staan te kijken en had ze heel wat uit te leggen. Ze kon alleen maar hopen dat hij lang genoeg van de straat was met het oppakken van de drie laatste inbraakverdachten.

'Ik heb trouwens de lijst van de TR bekeken van de spullen die uit het huis van die Sven van Dijk zijn gehaald,' onderbrak Raimundo haar gedachten. 'Er viel me iets geks op.'

'O? Wat dan?' Gabriela voelde haar mond droog worden.

'Op de foto's van zijn atelier tel ik dertig schilderijen, maar de TR heeft er maar achtentwintig uit het huis gehaald.'

Het zweet brak Gabriela uit en ze vervloekte het dat Raimundo zo'n goede rechercheur was.

'Wat raar. Misschien had de fotograaf nog een paar lege plekken aan zijn muur?' grapte ze.

'Ik heb de fotograaf gebeld, maar die zei dat jij als laatste in het huis was en hebt afgesloten. Jij miste niks toen je daar wegging?'

'Nee, maar ik moet je eerlijk bekennen dat ik de schilderijen niet heb geteld toen ik in het huis was.'

Raimundo keek haar vragend aan. 'Maar je bent altijd zo zorgvuldig, tot op het neurotische af.'

'Het was midden in de nacht en ik had al twee nachten nauwelijks geslapen. Ik was moe, Rai.' Ze deed haar uiterste best om haar stem neutraal te laten klinken.

'Slaap je nog steeds zo slecht?' Zijn gezicht kreeg een mildere uitdrukking.

'Ja, helaas wel.'

'Specifieke reden?'

Ze haalde haar schouders op. 'Ik denk dat de adrenaline van het werk nog wat te lang blijft nazeuren als ik thuis ben.'

'Het heeft niks met je zusje te maken?'

Gabriela had spijt dat ze hem er ooit over had verteld. 'Nee. Dat is nu al zo lang geleden, dat boek heb ik gesloten,' loog ze.

'Knap dat je dat kunt.'

‘Een mens moet toch verder met zijn leven.’

Raimundo legde even kort zijn hand op haar schouder en ze verstijfde onder zijn aanraking.

‘Je bent inderdaad heel gespannen, je zou eens een goede massage moeten nemen. Ik ga eens in de maand naar een masseur om de boel weer even los te laten knijpen. Knap ik altijd erg van op. Ik app je straks het telefoonnummer wel.’

Even had ze gedacht dat hij zou aanbieden om haar zelf die massage te geven en diep vanbinnen was ze teleurgesteld dat hij haar naar een professional verwees, maar ze kon hem geen ongelijk geven. Ze had al zoveel van zijn avances afgeslagen.

‘Maar jij hebt dus geen idee wat betreft die ontbrekende schilderijen?’

Shit, ze had gehoopt dat hij voldoende was afgeleid om er niet weer over te beginnen. Ze schudde ontkennend haar hoofd. ‘Het moet gebeurd zijn nadat ik het huis heb verlaten. Ik zal het uitzoeken.’

‘Mooi, dan kan dat weer van mijn lijstje af. Spreek je later weer.’

Hij beende met grote passen bij haar vandaan. Gabriela keek hem met pijn in haar buik na. Het ontroerde haar dat het voor Raimundo blijkbaar uitgesloten was dat zij iets met de verdwenen schilderijen te maken had. Hij vertrouwde haar blindelings en zij besodemieterde hem zonder ook maar met haar ogen te knipperen. Met een brok in haar keel liep ze naar buiten. De zon droogde haar opkomende tranen.

32

Het geluid van een appje klonk op hetzelfde moment dat haar telefoon begon te rinkelen. Het bericht was kort. *Sven is een paar uur geleden bijgekomen. ML.* Meteen nam ze haar toestel op, in de veronderstelling dat het Marie-Louise was.

'Met Anoek Huizing,' klonk het aan de andere kant van de lijn.

'Ja, wat is er?' vroeg ze kortaf. Ze had nu geen tijd.

'Nou, eh...' Het meisje was duidelijk geschrokken van haar afgemeten reactie.

'Sorry, ik dacht dat je iemand anders was,' verontschuldigde Gabriela zich. 'Wat kan ik voor je doen?' Ondertussen liep ze haastig naar haar auto. Ze moest zo snel mogelijk naar het ziekenhuis.

'Ik heb nog eens nagedacht,' zei het meisje aarzelend, 'maar dat met Ricardo zit me nog steeds niet lekker. Hij ging zo tekeer tegen Cesária. Ik ben toch bang dat hij misschien iets met de moord op Cé te maken heeft.'

'Maar dat heb je me toch al verteld?'

'Ja, dat weet ik, maar mijn vader wilde dat ik u zou bellen en het nog eens zou zeggen.'

'Oké.' Gabriela fronste haar wenkbrauwen. 'Staat genoteerd.'

'Mijn vader denkt dat Ricardo het gedaan heeft.'

'Waarom belt hij dan niet zelf?'

'Omdat ik Ricardo persoonlijk kende en zo. Maar jullie moeten die Robert Stevenson ook niet uitvlakken, hoor. Met wat Mees over hem heeft uitgevonden met die mishandeling en zo.'

'Oké, bedankt voor het doorgeven. We zullen het meenemen in ons onderzoek, maar ik moet nu ophangen.'

Ze verbrak de verbinding. Dit kon ze er nu echt even niet bij hebben. Naar het ziekenhuis moest ze en wel meteen. Ze startte haar auto en ze moest zich bedwingen om niet met piepende banden weg te rijden.

De zon verdween net achter een wolk toen Gabriela het parkeerterrein van het ziekenhuis opreed. Ze hoopte maar dat het geen slecht voorteken was. Vlug wisselde ze haar uniform om voor het shirt en de spijkerbroek die ze standaard op haar achterbank had liggen. Het leek haar beter om dit gesprek in burger te voeren, omdat het geen officieel verhoor was.

Ze stapte uit haar auto en keek naar het gebouw dat voor haar lag. Daar, ergens achter die raampjes, lag misschien wel de sleutel naar de verdwijning van haar zus. Na al die jaren was vandaag mogelijk de dag waarop ze eindelijk antwoorden zou krijgen op vragen waar ze zeven jaar lang over had nagedacht. Maar de ontmoeting met Van Dijk kon natuurlijk ook op een grote teleurstelling uitlopen. De angst dat ze weer tegen een muur aan zou lopen werkte verlammend; ze werd licht in haar hoofd en kon geen stap verzetten. Voorzichtig boog ze voorover zodat er meer bloed naar haar hoofd kon stromen. Ze liet haar handen op haar knieën rusten en bleef met gesloten ogen zo staan totdat ze een hand op haar rug voelde. Verschrikt keek ze op.

'Gaat het, mevrouw?' Een klein, oud Portugees vrouwtje keek haar bezorgd aan.

'Ja, het gaat. Niks aan de hand. Beetje last van mijn rug,' verzon ze ter plekke.

'Doe maar voorzichtig, meisje. Je bent nog veel te jong voor dergelijke klachten.'

Het omaatje klopte haar gemoedelijk op haar schouder en schuifelde bij haar vandaan. Ze volgde het mensje met haar ogen en wachtte tot ze het ziekenhuis was binnengegaan. Langzaam liep ze vervolgens zelf naar de ingang terwijl ze Marie-Louise een appje stuurde. *Vijf minuutjes*. Vrijwel meteen kwam er een antwoord terug. *Hij wacht op je*. De woorden bezorgden Gabriela een kriebel in haar buik.

Ze glipte het ziekenhuis in en propte zich in de overvolle lift. Een bedompte mix van zweet en parfum drong haar neus binnen en ze probeerde niet te diep in te ademen. Een dikke man ging dichter tegen haar aan staan dan nodig was. Als een haring in een ton stond ze tussen hem en de liftwand in geklemd. Ze besloot het erbij te laten; hoe minder ze opviel hoe beter. Met een schok zette de lift zich in beweging en opgelucht stapte ze even later op de vierde verdieping uit. De dikkerd had de lift al een verdieping eerder verlaten.

Toen ze de afdeling op liep, zag ze dat er een andere verpleegster achter de balie zat dan de keer daarvoor. Deze vrouw zou haar niet als politieagente herkennen. *Gunstig*. Ze liep linea recta naar de kamer, waar wel dezelfde bewaker voor de deur stond. Hij gaf haar een minzaam knikje van herkenning en stapte aan de kant om haar door te laten. 'Mevrouw Huizing is net koffie halen,' bromde hij. Gabriela knikte, klopte zacht op de deur en stapte naar binnen.

De aanblik van de patiënt benam haar de adem. Het was grotesk. Hij zat half rechtop in bed met een groot verband om zijn ribbenkast. De kneuzingen in zijn gezicht waren nog paarser en dikker dan de dag ervoor. In het gezwollen ding dat voor zijn neus moest doorgaan zat een zuurstofslang. Het ene oog was volledig dichtgeslagen, het andere stond halfopen. Zijn bovenlip was gescheurd en rond de wond zat een restje geronnen bloed. Ze sloeg haar hand in ontzetting voor haar mond.

De man kreunde en zei: 'Normaal zie ik er wat gesoigneerder uit als ik een dame ontvang. Neem me niet kwalijk. *Bad face day*.'

Gabriela liep naar hem toe en stak een hand uit om zich voor te stellen. Toen ze zag dat hij een infuus in zijn hand had, trok ze hem weer terug. Ze zwaaide lauwtjes. 'Mijn naam is Gabriela Carvalho. Ik werk aan het onderzoek naar de moord op Cesária Oliveira.'

Zijn gezicht kreeg een verdrietige uitdrukking. 'Het is triest, vindt u niet? Zo'n jong en mooi meisje. Hoewel het niet veel is, zal ik u alles vertellen wat ik weet. Ik heb niks te verbergen.'

Gabriela nam plaats op de stoel naast het bed. Van Dijk wilde beginnen met vertellen, maar ze onderbrak hem door haar hand op te steken; dat was niet waarvoor ze hier was. 'Ik wil het zo met u over mevrouw Oliveira hebben, maar ik wil u eerst iets anders vragen.' Ze pakte haar telefoon en zocht de foto op die ze van het portretschilderij van Andreia had gemaakt. Bij de levensechte aanblik van haar zus schoten de tranen weer in haar ogen. Ze slikte de brok in haar keel weg. 'Kunt u me vertellen wie dit meisje is?'

Ze hield haar toestel voor zijn gezicht en vroeg zich af of hij wel wat kon zien met zijn dichtgeslagen ogen. Hij pakte haar hand en trok het toestel dichter naar zich toe. 'Dat is lang geleden.'

'Zeven jaar om precies te zijn,' beaamde Gabriela.

Van Dijk keek van de foto naar haar gezicht. 'U lijkt op haar. Dezelfde ogen en kaaklijn. Familie?'

'Mijn zusje.' Op het moment dat ze door wilde vragen, ging de deur open en kwam Marie-Louise binnen met twee bekertjes koffie in haar handen. Gabriela vloekte in stilte; ze had gehoopt nog even alleen te zijn met Van Dijk.

'Ah, je bent er al,' begroette Marie-Louise haar. Toen richtte ze zich bezorgd tot de patiënt. 'Gaat het?'

'Ja, het gaat.'

Marie-Louise gaf een bekertje koffie aan Gabriela. 'Hier, drink op.' Ze zette haar eigen bekertje op het nachtkastje en pakte het halfgevulde glas water waar een rietje in zat. Voorzichtig stopte ze het rietje tussen Sven van Dijks kapotte lippen. Hij dronk gulzig het glas leeg.

'Dank je wel. Van praten krijg je dorst.'

'Marie-Louise, vind je het erg om ons nog even alleen te laten? Ik wil meneer Van Dijk graag even onder vier ogen spreken in het kader van het onderzoek.'

'Wil je dat ik ga, Sven?' vroeg ze hem.

'Waarom?' Hij keek Gabriela aan. 'Marie is mijn vertrouweling en weet alles van me. Ik heb voor haar niks te verbergen.'

Maar ik wel, dacht Gabriela. 'Toch zou ik het fijn vinden om u even alleen te spreken,' probeerde ze nogmaals haar zin door te drijven.

'Nou, goed. Als u erop staat.'

'Ja, dat doe ik.'

'Ik ben op de gang, Sven. Als er iets is hoef je maar te gillen.'

'Dat zal moeilijk gaan, maar ik begrijp wat je bedoelt.'

Marie-Louise keek op haar horloge. 'Je hebt een halfuur, daarna komt de verpleging om wat controles bij hem uit te voeren.' Ze stak in een proostend gebaar haar bekertje koffie in de lucht en verliet tot Gabriela's opluchting de kamer.

Uit dankbaarheid dat de man ermee had ingestemd haar alleen te woord te staan, vulde Gabriela zijn lege glas water bij de wasbak. 'Als u tussendoor dorst krijgt, moet u het maar aangeven.'

'Als we dan toch wat met elkaar gaan drinken, kunnen we elkaar net zo goed tutoyeren.' Hij toverde iets op zijn gezicht wat voor een glimlach moest doorgaan, maar het zag er door zijn gehavende gezicht zo griezelig uit dat Gabriela zich moest bedwingen om haar hoofd niet af te wenden.

'Akkoord.'

'Goed, je zusje dus. Je wilt weten waar ik haar van ken. Mag ik, voordat ik begin, weten waarom je dit wilt weten?'

Gabriela was even verrast en besefte toen dat hij kennelijk niet van Andreia's verdwijning op de hoogte was. 'Omdat zij zeven jaar geleden is verdwenen en sindsdien ben ik naar haar op zoek.'

'O, wat triest. Nou, laat ik dan maar beginnen met te zeggen dat "kennen" een te groot woord is. Ik zat jaren geleden, zeven jaar als ik jou moet geloven, op het strand wat te schetsen toen je zus haar handdoek vlak bij mij neerlegde. Ze viel me op door haar felle bikini en haar mooie uiterlijk. Ik val zelf op mannen – misschien wist je dat al – maar ik kon heus wel zien dat ze heel knap was. De mannen om ons heen op het strand konden hun ogen niet van haar afhouden en sommige probeerden haar zelfs te benaderen. Ze wees ze allemaal resoluut af. Ik volgde het met een half oor en concentreerde me weer op mijn schets. Ineens stond ze achter me en sprak haar bewondering uit voor mijn werk. Ze vroeg me of ik ook portretten schilderde en wat dat kostte. Ik antwoordde haar dat ik schilderde voor de lol en niet voor geld.'

Hij likte aan zijn lippen en Gabriela gaf hem wat te drinken. Dankbaar vervolgde hij zijn verhaal. 'Ze kwam voor me zitten en keek me indringend aan. "Wilt u mij schilderen?" vroeg ze me. Een simpele vraag. Heel direct. Ik wilde weigeren, maar toen ik haar gezicht goed bekeek, kon ik dat niet. Het intrigeerde me. Haar perfecte kaaklijn, haar volle lippen, die sprankelende ogen. Ze was verfijnd, maar ze had ook iets wilds over zich. Een soort rauwheid waarmee ze het leven leek op te vreten. "Waarom wil je dat ik je schilder?" vroeg ik haar. Ze antwoordde dat ze het schilderij cadeau wilde geven aan haar vriend als aandenken. Haar ogen straalden toen ze over hem sprak, maar haar gezicht kreeg iets triests.'

'Haar vriend? Zei ze dat echt?' onderbrak Gabriela hem.

Sven probeerde te knikken, maar slaakte een kreet van pijn. 'Ze zeggen toch altijd dat het pijnlijker is om je ribben te kneuzen dan ze te breken? Nou, dat is zo. Mag ik nog wat water?'

Gabriela stopte het rietje in zijn mond en hield het glas vast totdat hij het leeg had gedronken. 'Goed, Sven, die vriend, denk je dat ze daarmee bedoelde dat ze een relatie met iemand had? Dat het iets romantisch was? Want ik wist niet dat ze een vriend had.'

'Ja, ik denk het wel. Ze vertelde dat ze een vriend had, maar dat ze elkaar een lange tijd niet zouden zien omdat hij in het buitenland woonde. Ze wilde het schilderij aan hem meegeven als aandenken.'

Gabriela dacht aan de witte benen van de onbekende man die zijn arm om haar zus had geslagen op het tweede schilderij. Uit de bleke kleur van zijn huid had ze meteen opgemaakt dat hij niet van hier was. Het kon bijna niet anders dan dat het om die man ging. 'Heeft ze je nog iets verteld over haar vriend? Wie hij was? Wat zijn naam was?'

'Een paar dingen. Ze vertelde dat hij een stuk ouder was dan zij, maar dat het niet uitmaakte. "Echte liefde laat zich niet weerhouden door een leeftijdsverschil," zei ze. Ze had hem een paar dagen daarvoor ontmoet op het strand en het was liefde op het eerste gezicht geweest. Ook voor hem.'

'Maar zijn naam... heeft ze je verteld hoe hij heette? Waar hij vandaan kwam? Hoe zag hij eruit? Heb je ze samen gezien?'

'Rustig, alsjeblieft,' temperde hij Gabriela's spervuur van vragen. 'Eén vraag tegelijk.'

'Sorry, maar ik zit al zeven jaar in onzekerheid over het lot van mijn zusje en jij bent de eerste in al die tijd die wat concrete antwoorden voor me heeft.'

'Zijn naam weet ik niet, maar ik kan je één ding over hem vertellen dat je misschien verder zal helpen...'

33

Ik zap gedachteloos wat van de ene naar de andere zender. Het is een zeldzaamheid dat ik in Portugal voor de televisie zit. Zonde om binnen te zitten als het mooi weer is, maar vandaag is het zo warm dat zelfs het zwembad geen echte verkoeling biedt. Zelfs de koude kraan geeft lauw water. Bij gebrek aan Mees is de airco vandaag mijn beste vriend. Het zit me ontzettend dwars dat Mees na onze laatste ontmoeting niks meer van zich heeft laten horen. Hij had toch op zijn minst zijn excuses kunnen aanbieden voor zijn rare gedrag.

Ik zap verder en blijf hangen bij het journaal. Ik val midden in een nieuwsbericht over de hittegolf die de Algarve teistert en steeds meer slachtoffers begint te eisen. Vooral oudere en zieke mensen hebben het zwaar en het dodental in deze kwetsbare groep begint op te lopen. De teller staat al op 1.500. De nieuwslezeres benadrukt nog eens extra dat veel drinken een must is om uitdroging te voorkomen. Sinds een week is er een run op jerrycans van vijf liter water in de plaatselijke supermarkt. Het gros is opgekocht door mijn vader en zijn rijke vriendjes. Ik schaam me dood. Van het solidariteitsprincipe heeft mijn vader ook al geen kaas gegeten.

Er wordt opgeroepen zuinig te zijn met water voor huishoudelijk gebruik. De bosbranden woekeren maar door en de brandweer komt nu al water tekort om het vuur te bestrijden. Douchen kan bijvoorbeeld best een paar minuten korter en hoeft zeker niet elke dag, zegt een brandweercommandant. Water waar eten in wordt gekookt, kan de volgende dag prima nog eens gebruikt worden. Hoewel mijn vader geen seconde korter onder de douche staat, was ik me al een paar dagen bij de wasbak om water uit te sparen. En af en toe duik ik even in het zwembad om een beetje op te frissen. Mijn vader heb ik nog niet aan het bezuinigen kunnen krijgen, maar Marie doet hetzelfde als ik. Als ze tenminste thuis is. De afgelopen week was ze er meer niet dan wel. Wanneer ik haar ernaar vraag, beweert ze op het strand te zijn. Ik heb overwogen haar een keer te volgen als ze het huis verlaat, maar daar uiteindelijk toch maar van afgezien. Het zou een motie van wantrouwen zijn die me niet in dank zou worden afgenomen. Ik vertrouw Marie en als ze zegt op het strand te zijn, dan ís ze op het strand.

Wanneer op de grote flatscreen beelden verschijnen van de woekerende branden die maar niet onder controle te krijgen zijn, zap ik gauw weg. Ik krijg het Spaans benauwd als ik te lang in die vlammen kijk. Het idee dat ze steeds dichterbij komen beneemt me de adem. Nog even en wij zitten ook in de gevarenzone. Afgelopen nacht had ik weer die nachtmerrie over dat brandende huis waar ik niet uit kan ontsnappen. Van het idee alleen al krijg ik het nog warmer dan ik het al heb. Ik zet de airco nog een standje hoger en ga voor het apparaat staan. Er trekt een rilling door mijn lijf als de koude lucht langs mijn verhitte lichaam blaast.

34

'De man op het schilderij was een Nederlander,' zei Sven.

Gabriela keek hem verrast aan. 'Heeft Andreia je dat verteld?'

'Nee, maar geloof me als ik zeg dat ik kan zien dat iemand een landgenoot is. Hij was een echte kaaskop.'

Zijn pogingen om haar in het Portugees uit te leggen wat een 'kaaskop' was, liepen op niks uit, en Gabriela legde zich er maar bij neer dat ze hem op zijn woord moest geloven dat hij de man als landgenoot had herkend.

'Je hebt hem dus gezien?' Gabriela wist dat ze naar de bekende weg vroeg, maar ze wilde het zeker weten. Het uit zijn mond bevestigd krijgen.

'Ik heb hem kort gezien, inderdaad. Hij kwam haar ophalen op het strand.'

'Hoe zag hij eruit?' Gabriela wilde Sven wel door elkaar schudden.

'Tanig, kort donkerblond haar, ik schatte hem ergens halverwege de dertig.'

'Maar dat is bijna twee keer zo oud als Andreia!'

'Dat zal dan wel de reden zijn waarom ze je er niks over verteld heeft. Misschien verwachtte ze geen enthousiaste reactie, was ze bang dat je hem zou afkeuren.'

'Reken maar dat ik dat gedaan had! De viezerik.' Ineens stokte Gabriela's adem. Ze kreeg bijna geen lucht toen ze zich iets realiseerde. 'Denk je dat hij haar heeft meegenomen naar Nederland? Dat ze al haar schepen achter zich heeft verbrand om bij hem te kunnen zijn.'

‘Dat lijkt me eerlijk gezegd sterk. Ze vertelde heel stellig dat ze haar geliefde een tijd niet zou zien en ze was daar ook zichtbaar verdrietig over. Waarom zou ze een schilderij voor hem laten maken als ze zelf met hem zou meegaan?’

Het sprankje hoop dat haar zus ergens in Nederland een leven leidde doofde weer. ‘Misschien heeft hij haar tegen haar zin meegenomen? Dat hij het aanlegde met een zeventienjarig meisje deugde al van geen kant, dus wie weet waartoe hij nog meer in staat was?’

‘Ik weet het niet. Heb je het schilderij gevonden dat ik van hen samen heb gemaakt?’

‘Bedoel je dit?’ Gabriela liet hem de foto zien van het schilderij waarop de man en haar zus van achteren waren geschilderd.

‘Ja. Ik kon de lichtval niet weerstaan en heb een snelle schets gemaakt. Pas weken later heb ik die uitgewerkt. Eerst moest het portretschilderij af. Je zus en ik hadden telefoonnummers uitgewisseld. Als het klaar was dan zou ik haar een belletje geven. Ik heb twee dagen en nachten onafgebroken doorgewerkt om het op tijd af te krijgen. Ze is het nooit komen ophalen en als ik haar belde kreeg ik haar voicemail. Ik heb het schilderij toen maar in mijn atelier gezet. Eerlijk gezegd was ik het alweer vergeten.’

Hoe kun je mijn zus vergeten? dacht Gabriela verbolgen. ‘Waarom heb je geen alarm geslagen toen Andreia haar schilderij niet kwam ophalen en niet reageerde op je telefoontjes?’

‘Omdat ik er niks kwaads in zag. Meisjes van die leeftijd zijn niet altijd even betrouwbaar. Ik dacht dat ze het schilderij in een bevlieging had laten maken en er toch van af wilde zien omdat die man haar misschien had laten zitten. Misschien was ze bang dat ik haar toch wilde laten betalen? Ik wist niet wat ik ervan moest denken. Als ik had geweten dat ze vlak daarna spoorloos was verdwenen, dan had ik me wel gemeld.’

‘Hoe kan het dat je haar vermissing compleet hebt gemist?

Het was echt groot nieuws.' Er klonk een verwijt door in Gabriela's stem. 'Op basis van jouw schets hadden ze die kerel destijds misschien nog kunnen opsporen.'

'Ik snap je frustratie, maar ik was in die tijd nogal op mezelf. Marie heeft je toch verteld dat ik op de vlucht was? Ik vermeed bewust contact met andere mensen en hield me al helemaal niet bezig met plaatselijke toestanden.'

'De verdwijning van mijn zus was geen "toestand". Het was de hel op aarde. Het heeft mijn beide ouders het leven gekost en het mijne naar de vernieling geholpen,' schoot Gabriela uit haar slof.

'Excuseer mij, dat was niet zo'n handige woordkeus van me. Ik vind het echt vreselijk voor je. Had ik het maar geweten.'

'Als dat zo was, zou je dan naar de politie zijn gegaan?'

'Eerlijk gezegd weet ik dat niet,' antwoordde Sven beschaamd. 'Het zou voor mijzelf alles op het spel hebben gezet. Ik sluit niet uit dat de angst dat ze mijn ware identiteit zouden achterhalen me uiteindelijk toch zou hebben tegengehouden.'

'Nou, je bent daar in elk geval wel eerlijk over. Maar om nog even terug te komen op die vent die met zijn handen niet van mijn zus kon afblijven. Heb je hem horen praten?'

'Nee, hoezo?'

'Je hebt hem dus geen Nederlands horen spreken?'

'Nee.'

'Het kan dus ook zijn dat hij een andere nationaliteit had?'

'Alles kan, maar ik betwijfel het ten zeerste.'

'Hoe kun je daar nou zo zeker van zijn? Omdat Nederlanders andere Nederlanders altijd herkennen?' Gabriela begon haar geduld te verliezen.

'Luister, het is mijn vak om minutieus te observeren, elk detail te zien. Dat is noodzakelijk wil je natuurgetrouw schilderen. Kijken is mijn tweede natuur.'

'Heeft mijn zus je ook verteld waar ze met die man heen zou gaan toen hij haar kwam ophalen?'

'Hij zou haar meenemen naar een duur restaurant. Toen ze het daarover had, werd ze wat nerveus. Ze was bang dat haar tafelmanieren niet toereikend waren en dat ze zichzelf voor schut zou zetten. Ik heb haar gerustgesteld en gezegd dat als hij echt van haar hield, het niet uitmaakte dat ze van eenvoudige komaf was en nog nooit kaviaar had gegeten. Etiquette is gebakken lucht, daar weet ik zelf alles van. De chicste mensen draaien je als ze de kans hebben de grootste loer.'

Sven trok een pijnlijk gezicht en Gabriela wist zeker dat het deze keer niets met zijn kneuzingen te maken had. 'Het spijt me dat ik je niet echt verder kan helpen,' zei hij zachtjes.

Gabriela pakte zijn lege glas water en vulde het bij de wasbak zodat hij haar tranen niet zou zien. Hoewel ze zojuist voor het eerst in jaren concrete informatie had verkregen, was ze inderdaad hevig teleurgesteld. Het spoor was nog steeds zo vaag dat ze op dit moment niet wist hoe ze er verder mee moest komen. Ze veegde haar stille tranen weg en hield Sven het glas water voor. Hij dronk een paar slokken en keek haar toen aan.

'De twee schilderijen zijn voor jou. Je mag ze ophalen uit mijn atelier.'

Gabriela's gezicht kleurde.

'Of heb je ze al meegenomen?' Hij glimlachte. 'Het geeft niet, meisje. Ik had in jouw geval hetzelfde gedaan.'

Er werd op de deur geklopt en Marie-Louise kwam binnen. 'Het is lang genoeg geweest voor Sven,' deelde ze Gabriela mee. Sven protesteerde niet.

Gabriela liep naar de deur en draaide zich toen om. 'Ik kom eind van de middag of morgenochtend samen met een collega terug om je vragen te stellen naar aanleiding van de moord op Cesária Oliveira. Ik zou het zeer op prijs stellen als we dan doen alsof we elkaar voor het eerst zien en spreken. Jij weet dingen van mij en ik weet dingen van jou,' voegde ze er voor de zekerheid aan toe.

'Dat hoef je niet te zeggen, ik snap in wat voor spagaat je zit,' zei Sven. 'Je collega weet neem ik aan niets van dit privé-onderzoek?'

'Dat klopt. Ik zou meteen van deze zaak gehaald worden en waarschijnlijk op non-actief worden gesteld als ze het weten van die schilderijen.'

'Welke schilderijen?' vroeg Marie-Louise, die zich afzijdig had gehouden.

Shit, ze had zich versproken en Marie-Louise had het meteen opgepikt.

Sven keek Gabriela aan alsof hij toestemming vroeg om de informatie met zijn vriendin te delen. Ze zuchtte.

'Marie-Louise, dit is geheel off the record. Ik vertrouw je omdat je me de kans hebt gegeven als eerste met Sven te praten voordat mijn collega's te horen krijgen dat hij is bijgekomen.' Ze haalde even diep adem voor ze verderging. 'Zeven jaar geleden is mijn zusje spoorloos verdwenen en Sven heeft haar vlak voor haar verdwijning nog gezien.'

Marie-Louise trok haar wenkbrauwen op, maar onderbrak haar niet.

'Je vertelde me gisteren toch dat Sven stillevens en mensen schilderde op het strand? Mijn zusje was daar een van.' Ze pakte haar mobiel en zocht de foto van het portret van Andreia op.

'Ze lijkt op je,' zei Marie-Louise zachtjes. 'Ik had geen idee dat je zo'n persoonlijk drama te verwerken had.'

Gabriela zocht de foto van het tweede schilderij erbij.

'Wie is die man?' vroeg Marie-Louise.

'Volgens Sven haar vriend.'

'En dit was zeven jaar geleden zei je?'

'Ja. Augustus 2009 om precies te zijn.'

Marie-Louise bekeek de foto nog eens goed en gaf toen de

telefoon terug aan Gabriela. 'Ik hoop dat je haar ooit terugvindt,' zei ze met geëmotioneerde stem. Ze staarde voor zich uit, alsof de foto een persoonlijk verdriet bij haar had losgemaakt, en keek toen op haar horloge.

'Wat is er?' vroeg Gabriela.

'Ik moet gaan. Het spijt me, ik heb een afspraak en ik ben de tijd helemaal vergeten.' Ze keek naar Sven in het bed, toen naar Gabriela en toen weer terug naar Sven. 'Sorry, ik zie je morgen weer, Sven.' Toen spoedde ze zich de kamer uit, een enigszins verbouwereerde Gabriela achterlatend.

'Wat was dat? Is ze vaker zo vergeetachtig?' vroeg Gabriela.

'Nee, ze is juist altijd heel punctueel, maar ze is erg van slag door die mishandeling van mij.'

De mishandeling. Gabriela realiseerde zich dat ze daarover en ook over de moord op Cesária Oliveira geen fatsoenlijke vraag had gesteld. Ze besefte hoe ernstig ze over de schreef was gegaan. Als een collega dit had gedaan, had ze hem zijn politiepenning onwaardig gevonden en naar haar eigen maatstaven gemeten was ze als agent geen knip voor de neus meer waard. Maar ze kon ze er op dit moment niets meer aan doen. De verpleging kon elk moment binnenkomen om controles bij Sven uit te voeren.

'Goed, nog even samenvattend,' zei ze met haperende stem. 'Wij hebben elkaar nog nooit gezien of gesproken en het zou me een lief ding waard zijn als je dat Marie-Louise ook nog eens op haar hart wilde drukken.'

'Als we elkaars geheim bewaren, is er niets aan de hand.'

'Helaas zijn mijn collega's er al wel achter gekomen dat je identiteit vals is. Dat kan ik helaas niet terugdraaien. Maar ik kan mijn best doen om mijn chef over te halen verder niets met die info te doen. Dat betekent wel dat je open kaart moet spelen als ik je met mijn collega kom horen.'

'Is dat een bevel?'

'Nee, een advies. Ik laat het aan jou over wat je ermee doet.

Het enige wat ik je kan beloven is dat mijn collega's de reden van je valse identiteit niet van mij zullen horen. Dat is het beste wat ik je kan bieden.'

'Oké, dat is voldoende voor mij. Ik zal het verder met Marie bespreken. Het zou heel fijn zijn als je me tot morgen geeft. Denk je dat dat lukt?'

'Regel met de verpleging dat ze mijn collega's pas morgen inseinen. Overtuig ze ervan dat je nog te zwak bent en een dag langer herstel nodig hebt. De gezondheid van de patiënt staat altijd voorop in een ziekenhuis, dus als je het goed speelt gunnen ze je vast nog een dagje extra rust op doktersadvies. Tot morgen.'

35

Gabriela schrok wakker van de deurbel. Verschrikt keek ze op het horloge dat naast haar bed lag. Ze had zich verslapen. Tegen alle verwachtingen in was ze gisteravond na twee glazen wijn en een warm bad als een blok in een droomloze slaap gevallen. Nu had ze een zeurende hoofdpijn en ze masseerde haar slapen.

Er werd weer op de bel gedrukt. Deze keer langer. Ze schoot vlug een broek aan en liep naar de deur. Ze schrok toen ze zag dat het Raimundo was die haar uit bed had gebeld. Meteen had ze spijt dat ze niet een paar slokken water had gedronken voordat ze opendeed – haar mond was kurkdroog en haar adem zou niet al te fris zijn.

Raimundo keek haar geamuseerd aan. 'Zo, schone slaapster, wat dacht je ervan?' Hij tikte op het horloge aan zijn pols.

'Ja, sorry, ik geloof dat ik me een beetje verslapen heb.'

'Geloof je dat? Nou, ik weet het wel zeker.' Hij grinnikte en nam haar nog eens op. Ze werd zenuwachtig van zijn priemende ogen. Ze kon ze bijna voelen op haar huid en het gaf haar een hoogst ongemakkelijk gevoel.

'Als je me nou eens even binnenlaat, dan ga ik koffie voor je zetten terwijl jij een douche neemt. Hoewel je er zo ook heel schattig uitziet...'

Aarzelend haalde ze een hand door haar warrige krullen en stapte opzij. Hij liep langs haar heen naar de woonkamer. Te laat realiseerde ze zich dat ze een enorme fout had begaan die ze niet meer kon herstellen. Ze had hem nooit moeten binnenlaten. Het schilderij dat ze uit het Svens atelier had ontvreemd, hing pontificaal boven de bank. Ze kon alleen maar bidden dat Raimundo het niet als zodanig zou herkennen, maar gezien zijn uiterst scherpe observatievermogen was die kans erg klein. Hij was een paar keer eerder bij haar thuis geweest en toen hing het schilderij nog niet in haar woonkamer.

'Nieuw schilderij?'

Gabriela kromp bijna ineen bij Raimundo's vraag. *Vraag alsjeblieft niet door.*

'Nou? Nieuw schilderij?' Hij liep naar het kunstwerk en ging ervoor staan met zijn handen op zijn rug.

'Nee hoor, dat hangt er al een tijdje,' zei ze zo beslist mogelijk.

'Wat toevallig, een echte Sven van Dijk.' Raimundo wees naar de initialen van de schilder rechtsonder in de hoek van het schilderij. Daarna draaide hij zich om en keek haar recht in de ogen aan. De teleurstelling droop van zijn gezicht.

'Meen je dat nou? Sven van Dijk? Dat is inderdaad toevallig, ik had geen idee,' probeerde ze nog. Haar stem klonk krasserig en allerminst overtuigend.

Woede vlamde op in Raimundo's ogen. 'Gelul, Gabrie. Durf je nog steeds te beweren dat je niet weet waar de twee verdwenen schilderijen uit het atelier zijn? Je hebt keihard tegen me gelogen toen ik je er gisteren naar vroeg. Ik had gehoopt dat ik inmiddels wel zoveel krediet bij je had opgebouwd dat je me in vertrouwen zou nemen.'

Raimundo leek het bijna nog erger te vinden dat ze tegen hem had gelogen dan dat ze zich de schilderijen had toegeëigend. Hij voelde het duidelijk als een motie van wantrouwen dat ze niet eerlijk tegen hem was geweest. Ze had deze reactie niet verwacht. Het bood echter perspectief. Misschien viel er nog wat te redden als ze inzette op zijn persoonlijke gekrenktheid. Het mocht haar niet gebeuren dat ze aan de kant werd gezet. Om haar onderzoek te kunnen voortzetten moest ze in actieve dienst bij de politie blijven. Dat was de enige mogelijkheid om dossiers te kunnen inkijken en mensen te kunnen ondervragen. Zonder haar politiepenning zou de bereidheid om haar te woord te staan een stuk minder zijn.

'Nou, heb je nog wat te zeggen?'

Ze realiseerde zich dat ze de stilte tussen hen veel te lang had laten duren. Het had hem alleen maar bozer gemaakt en ze kon hem geen ongelijk geven. 'Sorry Rai, ik wilde niet tegen je liegen. Het gebeurde in een opwelling, ik raakte in paniek.'

'Paniek? Wat nou paniek? Dit is een bewuste keus van je geweest. Waarom heb je het gedaan?'

'Dat meisje op het schilderij is mijn zusje. Ze is voor het laatst gezien met die man die een arm om haar heen heeft.' Gabriela's stem brak en ze kon haar tranen niet meer tegenhouden.

'Shit,' mompelde Raimundo.

'Ja, shit ja. Sven van Dijk heeft twee schilderijen van Andreia gemaakt vlak voor haar verdwijning. Hij heeft haar samen gezien met deze man. Hij was verdomme minstens twee keer zo oud als zij.'

'Hadden ze...?'

'Volgens Sven wel.'

'Waar is het andere schilderij?'

'Boven.'

'Ik wil het zien.'

'Kom maar mee.' Gabriela ging hem voor naar haar slaapkamer.

Raimundo floot zachtjes toen hij even later oog in oog stond met de geschilderde Andreia. 'Het is alsof ze elk moment van dat doek kan stappen, zo je kamer in. Die Van Dijk heeft wel talent zeg.' Hij keek Gabriela aan en zijn stem was een stuk milder van toon toen hij zei: 'Ik geloof dat als ik in jouw schoenen had gestaan, ik dit schilderij ook niet had kunnen laten staan.'

Gabriela begon weer te huilen. Raimundo liep naar haar toe en sloeg een arm om haar heen.

'Begrijp je het?'

'Ja, ik begrijp het, maar ik keur het tegelijkertijd ook af.'

Gabriela maakte zich los uit zijn omhelzing. Hoewel ze wist dat het niet terecht was, kwetste het haar dat hij haar daad nog steeds veroordeelde nu hij wist hoe de vork in de steel zat. Ze ging een eind bij hem vandaan staan en sloeg haar armen voor haar lichaam over elkaar. Er verscheen kippenvel op haar huid. Boosheid, verdriet en angst overmanden haar. Het feit dat ze hier in haar pyjama voor hem stond, maakte dat ze zich ook nog eens extra kwetsbaar voelde. 'En wat nu?' Haar toon was vijandig.

'Ik vind dat we die schilderijen terug moeten brengen naar het opslagdepot van de TR. Daar horen ze thuis.'

'Andreia hoort bij mij! Hier hoort ze thuis, niet in zo'n kil magazijn.'

'Ik begrijp heel goed dat wat ik nu zeg volledig tegen jouw gevoel ingaat, maar toch denk ik dat je niet veel keus hebt. Ik bied je een uitweg, Gabrie.' Raimundo's stem werd zachter. 'Vroeg of laat komt het uit dat er twee schilderijen zijn verdwenen. Ik ben echt niet de enige op het bureau die goed kan tellen. Als je instemt met mijn voorstel, zal niemand ooit te weten komen wat je hebt gedaan. We brengen de schilderijen vanavond samen naar het depot. Als je de schilderijen houdt, dan zijn de risico's voor jou en kan ik niks voor je doen.'

Gabriela wist dat ze geen andere keuze had dan Raimundo's advies opvolgen. Ze moest hem dankbaar zijn dat hij haar niet zou verraden, maar ze kon het niet opbrengen. Ze was woedend op hem. Het voelde alsof hij haar zusje nogmaals van haar afnam. Gefrustreerd trok ze aan haar haren tot de tranen in haar ogen sprongen. 'Dit vergeef ik je nooit,' zei ze met dikke stem.

'Dat is je goed recht, maar daar trek ik me niets van aan. Je bent emotioneel. Als je gekalmeerd bent, zul je moeten toegeven dat ik gelijk heb.'

'O, gaat het daarom? Gelijk krijgen? Nou, gefeliciteerd hoor, je hebt je doel bereikt. Waar kan ik de bloemen heen sturen?'

'Nu ben je onredelijk.'

Zijn kalme stem en zijn uitgestreken gezicht maakten haar alleen maar bozer. Ze had zin om hem een klap te verkopen, maar een laatste restje zelfbeheersing hield haar tegen. Bewijsmateriaal verduisteren én een collega slaan zou zelfs voor de begripvolle Raimundo een brug te ver zijn. In dat geval zou hij niet anders kunnen dan haar op non-actief laten stellen.

'Kom, neem een douche om even tot jezelf te komen. Ik ga koffiezetten.' Raimundo zette enkele stappen richting de gang, maar hield bij de slaapkamerdeur aangekomen stil. Hij draaide zich om en keek haar aan. 'Misschien moet je overwegen om een paar dagen vrij te nemen? Je bent nu zo emotioneel. Weet je zeker dat je je kop voldoende bij de zaak-Oliveira kunt houden?'

Met een wild gebaar veegde ze de tranen uit haar ogen. 'Ik ben prima in staat om mijn werk te doen.'

'Oké, wat jij wilt.'

'Waarom ben je hier eigenlijk?' Ze realiseerde zich ineens dat hij door alle commotie nog niet de kans had gekregen om haar te vertellen wat de reden van zijn bezoek was.

'Sven van Dijk is ontwaakt uit zijn coma. Ik kwam je halen om hem te gaan verhoren.'

Ze zag zijn gezicht betrekken toen hij antwoord gaf op haar vraag. Wat was er nu weer aan de hand?

Hij wees naar het schilderij. 'Je zei dat Sven van Dijk je zus met die man heeft gezien? Hoe weet je dat eigenlijk? Heb je hem al gesproken?'

Gabriela wist dat ontkennen geen zin had. Ze had beter op haar woorden moeten letten. *Shit.* 'Ja, ik heb hem gesproken.'

Raimundo knarste hoorbaar met zijn tanden. 'Wanneer?' vroeg hij kortaf.

'Gisteren. Hij is gisteren al ontwaakt uit zijn coma.'

'En je vond het niet nodig om dat even met me te delen?'

Beschaamd keek ze hem aan.

'Je hebt hem alleen gesproken over je zusje, neem ik aan?'

Ze knikte.

'Besef je dat je daarmee de zoektocht naar de moordenaar van Cesária Oliveira met een dag hebt vertraagd? En dan heb ik het nog niet eens over het onderzoek naar de mishandeling van Sven van Dijk zelf. Een hele dag, Gabriela!' Raimundo verhief zijn stem. 'En jij vindt jezelf nog steeds capabel genoeg om aan het werk te zijn? Die dubbele agenda van jou brengt de hele boel in gevaar. Allemachtig, gisteren zou ik mijn handen nog voor je in het vuur hebben gestoken, maar nu weet ik niet meer of ik jou eigenlijk wel ken.'

'Rai, alsjeblieft,' smeekte ze. 'Ik had een goede reden.'

'Al had je duizend goede redenen! Een politieagent handelt altijd in het belang van het onderzoek. Dat is een erecode en daar heb je je niet aan gehouden. Je hebt mijn vertrouwen geschonden.'

Ze kon de gepijnigde blik in zijn ogen nauwelijks verdragen. Ze moest hem er op de een of andere manier van overtuigen dat hij haar zou blijven dekken, ook al verdiende wat ze gedaan had geen schoonheidsprijs. In een opwelling liep ze naar hem toe en kuste hem vol op zijn mond.

Ruw duwde hij haar van zich af. 'Hou op. Je maakt het alleen maar erger.' Boos liep hij de kamer uit, Gabriela ontredderd achterlatend.

Je hebt het nu echt verknald, dacht ze.

Toen brulde hij vanaf de trap: 'Je hebt vijf minuten!'

Hoop. Een piepklein lichtpuntje. Raimundo had ervoor kunnen kiezen om nu weg te gaan en haar in onzekerheid over haar lot achter te laten. Dat hij bleef, gaf aan dat niet alles verloren was tussen hen. Het kleine beetje krediet dat ze nog bij hem had, was blijkbaar genoeg om zo samen naar Sven toe te gaan. Hij toonde meer professionaliteit dan zij de afgelopen dagen had kunnen opbrengen en hoewel ze ervan baalde dat hij al haar geheimen boven tafel had getoverd, moest ze toegeven dat haar respect voor hem alleen maar was gegroeid.

Gabriela vloog de douche in.

De sfeer in de auto was om te snijden. Raimundo zat met een grimmig gezicht achter het stuur. Het was ongebruikelijk dat hij reed, maar hij had haar met een handgebaar naar de bijrijdersstoel verwezen. Ze had hem blijkbaar zo gekrenkt dat hij haar zelfs het stuur niet meer toevertrouwde. Gabriela zag de spiertjes in zijn kaak onophoudelijk bewegen. Ze had Raimundo vaker boos gezien, maar dit was de eerste keer dat zij de reden van zijn woede was. Ze vond het lastig om mee om te gaan. Er was zoveel dat ze hem wilde zeggen, maar tot nu toe had ze het niet aangedurfd om haar mond open te trekken. Bang om nog meer olie op het vuur te gooien. Op deze manier konden ze echter niet bij Sven naar binnen.

'Wil je dat ik buiten wacht en dat je alleen met Sven praat?'

'We kunnen menéér Van Dijk samen horen. Sinds wanneer noemen we getuigen, slachtoffers of verdachten bij hun voornaam?'

'Rai, wat wil je dat ik zeg?'

Hij bleef grimmig naar de weg kijken en zei niets.

'Ik weet dat ik fout zat. Heel erg fout. Ik zou willen dat ik je kon zeggen dat het me spijt, maar dat kan ik niet. Ik kon niet anders handelen dan dat ik heb gedaan.'

'Nu ben je in elk geval eerlijk,' bromde hij.

'Als er iemand zou moeten beseffen dat mijn persoonlijke leven al zeven jaar stilstaat, ben jij het toch zeker? Mijn beide ouders hebben de verdwijning van Andreia niet overleefd. Ik woon in mijn ouderlijk huis waar alles nog is zoals het was op de dag van Andreia's verdwijning. De meubels, alle tierelantijntjes op de kasten, het staat er allemaal nog omdat ik wil... omdat ik hoop dat Andreia zal thuiskomen en dat alles dan op de voor haar vertrouwde plek zal staan. Ik haat die meubels en al die troep, maar ik laat het staan voor haar. Elke keer als de deurbel gaat, hoop ik dat zij het is. Elke keer sterf ik duizend doden. Elke keer is er dat moment dat ik heel even kan geloven dat het voorbij is. Dat ze terug is. Ik heb helemaal niets meer, Rai, alleen nog de hoop dat mijn zusje misschien leeft.'

Haar lippen begonnen te trillen en ze probeerde het opkomende verdriet te onderdrukken. 'Die schilderijen zijn het eerste aanknopingspunt in een heel lange tijd. Het klinkt misschien stom, maar toen ik dat portret van haar zag, voelde ze even zo dichtbij. Alsof ik haar bijna kon aanraken. Het schilderij mee naar huis nemen voelde alsof ik haar thuisbracht. En dat andere schilderij, dat hangt daar zodat ik de man die erop staat kan bestuderen. Als ik maar lang genoeg kijk, vind ik misschien een aanwijzing. Er moet íéts zijn. Ik weet dat het allemaal belachelijk klinkt, maar ik moet weten wat er met haar gebeurd is. Pas dan kan ik verder met mijn eigen leven.'

Ze kon haar tranen niet langer tegenhouden en keek weg zodat Raimundo het niet zou zien. 'Het spijt me, ik heb jou echt niet willen besodemieteren.'

'Dat weet ik,' antwoordde hij zachtjes. Hij raakte kort haar schouder aan. 'Ik ben nou eenmaal wat star als het op beroepsethiek en integriteit aankomt. En hoe goed ik het ook begrijp, ik heb grote moeite met wat je hebt gedaan. Het heeft me in een gewetensconflict gebracht. Moet ik mijn mond houden of moet ik er melding van maken? Begrijp je?'

'Ik laat het helemaal aan jou over wat je doet. Ik ben je eeuwig dankbaar als je je mond houdt en me de kans geeft de dingen verder uit te zoeken, maar ik kan het je niet kwalijk nemen als je er melding van maakt. Doe wat jij denkt dat goed is. Ik red me wel. Dat heb ik altijd gedaan,' liet ze er zachtjes op volgen.

Raimundo slaakte een diepe zucht. 'Ja, jij redt je wel, dat weet ik. Maar ik denk dat je al genoeg bent gestraft. Zeven jaar lang om precies te zijn. Ik heb niet de behoefte om daar nog een schepje bovenop te doen. Voorlopig hou ik dus mijn mond op voorwaarde dat we die schilderijen samen terugbrengen naar het TR-depot. Ik weet zeker dat je ze, als het onderzoek is afgerond, alsnog kunt krijgen of kopen in overleg met Van Dijk.'

'Ik sta ontzettend bij je in het krijt, Rai. Als ik ooit iets voor jou kan doen?'

'Je zou een keer met me uit eten kunnen gaan?' Er brak een grote lach door op zijn gezicht en hij gaf haar een knipoog.

'Dat is emotionele chantage!' Ze stompte hem zacht tegen zijn schouder. 'Eén etentje als deze zaak achter de rug is.' Waarschuwend stak ze haar vinger op, maar de opluchting was van haar gezicht af te lezen.

'Voor nu laten we het even rusten. Veeg die tranen van je gezicht, want we zijn bijna bij het ziekenhuis.'

Hij keek weer naar de weg, maar nu was zijn gezicht ontspannen. Niet veel later parkeerde Raimundo de auto op een invalideplek voor de ingang van het ziekenhuis. Omdat er nog vijf andere plekken vrij waren, vond hij het gerechtvaardigd. Gabriela wreef haar ogen nog een keer uit en haalde een hand door haar haren.

'Je bent toonbaar hoor, maak je geen zorgen,' stelde haar partner haar gerust.

'Heb je ons bezoek eigenlijk aangekondigd bij het ziekenhuis?'

'Nee, ik ben meer van de verrassingsaanval.'

'Van Dijk heeft niets te maken met de moord op Cesária Oliveira.' Geen Sven. Ze moest Raimundo duidelijk maken dat ze haar zakelijke pet weer ophad en haar privébelang even aan de kant had geschoven.

'Hoe weet je dat zo zeker?'

'Intuïtie.'

'Intuïtie die gebaseerd is op de link die je naar je zusje hebt gevonden? Dat hij Andreia prachtig heeft geschilderd, wil niet zeggen dat hij onschuldig is. Ik wil dat graag zelf beoordelen. Er zijn wel een paar losse eindjes die vragen oproepen. Die valse identiteit, bijvoorbeeld, en het feit dat hij bezig is met een schilderij van de vuurtoren van Het einde van de wereld. Hij is in elk geval dus één of meerdere keren op de plek geweest waar het slachtoffer aan haar einde kwam. Misschien was het tweede onafgemaakte schilderij van die vuurtoren dat we ook in zijn atelier hebben gevonden wel van haar. Stel nou dat ze daar samen zaten te schilderen toen mevrouw Oliveira hem begon te chanteren met zijn valse identiteit? Misschien was ze erachter gekomen dat hij een geheim had en wilde ze kijken hoeveel geld hij ervoor overhad om dat geheim te bewaren? Ze had geld nodig voor haar studie, toch?'

Gabriela beet op haar tong. Als ze wilde, kon ze al Raimundo's speculaties in een paar zinnen ontkrachten, maar ze had Sven en Marie-Louise beloofd om hun geheimen te bewaren. Daar wilde ze zich aan houden. Als Raimundo zelf achter de waarheid kwam, was het een ander verhaal. Dan hoefde zij haar beloftes niet te breken. De vragen die haar collega had, waren stuk voor stuk logisch. Sterker nog, als ze zelf niet beschikte over de achtergrondinformatie die ze van Sven en Marie-Louise had gekregen, dan had ze ze zelf ook opgeworpen en antwoorden willen hebben. Ze hoopte maar dat Sven zou snappen dat ze geen invloed kon uitoefenen op het spervuur van vragen waaraan Raimundo hem, onder haar toeziend oog, ging onderwerpen. Het zou waarschijnlijk geen fijn gesprek worden en ingrijpen van haar kant zou Raimundo alleen maar sterken in de gedachte dat ze niet zuiver in deze zaak zat wegens belangenverstrengeling. Na de aanvaring die ze zojuist met hem had gehad, was ze er niet meer zo zeker van dat hij haar de hand boven het hoofd zou blijven houden.

Met een steen in haar maag volgde ze haar collega naar binnen. Op dat moment kregen Raimundo en Gabriela vrijwel tegelijkertijd een bericht binnen op hun telefoon. Het onderzoek naar de telefoon van Cesária Oliveira was afgerond. Het meisje bleek niet alleen wel degelijk een bericht te hebben gestuurd aan Robert Stevenson, terwijl deze dat eerder had ontkend, Stevenson bleek haar ook een bericht terug te hebben gestuurd. Een uitnodiging om hem te ontmoeten bij Het einde van de wereld...

36

Net als de vorige keer schrok Gabriela van de ravage die de knokploeg had aangericht. Svens gezicht zag er niet bepaald beter uit dan gisteren. Hij lag met gesloten ogen op bed en even was ze bang dat hij het loodje had gelegd.

'Goedemorgen, meneer Van Dijk,' kondigde Raimundo hun komst aan. Tot Gabriela's opluchting opende Sven langzaam zijn ogen. Zijn blik werd meteen alert toen hij hen zag staan.

'Kunnen we even privé met u praten?' vroeg Gabriela.

'Ziet u iemand in deze kamer buiten uzelf en mij?' antwoordde Sven. Hij klonk niet overdreven vriendelijk en hij speelde het spel keurig mee door net te doen alsof hij haar nog niet eerder had gezien.

'U verwacht ook geen bezoek voorlopig?' probeerde ze omzichtig te peilen of Marie-Louise in de buurt was.

'Nee. Helaas is mijn steun en toeverlaat sinds gisteren ziek. Keelontsteking.'

'Wat vervelend. Ik hoop dat ze zich snel beter voelt.' Sven keek haar geërgerd aan en ze snapte meteen waarom: ze had zich versproken door het over een 'ze' te hebben. Sven wist niet dat Raimundo al op de hoogte was van haar eerdere bezoek en dat mocht hij ook niet te weten komen. Het zou zijn vertrouwen in haar geen goed doen. Het werd steeds ingewikkelder om te onthouden wie wat wist en wie ze wat had verteld.

'Goed,' nam Raimundo het woord. 'We zijn hier om u over

twee zaken waar we aan werken te bevragen. Laten we beginnen met de reden dat u hier ligt. Kunt u zich iets herinneren van de avond dat u mishandeld bent?'

'Bar weinig helaas,' antwoordde Sven. 'Ik lag te slapen toen ik wakker werd van wat kabaal. Voordat ik goed en wel rechtop in mijn bed zat, hoorde ik hoe de voordeur werd opengetrapt en in no time stonden er vier mannen met bivakmutsen rond mijn bed. Hoewel, mannen... Eigenlijk waren het meer jongens.'

Raimundo trok zijn wenkbrauwen op maar onderbrak Sven niet.

'Ze begonnen me bont en blauw te slaan en hebben me daarna naar beneden gesleept. Daar heb ik het bewustzijn verloren. Ik heb inmiddels begrepen dat ze daar de boel ook nog aan gort hebben geslagen. De buren werden blijkbaar gealarmeerd door de herrie en hebben de politie gebeld. Een dag later werd ik wakker in deze ziekenhuiskamer. Dat is alles wat ik u kan vertellen.'

'Waarom denkt u dat het eerder jongens dan mannen waren?'

'Hun postuur: lang, slungelig, het waren nog geen volgroeide mannenlijven.'

'U bent klaarblijkelijk goed op de hoogte van het verschil tussen een jongens- en een mannenlijf, een expert zogezegd,' merkte Raimundo op.

Sven keek Raimundo strak aan, maar ging niet in op de insinuatie.

'U hebt geen stemmen herkend, of andere zaken opgemerkt die zouden kunnen leiden tot identificatie van uw belagers?' kwam Gabriela tussenbeide.

Sven maakte dankbaar gebruik van haar hulp, maar Raimundo keek minder blij. 'Ze scholden me uit voor pedo en moordenaar, maar hun stemmen kwamen me niet bekend voor. Het waren overigens geen overdreven zware stemmen.

Ook dat sterkt me in het vermoeden dat het adolescenten waren.'

'Leeftijd?'

'Lastig te zeggen. Zestien, zeventien? Maar dat is echt een blinde gok. Ik vrees dat ik u op dat punt niet verder kan helpen.'

'Dat is jammer, maar het is niet anders. We gaan ons uiterste best doen om degenen die u dit hebben aangedaan op te sporen aan de hand van het bewijsmateriaal dat we in uw woning hebben kunnen veiligstellen.'

Raimundo haalde zijn hand door zijn haar en nam het woord weer van Gabriela over: 'Inspecteur Carvalho en ikzelf houden ons tevens bezig met het onderzoek naar de moord op Cesária Oliveira en we hebben begrepen dat u haar kent.'

'Dat klopt. Ze kwam weleens bij me thuis.'

'Wat was de aanleiding voor deze bezoeken?'

'Ik schilder weleens wat en ze heeft een paar keer model voor me gestaan. Ik betaalde haar daarvoor, omdat ze spaarde voor een studie die haar moeder niet voor haar kon betalen. Mooie oplossing, nietwaar? Zij wat extra geld en ik een prachtig model. God, het was een genot om haar te schilderen. Die kaaklijn, haar volle lippen...'

'Betaalde u haar ook nog voor andere dingen?' ging Raimundo dwars door Svens gemijmer heen.

'Wat bedoelt u?' Sven keek hem verschrikt aan.

'Betaalde u haar ook voor andere diensten? In het kader van dat u haar zo mooi vond.'

Raimundo's opmerking was voldoende om Sven weer bij de les te krijgen. Hij zocht kort oogcontact met Gabriela en ze keek strak terug zonder in te grijpen. Het was Sven duidelijk dat hij op zichzelf aangewezen was. Ze las boosheid in zijn ogen, maar ook begrip. Hij wist dat ze geen kant uit kon.

'Absoluut niet!' antwoordde hij fel. 'Ik heb dat meisje nooit met een vinger aangeraakt. Geen enkel meisje trouwens, want ik val op mánnen. En voor alle duidelijkheid: dat is iets anders dan jóngens, voordat u daarnaar gaat vragen.'

'Dus mevrouw Oliveira kwam alleen bij u over de vloer om model te staan?'

'Daar heb ik u net toch al antwoord op gegeven?' zei Sven geërgerd.

Gabriela seinde naar hem dat hij rustig moest blijven. Hij kon Raimundo beter niet boos maken en volledig meewerken, hoe onrechtvaardig en vervelend hij de vragen misschien ook vond. Het had effect, want Sven bond in.

Met zachtere stem vervolgde hij: 'Soms ruimde ze mijn huis op. Ik ben een man alleen, weet u, en het huishouden is niet echt mijn ding. Als ik aan een schilderij werk, vergeet ik alles om me heen. Cesária hielp me om het leefbaar te houden in mijn huis.'

'Kreeg ze daar ook voor betaald?'

'Uiteindelijk had ik haar zover dat ze ook daarvoor geld wilde aannemen, maar in eerste instantie weigerde ze consequent. Ze deed het vanuit haar goede hart, als daad van medemenselijkheid. Ik vind het zo erg dat ze er niet meer is. Het was zo'n lief meisje. Haar hele toekomst lag nog voor haar. Ze had het eerste jaar voor haar studie al bijna bij elkaar gespaard, weet u.' Een eenzame traan rolde over Svens verminkte gezicht.

Gabriela liep naar hem toe en veegde de traan voorzichtig met een tissue weg, omdat ze wist dat het Sven te veel pijn deed om het zelf te doen. Het omhoogbrengen van zijn armen was door zijn gekwetste ribben eigenlijk niet te doen. Raimundo schraapte zijn keel maar hij liet haar wel begaan. Sven bedankte haar en vroeg om wat water. Ze gaf het hem.

'Kunnen we weer verder?' vroeg Raimundo toen Sven klaar

was met drinken. 'Dus mevrouw Oliveira maakte ook bij u schoon?'

'Ja,' verzuchtte Sven.

'Dat klopt met wat ze haar beste vriendin heeft verteld. Haar moeder wist daar echter niets van af. Weet u waarom ze haar bezoekjes aan u voor haar moeder verborgen hield?'

'U weet toch wat er over mij gezegd wordt?'

'Wat dan?'

Sven zweeg in eerste instantie, maar gaf toen toe. 'Oké, als u wilt dat ik het zelf zeg, dan doe ik dat. Het is uw feestje. Er gaan geruchten dat ik pedofiel zou zijn en daarom leek het Cesária beter om haar moeder niets over mij te vertellen. Ze wilde haar moeder niet onnodig ongerust maken. Die vrouw had het al zo moeilijk na het verlies van haar man.'

'En was het onnodig?'

'Wat?'

'Dat ongerust maken?'

'U wilt weten of de roddels waar zijn. Nee, ik ben geen pedofiel. Ik val wel op mannen, maar dat heb ik u al verteld.'

'Hebt u op het moment een partner?'

'Nee, ik ben weduwnaar.'

'Dat spijt me voor u. Wanneer hebt u Cesária Oliveira voor het laatst gezien?'

'Wanneer het precies was, weet ik niet meer, maar het is zeker al een aantal weken geleden.'

'Kunt u wat specifieker zijn? Hebben we het over twee weken, drie, meer?'

'Zoals ik u al zei, ik weet het niet meer precies. Het kan drie weken geleden zijn, maar ook langer. Ze had gebeld om me te zeggen dat ze het de komende periode druk zou hebben en dat ze geen tijd zou hebben om langs te komen.'

'Vertelde ze u ook waarmee ze het zo druk had?'

'Nee.'

'En u hebt niet verder gevraagd?'

‘Nee. Als ze er behoefte aan had gehad om het me te vertellen, had ze dat wel gedaan. We hadden een heel ongedwongen verhouding.’

‘Verhouding?’

‘Vriendschap, hoe noem je zoiets? Het had in elk geval niets seksueels. Dat wilt u horen toch?’

‘Ik wil de waarheid horen.’

‘Dit ís de waarheid,’ reageerde Sven fel.

‘Bent u weleens bij Het einde van de wereld geweest?’

‘Ja. De afgelopen tijd zelfs regelmatig.’

‘Met mevrouw Oliveira?’

‘Nee, nooit met haar. Hoewel ik haar daar wel graag een keer had willen schilderen. Het licht is daar prachtig. Helaas behoort dat niet meer tot de mogelijkheden. Maar dat is het minst erge in het hele verhaal.’

‘Als u naar Het einde van de wereld ging, was u dan alleen en wat deed u daar?’

‘Ik was samen met een van mijn leerlingen. We schilderden de vuurtoren. We waren halverwege toen dit tussendoor kwam.’ Hij tilde zijn hand een klein stukje op en wees naar zijn gehavende lichaam. Zijn gezicht vertrok van de pijn en hij kreunde.

‘U was er niet toevallig op zaterdag 18 juni, laat op de avond?’

‘Is dat de dag waarop Cesária is vermoord?’

Raimundo antwoordde niet en Sven liet het erbij zitten. ‘Ik ben er nooit ’s avonds laat geweest. Het heeft niet zoveel zin om te schilderen in het donker,’ zei hij cynisch.

‘Wie was die leerling met wie u de vuurtoren schilderde?’

Sven aarzelde even. ‘Marie-Louise Huizing. Haar man weet niet dat ze les van me krijgt. Het ligt wat ingewikkeld.’

‘Volgens mij is uw leven een aaneenschakeling van ingewikkelde zaken.’

Nu liet Sven het na om te reageren.

'Die vriendin van het slachtoffer heet toch Huizing?' vroeg Raimundo aan Gabriela.

'Dat klopt. Marie-Louise is haar stiefmoeder.'

'Goed, haar moeten we dus ook spreken.'

'Ze is ziek,' zei Sven resoluut. 'U mag haar thuis niet lastigvallen. Dat zou haar enorm in de problemen brengen met haar man.'

'Aardig dat u haar beschermt, maar ze zal toch moeten bevestigen dat ze schilderlessen van u krijgt en dat ze samen met u bij Het einde van de wereld is geweest. Het is ook voor uw eigen bestwil dat ze uw verhaal bevestigt.'

'Spreek dan alstublieft buitenshuis met haar af. Ik wil niet dat ze thuis in de problemen komt.'

'We kijken wat we kunnen doen, maar we kunnen niets beloven. Als ze te ziek is om elders af te spreken, dan moeten we haar toch thuis een bezoekje brengen. Misschien moet ik u er nog even aan herinneren dat we bezig zijn met een moordonderzoek? Daar is enige haast bij geboden. Persoonlijke gevoeligheden zijn van ondergeschikt belang.'

Sven maakte zich op om te reageren, maar slikte zijn woorden na een waarschuwende blik van Gabriela op het laatste moment in.

'U vertelde eerder dat u mevrouw Oliveira betaalde voor haar diensten,' ging Raimundo onverstoorbaar verder. 'Waar komt dat geld vandaan? Hebt u een baan?'

'Ik geef schildercursussen en schilder in opdracht portretten.'

'U verkoopt uw werk niet aan een galerie of zo?'

'Zeker niet,' antwoordde Sven stellig.

Het was juist die stelligheid die een nieuwe vraag leek op te roepen bij Raimundo. 'Waarom niet? Voor zover ik het kan beoordelen, is uw werk heel goed.'

Gabriela was heel benieuwd wat Sven nu zou antwoorden. Zou hij Raimundo vertellen over zijn slechte ervaringen met de commercie rondom zijn vroegere werk?

'Ik verkoop mijn werk alleen aan mensen die het waarderen en op waarde weten te schatten. Een galerie schaar ik niet in die categorie. Die zijn alleen maar bezig met zo veel mogelijk geld verdienen over de rug van talentvolle kunstenaars.' Svens stem had een bittere klank gekregen en dat was ook Raimundo niet ontgaan.

'Dat klinkt alsof u daar ervaring mee hebt.'

'Daar wil ik niet over praten. Dat doet niet ter zake.'

Svens gezicht kreeg een stuurse uitdrukking en Gabriela bad dat Raimundo het hierbij zou laten. Toen dat niet zo bleek te zijn, voelde ze haar maag samentrekken.

'Heeft dat misschien iets met uw verleden te maken?'

'Wat bedoelt u?'

'U hebt niet voor niets een valse identiteit aangenomen, toch?'

Sven verstijfde en keek Gabriela wanhopig aan. Hij had geweten dat het zou komen, maar was desondanks toch van slag.

'Alleen mensen die iets te verbergen hebben doen zoiets. Nu ben ik eigenlijk wel heel benieuwd wat dat in uw geval is. Bent u op de vlucht?'

Sven keek weer naar Gabriela. Hij verwachtte duidelijk hulp van haar. Raimundo zag het en confronteerde haar ermee. 'Weet jij hier meer van?' vroeg hij haar met afgemeten stem.

Ze haalde haar schouders op en keek hem smekend aan. 'Het doet niet ter zake voor dit onderzoek.'

Raimundo's gezicht werd rood. 'Dat kan en zal ik pas beoordelen als ook ík het hele verhaal ken.' Hij keek haar boos aan.

'Meneer Van Dijk, laten we niet langer spelletjes spelen.' Raimundo richtte zich weer tot Sven. 'Ik weet dat u Gabriela gisteren al hebt gesproken. Ik weet ook van de schilderijen die u van haar zus hebt gemaakt.'

'Ik heb hem niets verteld over die schilderijen, Sven. Hij stond ineens bij me op de stoep en zag ze hangen.' Gabriela's stem klonk schril. 'Hij had al ontdekt dat er twee schilderijen te weinig waren in het depot van de Technische Recherche. Er viel niets meer te ontkennen. Ik heb hem niet geïnformeerd, dat moet je van me aannemen.'

'Zullen we jullie persoonlijke onderonsjes voor een later tijdstip bewaren. Ik wil achter de waarheid komen, Gabriela, hoe dan ook. Als je je daar niet in kunt vinden, wil ik dat je nu de kamer verlaat. Aan jou de keuze.'

Gabriela baalde ervan dat hij haar een reprimande gaf ten overstaan van Sven, maar kon hem geen ongelijk geven. Wederom had ze zich niet professioneel gedragen en haar eigenbelang te zwaar laten wegen. Ze mocht haar handjes dichtknijpen dat Raimundo haar überhaupt nog een kans wilde geven.

Sven sloot zijn ogen en maakte een geluid dat het midden hield tussen een wanhopige zucht en een kreun. Daarna begon hij zachtjes te huilen. Gabriela stond er onbeholpen bij. Naar Sven toe gaan om hem te troosten zou Raimundo waarschijnlijk niet kunnen waarderen. Ze moest nu enorm op haar tellen passen, dus bleef ze staan en observeerde haar collega. Svens tranen lieten hem niet volledig koud.

'Kom, vertel wat er aan de hand is,' spoorde Raimundo hem aan.

Na een korte aarzeling vertelde Sven aan Raimundo het verhaal dat zij de dag ervoor al te horen had gekregen. Raimundo liet hem bijna zonder onderbreking uitpraten en daarna bleef het even stil.

'Rai?' Gabriela keek hem vragend aan. Haar collega trok een bedenkelijk gezicht en wreef met zijn hand over zijn kin.

'Als uw ware identiteit bekend wordt, meneer "Van Oudheusden", is uw leven hier in Portugal voorbij, nietwaar?'

'Ja.'

'Dus wilt u dat wij dit stilhouden, dat wij uw verleden buiten het onderzoek naar de moord op mevrouw Oliveira en naar uw eigen mishandeling houden?'

'Ik smeek het u. Ik werk volledig mee aan uw onderzoek, ik doe alles wat u vraagt, maar neem me mijn leven niet af.'

'Ik zal open kaart met u spelen, meneer Van Oudheusden. Uw verhaal is eenvoudig na te trekken, wat ik dan ook zal doen. Of ik dat middels een officieel onderzoek zal doen dat in het dossier zal eindigen, daar moet ik nog over nadenken. Ik snap heel goed wat er voor u op het spel staat als bepaalde mensen er lucht van krijgen dat u zich hier schuilhoudt. Feit blijft wel dat u, in uw paniek om te vluchten, onwettig hebt gehandeld. Dat is iets wat we in principe niet kunnen negeren, maar tegelijkertijd valt het soms te rechtvaardigen om wat losser met principes om te gaan als het anderen geen schade berokkent. In zoverre ik dat momenteel kan beoordelen, bent u op dit moment de enige die daadwerkelijk schade ondervindt als uw ware identiteit bekend wordt.'

Gabriela slaakte in stilte een zucht van verlichting.

'Maar ik zal dit met mijn leidinggevende moeten bespreken, daar kom ik niet onderuit. Er zijn meer mensen die weten dat u zich een valse identiteit hebt aangemeten, het staat in ons systeem. Dat kan ik niet laten verdwijnen en zij ook niet.' Hij keek Gabriela streng aan en ze boog haar hoofd.

Sven leek Raimundo's woorden voor lief te nemen. Hij deed geen enkele moeite ertegenin te gaan. 'Dan ligt mijn lot nu in handen van uw chef,' zei hij zachtjes. De uitdrukking op zijn gezicht werd vastberaden na een korte stilte. 'Weet wel dat ik niet zal aarzelen om weer te verdwijnen als hij besluit om het formele traject in te gaan. Het is me al eens eerder gelukt, dus een tweede keer moet geen probleem zijn. Ik ben inmiddels door de wol geverfd. Ik ga niet terug naar mijn oude leven. Nooit. Daar ligt te veel pijn en ellende. Ik ben zelfs bereid om te betalen als jullie me dan met rust laten.'

'Ik zal deze aanzet tot omkoping maar beoordelen als een wanhoopsdaad en als niet uitgesproken beschouwen. U hoort nog van ons.'

'Wanneer? Hoe lang laat u me in onzekerheid zitten?'

'Daar kan ik geen enkele uitspraak over doen. Ik hoop voor u niet te lang, maar het is momenteel erg druk en we zitten al met onderbezetting. Een fijne dag nog.'

'Voor wat het waard is,' mompelde Sven.

Gabriela knikte hem bemoedigend toe en verliet na Raimundo de ziekenhuiskamer. Zwijgend liep ze naast haar collega, in stilte afwachtend tot hij het woord zou nemen. Ze kon niet goed inschatten wat hij van de hele situatie vond. Wederom was gebleken dat ze belangrijke informatie voor hem had verzwegen. Er moest ooit een einde komen aan zijn geduld met haar, dat besefte ze maar al te goed. Ze kon alleen maar vurig hopen dat dat moment nu nog niet was bereikt. Met elke stap die ze zette, viel Raimundo's zwijgen haar zwaarder. Met heel veel moeite lukte het haar haar zenuwen de baas te blijven en te wachten totdat hij het voortouw zou nemen tot een openhartig gesprek.

Ze stapten in de auto en terwijl Gabriela haar veiligheidsriem vastklikte, verbrak hij tot haar verbazing de stilte door te beginnen over de zaak. Over de dubieuze rol die ze daar zelf in had gespeeld zweeg hij. 'We zullen nog een paar zaken moeten checken, maar ik denk dat we Sven van Dijk, alias Didier van Oudheusden, een paar plaatsen kunnen laten zakken op ons verdachtenlijstje. Het lijkt me verstandig als we eens gaan babbelen met mevrouw Huizing en Mees de Leeuw. Maar laten we eerst maar eens een gesprekje gaan voeren met meneer Stevenson. Hij beweert op de bewuste dag geen contact te hebben gehad met mevrouw Oliveira, terwijl uit het onderzoek van haar telefoon blijkt dat zij niet alleen hem, maar hij dus ook haar heeft geappt. Een appje waarin hij haar uitnodigt om naar de plek te komen waar zij later haar dood zal vinden.'

Toen startte Raimundo de motor en reed weg, zonder nog een woord vuil te maken aan wat er zojuist in het ziekenhuis had plaatsgevonden.

37

Ik lig op mijn bed en laat de dag aan me voorbijgaan. Er waren dagen dat ik wenste dat de tijd stilstond omdat ik zo gelukkig was. In het moment zitten en blijven. Nu wil ik niets liever dan de tijd versnellen, dagen overslaan als dat zou kunnen. De afgelopen weken schrap ik het liefst uit mijn leven. Een stapel pagina's uit mijn agenda rechtstreeks naar de papierversnipperaar. Maar zo werkt het niet, dat weet ik ook wel. Het leven is bitterzoet en ik moet door de zure appel heen bijten. Maar hoe doe je dat als je beste vriendin is vermoord, je grote liefde je niet ziet staan, je vader een lul is en je pleegmoeder het ook laat afweten omdat ze een keelontsteking heeft. Toen ik gisteren thuiskwam van een wandeling langs de branding liep Marie ineens met een dikke sjaal om haar nek en ze had een stem als een schorre zeehond.

'Marie voelt zich niet zo lekker,' zei mijn vader toen hij langs me heen stoof, het huis uit. *En jij zult ook eens thuisblijven om voor haar te zorgen*, kon ik niet nalaten te denken. Het hardop zeggen, kwam niet eens in me op. Het heeft toch geen zin. Zwijgen is goud in deze familie.

Ik denk dat Marie er vandaag niet veel beter aan toe is dan gisteren. Vanochtend verscheen ze niet eens aan het ontbijt. Over koetjes en kalfjes praten met mijn vader terwijl ik me ellendig voel, vond ik geen aanlokkelijk idee, dus ben ik maar met een croissantje naar mijn kamer gevlucht.

Papa heeft Ricardo als moordenaar van Cé aan de kant geschoven en nu zijn zinnen op Mees gezet. Hij blijft er maar over zeuren en dat is de belangrijkste reden om hem te mijden. Hij roept de hele tijd dat hij hem niet vertrouwt, dat het 'altijd al een jaloerse jongen' is geweest. Dat ik de politie moet bellen om ze dat te vertellen. Ik kan hem wel wat aandoen als hij dat soort dingen zegt. Hoe goed kent hij Mees nou? Hij weet dat ik met Mees bevriend ben, maar dat interesseert hem niets. Ook niet dat hij de zoon van een van zijn beste vrienden is. Voor mijn vader betekent vriendschap niet zoveel. Hij gebruikt mensen en als hij ze niet meer nodig heeft, laat hij ze vallen als oud vuil.

Ondanks het slechte voorbeeld dat ik heb gehad, steek ik zo niet in elkaar. Ik koester mijn vrienden en zal ze onder geen beding verraden. Zelfs niet als ze mij laten barsten, zoals Mees nu doet. Ik ben geen wraakzuchtig type. Om van het gezeur van die ouwe af te zijn heb ik de politie wel gebeld, maar niet om Mees onder hun aandacht te brengen, zoals mijn vader denkt. Ik heb die agente nogmaals gewezen op Robert en zijn dubieuze verleden met vrouwen. Hem moeten ze hebben, of die pedo. Niet Mees. Hij hield van Cé, net als ik.

De gedachte aan Cé is weer genoeg om de tranen te laten stromen. Hoeveel tranen heeft een mens voordat ze op zijn? Ik loop naar het bureau en pak het A4'tje waarop ik de laatste foto heb geprint die ik van Cé maakte. Had ik op dat moment maar in de toekomst kunnen kijken, dan had ik haar kunnen beschermen. Was ik geen seconde meer van haar zijde geweken. Maar ik woon niet in toverland en de realiteit is keihard.

Mijn telefoon gaat en ik schrik. Het is nog steeds niet helemaal tot me doorgedrongen dat het Cé nooit meer zal zijn. Steeds hoop ik dat ik word verrast door haar heldere stem als ik opneem. Ik kijk op het scherm. Mees. Hij heeft er vast spijt van dat hij zo rot tegen me heeft gedaan. De verleiding om op te nemen en zijn excuses aan te horen is groot, maar ik weersta haar. Laat hem nog maar even zweten. Ik laat de telefoon uitrinkelen en wacht op het piepje van de voicemail.

Dat komt. Meteen luister ik het bericht af. Ik smelt bij het horen van zijn stem.

'Ik had gehoopt je nog even te spreken, Noek. Het spijt me. Het spijt me van alles. Je was als een zus voor me...' Zijn stem begint te trillen. 'Je was als een zus voor me, maar...' Het klinkt als een bekentenis en ik verwacht de woorden die ik al zo lang van hem wil horen. Nu gaat hij eindelijk zeggen dat hij van me houdt op een andere manier dan van een zus. Hoe groot is de teleurstelling als hij, na de stilte die hij laat vallen, met verstikte stem zegt: 'Ik kan dit niet. Dag, lieve Noekie.'

Verdwaasd kijk ik voor me uit. Wat een raar bericht was dit. Wat moet ik hier nu weer mee? Hem terugbellen en vragen wat hij nou eigenlijk wil zeggen?

Ik besluit het even te laten rusten. Eerst moet ik iets anders doen. Ik ben al de hele week van plan om bij Doroteia langs te gaan. Sinds de dood van Cesária is ze niet meer op haar werk verschenen, tot groot ongenoegen van mijn gevoelloze vader die nu zijn eigen vuile sokken in de wasmand moet gooien. Steeds als ik op het punt sta om naar Doroteia toe te gaan, houdt iets me tegen. Mijn hart breekt als ik aan haar denk. Haar man én dochter verloren. Helemaal alleen in dat huis. Ik kan haar pijn niet aan, boven op die van mezelf. Maar het is egoïstisch om daaraan toe te geven. Ik mag mezelf niet langer boven haar stellen. Zij heeft alles verloren en ik ben, hoewel ik me wel vaak zo voel, niet alleen. Ik kan terugvallen op Marie en vandaag wil ik Doroteia laten weten dat ze kan terugvallen op mij. Dat ben ik aan Cé verplicht. Ze zou niet anders willen en van me verwachten dat ik namens haar een oogje op haar moeder houd. Ik schaam me ineens diep dat ik helemaal niets van me heb laten horen terwijl de moeite die een belletje of bezoekje me kost in het niet valt bij de moeite die het Doroteia moet kosten om simpelweg overeind te blijven.

Als ik bijna bij Doroteia's huis ben, komt er een appje binnen op mijn telefoon. Ik pak het toestel van de passagiersstoel en kijk vluchtig wie de afzender is. Het bericht is van Mees. Ik frons mijn wenkbrauwen als ik zijn woorden lees. *Lieve Noek, er ligt een brief voor je klaar op mijn slaapkamer op mijn geheime plek. Hij is alleen voor jou bestemd. Praat er met niemand over totdat je hem hebt. Ook niet met mijn vader. Hij mag niets weten van die brief!!! Verzin een smoes om op mijn kamer te komen. Zorg ervoor dat mijn bekentenis bij de juiste mensen terechtkomt. Zorg voor gerechtigheid, Noek! Ik vertrouw je. Jij deugt. Dag. xxx Mees.*

Nadat ik mijn auto langs de kant van de weg heb gezet, lees ik het vreemde bericht nog een paar keer door. Een gevoel van onrust maakt zich van mij meester. Waar is Mees toch allemaal mee bezig? Is hij ergens bij betrokken? Welke bekentenis? Waarom geeft hij me die brief niet zelf en doet hij zo geheimzinnig? Waarom praat hij niet gewoon met me? Ik begrijp er helemaal niets meer van. Wat moet ik nu doen? Omdraaien en achter die brief aan of kan het wachten tot ik bij Doroteia ben geweest?

Ik besluit dat het kan wachten. Nu ik min of meer op de stoep sta bij Doroteia, mag ik dit niet langer uitstellen. Het heeft al lang genoeg geduurd, ik moet haar laten weten dat ik voor haar klaarsta. Bovendien, als niemand weet van die brief, dan hoef ik ook niet bang te zijn dat iemand anders ermee vandoor gaat. Ik zet mijn auto in de eerste versnelling en rijd de laatste paar honderd meter naar Doroteia's huis. Bij elke meter die ik dichterbij kom, wordt de brok in mijn keel groter. Het bericht van Mees en alle vragen die ik daarbij heb, verdring ik naar de achtergrond.

Bij Doroteia's huis aangekomen zie ik tot mijn teleurstelling dat ze bezoek heeft. Op de plek waar ik mijn auto altijd neerzette als ik Cé ging ophalen, staat een zwarte BMW X6 geparkeerd. De auto komt me niet bekend voor, maar goed, ik ken ook niet iedereen met wie Doroteia omgaat. Misschien is het de begrafenisondernemer wel. Ik zet mijn auto zo neer dat ik de *beemer* niet blokkeer en loop naar de deur. Net als ik wil aanbellen, zwaait de deur open en beent een man naar buiten. Hij lijkt haast te hebben en neemt niet de moeite me te groeten. Het is Tom Verbeek.

Doroteia staat in de gang en kijkt hem na. Ze kijkt bedrukt, maar haar gezicht klaart op als ze mij ziet. Ik loop naar haar toe en omhels haar. Alsof het afgesproken is, beginnen we samen te huilen. Als het ergste verdriet wat is gezakt en we weer in staat zijn om te praten, nodigt ze me met dikke stem uit om binnen te komen. We staan nog steeds in de deuropening en ze sluit de deur. De BMW is al vertrokken.

'Wat fijn dat je er bent, Anoek. Ik begon me al zorgen over je te maken.'

Mijn hart krimpt ineen bij haar woorden. Zij maakte zich zorgen om mij, terwijl het andersom zou moeten zijn.

'Hoe gaat het met je, lieverd? Wil je iets drinken?'

'Nee, dank je. Ik moest je gewoon even zien. Sorry dat ik niet eerder ben gekomen.' Schuldbewust staar ik naar mijn voeten.

'Voel je alsjeblieft niet schuldig, meisje. Ik begrijp dat je even de tijd nodig had om je eigen verdriet wat te laten zakken.'

'Mijn verdriet zal nooit zakken,' zeg ik feller dan ik van plan was.

Ze loopt naar me toe en legt zachtjes de rug van haar hand tegen mijn wang. 'Het mijne ook niet.'

Zo staan we een volle minuut zonder iets te zeggen, allebei ondergedompeld in ons eigen verdriet. 'Het is gewoon niet eerlijk,' weet ik er eindelijk uit te krijgen. 'Ik kan het gewoon nog steeds niet geloven.'

'Ik weet het. Ze was zo... Het is...'

Woorden blijken tekort te schieten en wanneer ik de tranen in haar ogen zie, voel ik ze bij mijzelf ook weer opwellen.

Ik kan dit niet. Ik kan haar niet troosten als ik zelf op instorten sta. Wat moet ik doen?

‘Wat kwam Tom Verbeek doen?’ Ik besluit van onderwerp te veranderen.

Doroteia is even verrast, maar herpakt zich dan. Ze droogt haar tranen met een zakdoek en zegt dan: ‘Hij zei dat hij me kwam condoleren. Hij vond het zo erg voor me, maar eigenlijk heeft hij alleen maar over zichzelf gepraat. Over dat hij Cesária had “ontdekt” en dat hij dat rolletje in die film voor haar had geregeld. En dat hij haar agent zou worden en weet ik veel wat nog meer. Ik heb maar met een half oor geluisterd. Types zoals hij, met van die dure pakken en snelle auto’s, heb ik nooit vertrouwd. Ik snap niet wat Cé met hem moest.’

‘Hij is ook de agent van Emma DeWitt, de hoofdrolspeelster in die film waarin ook Cé meedeed.’

‘Ja, dat vertelde hij. Hij wilde dat ik iets zou ondertekenen zodat ze de scènes met Cé mochten gebruiken nu ze dood is.’

‘Dat heb je toch niet gedaan, hè?’

‘Nee, mijn hoofd staat daar nog helemaal niet naar. Bovendien wil ik die papieren eerst eens goed doornemen voordat ik ook maar ergens toestemming voor geef. Wat denk jij, wat zou Cé hebben gewild?’

‘Ik weet het niet. Ze deed het meer voor het geld dan om de roem. Hebben ze je verteld welke rol ze speelde?’

‘Ja, die van prostituee. Daarom aarzel ik ook om te tekenen. Ik wil eigenlijk niet dat mijn dochter de geschiedenis in gaat als filmhoertje. Kon ik haar maar vragen wat ze zelf zou willen.’

Doroteia balt haar vuisten en de tranen springen weer in haar ogen. ‘Die man, Tom, zat ook de hele tijd door te drammen over Mees.’

Mijn maag knijpt samen bij het horen van Mees’ naam. Zijn appje dringt weer naar de voorgrond en ik word meteen weer onrustig. Als ik hier zo wegrijd, ga ik hem eerst proberen te bellen. Hij kan me ook gewoon vertellen wat er aan de hand is, zonder zo ingewikkeld te doen. Ineens bedenk ik dat ik zijn moeilijke gedoe misschien wel aan mezelf te wijten heb. Als ik nou gewoon zijn telefoontje van vanmiddag had opgenomen...

'Wat had Tom dan te melden over Mees?'

'Hij zei het niet letterlijk, maar hij insinueerde dat Mees Cesária heeft vermoord uit jaloezie. Dat Mees haar gezien had met die acteur en dat hij daar niet goed op reageerde.'

'Waar haalt hij het vandaan? Mees is geen moordenaar!'

'Nee, natuurlijk niet, Anoek. Ik denk óók niet dat Mees tot zoiets in staat is. Ik vond het eerder verdacht dat die Tom er zo de nadruk op legde. Ik weet niet zo goed wat ik ervan moet denken.'

'Misschien moet je het aan de politie vertellen?'

'Denk je?'

'Waarom niet? Ik denk veel eerder dat die acteur er iets mee te maken heeft, die Robert Stevenson. Hij is al eens veroordeeld voor poging tot wurging van zijn ex-vriendin.'

Doroteia trekt bleek weg. 'Waarom weet ik dat niet?'

'Heeft de politie je dat niet verteld?'

'Nee.'

'Dan zou ik zeker nog even bij ze langsgaan. Ik wil best met je mee als je liever niet alleen gaat.'

'Misschien is dat wel een goed idee.' De bleke kleur op Doroteia's gezicht is nog steeds niet bijgetrokken. Ze grijpt zich wankelend vast aan een stoelleuning.

'Gaat het wel?' vraag ik verschrikt.

'Ik ben zo ontzettend moe. Ik doe 's nachts geen oog dicht en die warmte... Ik zal blij zijn als die hittegolf eindelijk voorbij is.'

Ik sla een arm om haar heen. 'Kom, ik leg je in bed. Probeer een paar uur te slapen. Bel me maar als je later op de dag nog naar de politie wilt.'

Doroteia knikt. Ik begeleid haar naar boven en draai me discreet om als ze in haar ondergoed in bed stapt. Ondanks de verstikkende warmte trekt ze het laken over zich heen. Ik ga op de rand zitten en pak haar hand. Druk er een kus op. 'Weet je al iets meer over de begrafenis?'

'Nee. Cé's lichaam is nog steeds niet vrijgegeven.'

'Dan gaat dat ook op het lijstje voor de politie. Ze kunnen het je niet blijven onthouden om afscheid te nemen.'

'Als het in het belang van het onderzoek is, ben ik bereid zo lang te wachten als nodig is. Ik wil weten wie mijn dochter heeft vermoord.' Strijdlust vlamt heel even op in Doroteia's ogen, maar dan overvalt de vermoeidheid haar weer.

'Probeer nu eerst maar wat te slapen. Bel me als je wakker bent, oké?'

Doroteia knijpt bevestigend in mijn hand en sluit haar ogen. Ik sta op en sluip geruisloos de kamer uit. Dan ren ik bijna naar beneden.

Ik moet Mees bellen. Er gonst een onheilspellend gevoel door mijn lijf dat met de minuut sterker wordt. Ik moet weten of alles goed met hem is en er is maar één manier om daar achter te komen.

Nog voordat ik mijn auto heb gestart, toets ik zijn nummer in op mijn mobiel. Het geluid van de kiestoon klinkt via de carkit. Als de telefoon vijf keer is overgegaan, start ik ongeduldig mijn auto. Ik begrijp er helemaal niets meer van. Net wilde Mees me nog zo dringend spreken en nu neemt hij zijn telefoon weer niet op. Ik voel een steek in mijn buik als ik me realiseer dat hij misschien niet in staat is om zijn telefoon op te nemen. Dat er misschien iets met hem aan de hand is. Zijn gedrag van de laatste dagen en zijn voicemail- en tekstbericht waren ronduit raar. En dan die brief.

Mees' voicemail springt aan en ik luister naar zijn stem die het riedeltje afdraait dat ik al zo vaak heb gehoord. Het lijkt een eeuwigheid te duren voordat de piep klinkt en ik eindelijk iets in kan spreken. 'Mees, met mij. Wat is er toch allemaal aan de hand? Ik had gehoopt je te spreken. Bel me zodra je dit hoort, oké? Ik rij nu naar je huis.'

Terwijl ik de verbinding verbreek, duw ik het gaspedaal tot op de bodem in.

Ik parkeer mijn auto op de eerste de beste plek in de buurt van de riante villa waar Mees woont. De warmte is drukkend en de wind die de palmbomen in de tuin bespeelt brengt geen verkoeling. Verlangend kijk ik naar het zwembad als ik aanbel, terwijl het zweet in straaltjes langs mijn rug loopt. Ik hoef niet lang te wachten voordat de deur open wordt gedaan. Johan de Leeuw torent boven me uit en kijkt me vragend aan. Zijn ogen staan hol, zijn wangen zijn ingevallen en er kleeft een sigaret tussen zijn lippen. Zijn huid is grauw van het verstokte roken. Het valt me nu pas op hoe ongezond hij er eigenlijk uitziet.

'Mees is er niet. Geen idee wanneer hij thuiskomt of waar hij is.'

Ik laat de woorden van Mees' vader op me inwerken en besef dat ik snel moet schakelen. 'Dat is oké. Ik heb Mees gesproken en hij vroeg me op zijn kamer te wachten als hij nog niet thuis was,' improviseer ik. Het kan me niet schelen hoe, maar ik moet op zijn kamer zien te komen om die brief te zoeken.

'O, goed dan.' Johan stapt opzij en laat me binnen. 'Je weet de weg.'

Ik kan me niet aan de indruk onttrekken dat hij opgelucht is dat ik met Mees heb gesproken. Hoewel Johan me toestemming heeft gegeven om naar Mees' kamer te gaan, loop ik met lood in mijn schoenen naar boven. Het is net of ik iets doe wat niet mag. Ik ben nooit goed geweest in stiekeme dingen. Bij de laatste trede van de trap aangekomen kijk ik achterom; Johan staat me aan te staren. Het voelt hoogst ongemakkelijk. Ik zet mijn liefste lach op en zwaai naar hem. Hij knikt en loopt tot mijn opluchting weg. Ik overbrug het laatste stuk naar Mees' kamer en draai de deur achter me op slot.

De kamer ziet eruit alsof er een bom is ontploft. Wat een ravage. Overal op de grond liggen vuile kleren, een pizzadoos met een half opgegeten pizza ligt op het opengeslagen bed. Daaromheen ook weer een berg wasgoed. De kamer ruikt alsof er al in geen eeuwigheid meer een raam open heeft gestaan. Ik pak Mees' aftershave en spray wat in de kamer in de hoop dat het de muffe geur overstemt. Tevergeefs. Sterker nog, het maakt het alleen maar erger. Ik moet het er maar mee doen. Op het tafeltje naast het bed staat een ingelijste foto die ik heb gemaakt van Mees en Cé in betere tijden. Hij heeft zijn arm om haar heen geslagen en kijkt trots in de lens. Ook Cé kijkt een stuk blijer dan ze deed in de laatste maanden van haar leven. Ik pak het fotolijstje en druk het even kort tegen mijn hart. Cé ben ik voorgoed kwijt en iets in me zegt dat ik het risico loop om ook Mees te verliezen als ik niet snel actie onderneem.

Ik begin met Mees nogmaals te bellen. Tot mijn schrik krijg ik niet direct zijn voicemail, zoals ik had verwacht, maar hoor ik de schelle toon die klinkt bij een nummer dat niet meer in gebruik is. Het wordt steeds gekker. Waarom is zijn telefoon niet meer bereikbaar? Storing bij de provider? Stap twee dan maar, de brief die hij voor me heeft achtergelaten. Hopelijk word ik daar wijzer van, maar dan moet ik hem eerst vinden. Mees had het over een geheime plek en gaat ervan uit dat ik die ken, maar dat is niet zo. Misschien heeft hij me er in gedachten over verteld, maar niet in werkelijkheid. Langzaam draai ik een rondje door de kamer om alle mogelijke verstopplekken te inventariseren. Mijn oog valt op een ladekast naast het overvolle bureau. De sloten die ik zie, zijn niet hoopgevend. Voor de vorm controleer ik alle lades maar zoals te verwachten viel, zitten ze allemaal op slot. Het zoeken naar een sleutel in deze puinhoop is niet te doen. Eigenlijk is het ook niet logisch dat Mees de brief achter slot en grendel heeft verstopt, want dan zou ik er nooit bij kunnen.

Denk na, Anoek! Als kind verstopte ik zelf mijn dagboek onder mijn matras. Zou het zo voor de hand liggen? Ik loop naar het bed en til de matras op. De pizzadoos met inhoud schuift naar de rand en ik ben te laat om hem tegen te houden. Het maakt in deze zwijnenstal niet veel uit. Als ik me weer op het bed concentreer, maakt mijn hart een sprongetje. Op de lattenbodem, ter hoogte van zijn hoofdkussen, ligt een envelop. Bingo! Zo simpel is het dus echt. Mijn naam staat er niet op, dus zal ik hem moeten openmaken om te zien of het dé brief is. Met trillende handen scheur ik de envelop open en ik smelt als ik zie dat Mees de moeite heeft genomen zijn boodschap aan mij met de hand te schrijven. Opeens dringt het tot me door dat dit de eerste keer is dat ik zijn handschrift zie. De letters zijn rond en goed leesbaar, maar de tranen in mijn ogen vervagen alles.

Ik schuif wat spullen aan de kant om op het bed te kunnen zitten en begin dan te lezen. Mijn ogen vliegen over de regels en de tranen stromen zo hard over mijn wangen dat ik het einde van de brief nauwelijks meer kan zien. En wanneer ik Mees' laatste woorden lees, slaat de paniek me om het hart. Ineens begrijp ik waarom zijn telefoon die rare pieptoon gaf. Er is geen tijd meer, ik moet heel erg opschieten wil ik voorkomen dat dit nog verder uit de hand loopt.

Als het al niet te laat is.

38

'Zit de crew nog in dat hotel of zijn ze alweer aan het draaien?' vroeg Raimundo aan Gabriela.

'Daar kan ik snel genoeg achter komen. Ik bel Johan de Leeuw wel even.' Ze voegde de daad bij het woord en hing na een kort gesprek op. 'Hotel. Eind van de middag wordt daar een restaurantscène opgenomen.'

'Oké.'

Gabriela dacht aan Sven en aan de onzekerheid waarin ze hem hadden achtergelaten. Hij moest er alleen mee dealen nu Marie-Louise ziek was. Ze voelde een diep medelijden voor de man die ze tevens bewonderde om zijn prachtige schilderkunst. 'Vind je het erg als ik mijn ogen even dichtdoe?' vroeg ze aan haar collega. 'Ik heb zo slecht geslapen de afgelopen tijd, ik kan ze bijna niet meer openhouden.'

'Dan was het een goede inschatting van me dat ik beter kon rijden. Slaap lekker, Doornroosje.'

Hij glimlachte en ze gaf hem een por tegen zijn schouder. Daarna zette ze haar rugleuning wat naar achteren en schoof de zonnebril voor haar branderige ogen. Ze was niet echt van plan om te slapen. Een beetje doezelen was oké. Maar zodra haar wimpers elkaar raakten, verloor ze het gevecht tegen de slaap.

'Gabrie, wakker worden. We zijn er.' Raimundo schudde zachtjes aan haar schouder en ze schoot overeind.

'Shit, ben ik echt in slaap gevallen?'

‘Ja, met gesnurk en al.’

‘O, wat gênant. Dat was helemaal niet de bedoeling. Geef me een minuut, dan ben ik er weer helemaal bij.’ Ze rekte zich uit en stopte haar zonnebril in het dashboardkastje. Geeuwend stapte ze uit de auto en wreef in haar ogen. Achter Raimundo aan liep ze het hotel binnen, waar een vriendelijk ogende dame achter de receptie zat. Ze liet haar partner het woord doen en zwaaide nonchalant met haar politiepenning toen de receptioniste een identiteitsbewijs wilde zien. Pas daarna vertelde de vrouw dat de heer Stevenson vanochtend was uitgecheckt en in allerijl was vertrokken.

Gabriela vloekte en Raimundo eiste dat ze iemand van de filmcrew te spreken kregen die wist waar Robert Stevenson was gebleven. Een paar minuten nadat de vrouw een telefoontje had gepleegd, kwam de man die Gabriela nog herkende als de regisseur in zijn zwembroek de lobby in lopen.

‘Terry Davis,’ stelde hij zich afgemeten voor.

In zijn beste Engels sprak Raimundo de man toe. ‘We zijn op zoek naar Robert Stevenson. Hebt u enig idee waar we hem kunnen vinden?’

‘Join the club, zou ik zeggen. Hij is spoorloos verdwenen. Niet dat het mister “ik-ben-een-grote-Hollywoodfilmster-Stevenson” ook maar iets kan schelen dat deze productie totaal uit de planning loopt. Nee hoor, natuurlijk niet. Wat zal het hem een rotzorg zijn dat we al ruim een week aan opnamedagen hebben gemist door dat gedoe met die dode figurante. En nu moet ik verdomme wéér de boel stilleggen.’

‘Wij proberen helderheid te krijgen over “dat gedoe met die dode figurante”,’ zei Gabriela op scherpe toon. ‘Daarom is het heel belangrijk dat we meneer Stevenson te spreken krijgen. U hebt echt geen idee waar we hem kunnen bereiken?’

‘Nee, dat heb ik u net toch gezegd? Ik wil hem zelf ook heel graag spreken. Ik heb hem al talloze keren gebeld en minstens zo vaak zijn voicemail ingesproken, maar hij neemt niet op en belt niet terug.'

'Wanneer kwam u erachter dat hij was vertrokken?'

'We ontbijten elke ochtend om negen uur met de acteurs en de crew en dan bespreken we de draaidag. Robert zit normaal altijd als een van de eersten aan tafel, maar vanochtend was hij er om halftien nog steeds niet. Toen heb ik iemand naar zijn kamer gestuurd om hem te halen, maar die keerde onverrichter zake terug. Vervolgens ben ik zelf gaan checken en ik heb geroepen, geklopt en geschreeuwd, maar hij reageerde niet. Op dat moment begon ik me toch wel wat zorgen te maken, want voor hetzelfde geld was hij onwel geworden – die acteurs zuipen en snuiven wat af – maar toen ik de receptioniste vroeg om zijn kamerdeur open te maken, vertelde die me doodleuk dat meneer Stevenson vanochtend om zes uur zonder opgaaf van reden was vertrokken.'

'Wat is de naam van die receptioniste?' vroeg Raimundo.

'Geen idee, maar zij is het.' Hij wees naar de vrouw die hen net te woord had gestaan.

'Goed, we zullen straks ook met haar praten. Gaat u verder.'

'Er valt niks meer te vertellen dan ik al heb gedaan.' Hij keek uitgebreid op zijn dure horloge.

'U hebt toch geen haast, aangezien uw sterspeler met de noorderzon is vertrokken?' Gabriela keek de kleine man vinnig aan. Ze mocht hem niet. Zo'n type dat dacht dat heel de wereld van hem was. Het zat haar dwars dat deze Amerikaan de moord op Oliveira afdeed als 'gedoe'. Het kon hem dan misschien geen bal schelen wie haar om het leven had gebracht, maar haar wel.

'Meneer Davis, hebt u de afgelopen dagen iets gemerkt aan meneer Stevenson?' vroeg Raimundo aan de regisseur. 'Gedroeg hij zich anders, was hij down of juist vrolijk?'

'Hij was wat stiller dan we van hem gewend zijn. De dood van dat meisje leek hem erg aan te grijpen. Emma is veel met hem opgetrokken de afgelopen dagen, misschien kunt u het beter aan haar vragen.'

'Dat zullen we doen. Weet u waar we haar kunnen vinden?'

'In het zwembad. Ze was net in het water gesprongen toen u me liet roepen.'

Weer keek Davis opzichtig op zijn horloge. 'Zeg, ik wil u met alle plezier van dienst zijn, maar ik weet serieus niet wat ik nog moet toevoegen aan wat ik heb verteld. Als ik Robert te pakken krijg, zal ik hem zeggen dat hij contact met u moet opnemen. Dat is het beste wat ik u op dit moment te bieden heb.'

'Zou u mevrouw DeWitt willen vragen om even met ons te komen praten?'

Davis trok een moeilijk gezicht. 'Moet dat echt?'

'Ja, dat moet echt. Moet ik u eraan herinneren dat wij hier bezig zijn met een moordonderzoek?'

'Maak haar niet boos, alstublieft. Zodra Robert weer komt opdraven, moeten we meteen de opnames in gang zetten. Ik heb Emma nodig in een goed humeur, anders wordt het niets.'

'Ik geloof niet dat ik jaloers ben op uw baan,' zei Gabriela. 'Het lijkt me vreselijk om de hele dag op je woorden te moeten letten om de "sterren" niet op hun lange tenen te trappen.'

Davis keek haar boos aan, maar ging er niet op in.

'Zou u mevrouw DeWitt willen halen?' drong Raimundo aan. 'U hebt dan misschien onverwachts een vrije dag, maar wij niet.'

De Amerikaan knikte en maakte zich uit de voeten, en een paar minuten later kwam Emma DeWitt aan lopen. Ze was duidelijk regelrecht uit het water geplukt: haar blote voeten lieten kleine plasjes achter op de marmeren vloer en haar blonde haren hingen druipend langs haar gezicht. Ze droeg een dunne witte badjas waar ze helemaal in verdween en hield haar armen kruislings voor haar lichaam.

'U wilde me spreken?' vroeg ze koeltjes en ze schonk hun daarbij een magere glimlach.

‘Wij zijn op zoek naar Robert Stevenson. We hebben begrepen dat hij vanochtend vroeg het hotel heeft verlaten. Hebt u misschien enig idee waarom hij op stel en sprong is vertrokken?’

‘Zeker weten doe ik het niet, maar ik denk dat het iets met de moord op Cesária te maken heeft.’

Gabriela dook erbovenop. ‘Wat bedoelt u daarmee?’

‘Hij gedroeg zich vreemd sinds bekend was geworden dat Cesária was gestorven.’

‘Omschrijf vreemd.’

‘Wispelturig. Het ene moment was hij verdrietig, het andere weer heel geagiteerd, agressief soms ook. Ik had het idee dat hij ergens enorm mee in zijn maag zat. Een paar keer stond hij op het punt om me iets te vertellen, maar op het laatste moment bedacht hij zich steeds weer.’

‘Wanneer hebt u meneer Stevenson voor het laatst gesproken?’ vroeg Raimundo.

‘Gisteravond. We hebben samen nog een afzakkertje genomen bij de bar.’

‘En hij heeft u toen niets verteld over zijn plan om te vertrekken?’

‘Nee. Eerlijk gezegd zag ik hem gisteravond voor het eerst sinds het drama weer eens lachen. Eigenlijk was hij best vrolijk.’

‘Wat vond u ervan toen u hoorde dat hij was verdwenen?’

‘Ja, wat moet je van zoiets vinden? Ik vond het raar, vooral omdat hij gisteren dus geen enkele indicatie had gegeven dat hij iets van plan was.’

‘Denkt u dat dat komt doordat hij iets te verbergen had? Dat hij daarom ongezien wilde vertrekken?’

‘Ik weet het niet. Misschien. Misschien werd de grond hem te heet onder de voeten?’

‘Wat bedoelt u daarmee?’

‘Nou, dat is toch niet zo moeilijk. U weet dat Robert in het verleden problemen heeft gehad met de politie. En met vrouwen. Misschien was hij bang dat u hem daardoor zou verdenken, ook omdat hij wat scharrelde met Cesária.'

'U hebt zelf ook een affaire met meneer Stevenson gehad, nietwaar?'

'Klopt.'

'Wat vond u ervan dat hij het ook aanlegde met mevrouw Oliveira, die toch eigenlijk niet meer was dan een veredelde figurante?'

Gabriela zag een spiertje bewegen bij het linkeroog van de Nederlandse. 'Robert en ik hadden onze relatie in goed onderling overleg verbroken. Hij was vrij om te gaan en te staan waar hij wilde.'

'Deed het u helemaal niets dat het zo recht onder uw neus gebeurde?'

Weer die subtiele spiertrekking bij haar oog, maar verder bleef ze onbewogen. 'Ik was blij voor hem en opgelucht dat hij me helemaal had losgelaten. Schoonheid is niet altijd een zegen. Mannen kunnen me altijd moeilijk laten gaan en ik ben een paar keer gestalkt door exen die maar niet wilden accepteren dat het voorbij was.'

'Dus het verbreken van de relatie met meneer Stevenson was meer uw keuze dan de zijne?' concludeerde Raimundo.

Het bleef even stil maar daarna kreeg DeWitts gezicht een stellige uitdrukking. 'Absoluut.'

'Was het niet een klein deukje in uw ego dat meneer Stevenson er, in tegenstelling tot uw andere exen, weinig moeite mee leek te hebben om de relatie met u te verbreken?'

Het oogspiertje trilde weer lichtjes. 'Iedere vrouw wil begeerd worden, maar soms zijn mensen gewoon niet voor elkaar gemaakt. Robert en ik zijn samen tot die conclusie gekomen en als vrienden uit elkaar gegaan. Het feit dat we gisteren samen hebben zitten borrelen zegt toch genoeg? U kunt bij het personeel checken dat we het heel erg gezellig hadden.'

Gabriela had de actrice al die tijd strak aangekeken en die werd zichtbaar nerveus onder de starende blik. 'Maar natuurlijk is het jammer dat het tussen Robert en mij niet heeft gewerkt.'

'Hebt u vandaag nog geprobeerd contact op te nemen met meneer Stevenson?'

'Ik heb hem gebeld, maar hij nam niet op. Op mijn tekstbericht heeft hij ook nog niet gereageerd. Maar ik blijf het uiteraard proberen.'

'Even voor de zekerheid, zodat we later geen misverstanden krijgen, u weet dus absoluut niet waarom en waarheen meneer Stevenson is vertrokken?'

'Nee. Dat heb ik u net al gezegd, maar ik wil het best nog een keer herhalen.'

'Dank u vriendelijk voor uw tijd. Als we later nog aanvullende vragen hebben, weten we u te vinden.'

'Natuurlijk, natuurlijk. Als u het niet erg vindt, ik heb zo nog een afspraak.'

'Met wie als ik vragen mag?'

'Niks bijzonders. Een fan die hier in de buurt is en me wil ontmoeten. Ik heb daar niet altijd zin in, maar vandaag is toch een verloren dag nu we zonder Robert niet kunnen draaien.'

'Veel plezier met uw fan dan,' zei Raimundo.

'Dank u.' Ze stak als groet haar hand op en draaide sierlijk van hen weg. Heupwiegend verliet ze de lobby.

Toen ze uit het zicht was, zei Gabriela: 'Ze weet meer dan ze zegt.'

'Dat spiertje bij haar oog?'

'Ja.'

Raimundo knikte instemmend. 'Ik denk dat ze iets verbergt. Misschien wil ze Stevenson beschermen. Ze zijn tenslotte ex-geliefden. Als ze echt zo goed met elkaar omgaan, heeft hij haar vast iets laten weten.'

'Dat denk ik ook. Op dit moment komen we alleen niet verder met haar. Zullen we eens kijken of die receptioniste ons wat wijzer kan maken?'

Ze liepen naar de balie en wachtten geduldig tot de receptioniste haar telefoontje had afgerond. De vrouw deed haar headset af en keek hen vriendelijk aan. 'Kan ik nog iets voor u doen?'

'We willen u graag nog wat vragen stellen met betrekking tot het vertrek van meneer Stevenson. Hij heeft vanochtend vroeg bij u uitgecheckt, toch?'

'Dat klopt.'

'Wat was uw indruk van hem?'

'Knappe man.'

Gabriela zuchtte. 'Ik bedoel: hoe gedroeg hij zich?'

'Hij was van streek.'

'Waar maakte u dat uit op?'

'Hij kwam de lobby in hollen met een reistas in zijn hand en vroeg me om onmiddellijk een taxi te bellen. Dat heb ik uiteraard meteen gedaan. Hij had kleine rode ogen, alsof hij gehuild had.'

'Weet u dat zeker? Kan het ook zijn dat hij kleine oogjes had omdat het zo vroeg was?'

'We begrepen van mevrouw DeWitt dat ze de avond ervoor tot laat met hem in de bar had gezeten.'

'Dat zou ik niet weten, dat moet u aan mijn collega vragen. Ik draai alleen maar ochtenddiensten.'

Raimundo knikte. 'Dat zullen we zeker op een later tijdstip doen. U zei dat hij alleen handbagage bij zich had. Ongetwijfeld had hij veel meer bagage. Waar is die gebleven?'

'Hij gaf aan dat hij de rest van zijn bagage op een later moment zou komen ophalen, dus die ligt nu achter slot en grendel in ons magazijn.'

'We zouden die bagage graag bekijken.'

'Het spijt me, daarvoor kan het hotel uit privacyoverwegingen geen toestemming geven.'

'Mevrouw, het gaat hier om een moordonderzoek.'

De receptioniste trok wit weg, maar wist vrijwel onmiddellijk haar gezicht weer in de plooi te trekken.

'U kunt terugkomen met een huiszoekingsbevel. Eerder kan ik niets voor u betekenen.'

'Luister, u bespaart ons een hoop tijd als u ons gewoon naar dat magazijn brengt om die koffers even te bekijken. Dat bevel krijgen we toch wel, maar het is allemaal extra rompslomp waar niemand op zit te wachten,' probeerde Gabriela.

'Rompslomp waar ú niet op zit te wachten,' corrigeerde de receptioniste. 'Zonder bevel kan ik niets voor u doen. Had u nog meer vragen?'

'Nog één. U hebt meneer Stevenson niet gevraagd waarom hij zo van streek was? Hij heeft u niets verteld over de reden van zijn vertrek?'

'Nee. Ik ben maar een receptioniste. Onze gasten hebben niet de behoefte om hun hart bij mij of mijn collega's achter de balie uit te storten.' De toon waarop ze het zei, gaf aan dat de gasten haar grotendeels behandelden als dienstmeid. 'Was dat het?'

'Ik zou graag het telefoonnummer van het taxibedrijf van u krijgen.'

De vrouw pakte een map, bladerde er even door en gaf toen het nummer door, dat Gabriela in haar telefoon zette. 'Bedankt voor uw medewerking, en tot binnenkort. Past u goed op de bagage van meneer Stevenson?'

De vrouw schonk haar een ijzige glimlach en zette haar headset weer op.

Gabriela trok Raimundo aan zijn arm mee. 'Kom, we gaan een telefoontje plegen.'

Terwijl ze het hotel uit liepen, pakte Gabriela haar telefoon om hun chef te bellen voor het huiszoekingsbevel. Drie gemiste oproepen van Anoek Huizing, zag ze op haar scherm. Dat kwam later wel, vast weer gekweel over haar vriendje

Mees die zo onschuldig was. Nadat ze haar chef had gesproken, belde ze een collega met het verzoek om uit te zoeken waar de taxi Robert Stevenson heen had gebracht.

'Zullen we, nu we die koffers nog niet mogen bekijken, eerst langsgaan bij Mees de Leeuw?' stelde ze voor toen ze had opgehangen.

'Ja, dat lijkt me een goed idee,' antwoordde Raimundo, terwijl hij de auto ontgrendelde en achter het stuur kroop.

39

Mijn hart bonkt in mijn keel en de tranen stromen over mijn wangen. Mees neemt zijn telefoon nog steeds niet op. Steeds weer krijg ik die onheilspellende pieptoon, alsof zijn nummer niet meer in gebruik is. Door een waas van tranen rijd ik vol gas naar de plek waar ik Mees hoop te vinden en als ik daar ben aangekomen, trap ik vol op de rem. Zand stuift op door mijn slippende banden. Ik ren naar buiten en laat de deur openstaan. Geen tijd om hem af te sluiten, elke seconde telt. Ik sprint zo hard als ik kan omhoog; mijn kuiten, waar jarenlange voetbaltraining in verankerd zit, staan in brand.

De brief die Mees me schreef, spookt onafgebroken door mijn hoofd. De gruwelijke bekentenissen die hij deed, de druk waar hij mee te maken had en het schuldgevoel waar hij onder gebukt ging. *Waarom heb je me dit niet eerder verteld, Mees? We hadden samen een oplossing kunnen vinden. We zijn toch vrienden?*

Ik ren door. In de verte zie ik iets liggen, een paar meter verwijderd van de rand van het klif. Ik stuif erheen en mijn hart wordt zwaar. Het zijn kleren. Een keurig opgevouwen shirt en een korte broek. Ernaast twee slippers. Ik herken de spullen meteen, ze zijn van Mees. Paniekerig kijk ik om me heen terwijl ik zijn naam schreeuw tot mijn stembanden pijn doen. Waar ik ook kijk, ik zie hem nergens. *Maar hij is hier geweest*. Ik weet dat ik naar de rand van het klif moet lopen en naar beneden moet kijken, maar ik durf niet. De angst voor wat ik misschien zal aantreffen, houdt me tegen. Ik krijg de laatste zin uit Mees' brief maar niet uit mijn kop. 'Lieve Noek, het verraad van mijn eigen vader betekent voor mij het einde van de wereld.'

Op handen en voeten kruip ik weg bij de kleren naar de rand van het klif. Ik voel me te wankel en te kwetsbaar om op mijn benen te staan. Mijn knie schaaft open, maar ik merk het nauwelijks. Mees is het enige wat telt. Mees, lieve Mees. Ik kruip door tot ik niet verder kan. Ik kijk over de rand. Alle lucht wordt uit mijn lijf geslagen en ik schreeuw. Harder dan ik ooit in mijn leven heb gedaan.

Ik weet niet hoe lang ik daar op die rots heb gelegen. Mijn botten zijn stram en mijn wangen schrijnen van de zoute tranen. Terwijl de woeste golven onder me bulderen, lijkt mijn hart op hol te zijn geslagen. Ik zou het niet erg vinden als het zou stoppen met kloppen.

Verdoofd kruip ik terug naar Mees' kleren en druk zijn shirt tegen me aan. Ik duw mijn gezicht erin en snuif zijn geur op. *Hoe kon je dit nou doen, Mees? Ik snap het niet. Ik hield van je, zo verschrikkelijk veel.*

Ik pak Mees' brief uit mijn broekzak en vouw hem voorzichtig open. Met mijn vingers streel ik over de letters, terwijl ik mijn uiterste best doe om geen tranen op het papier te laten druppen. Als ik bij het stukje ben waarin hij me vraagt ervoor te zorgen dat er alsnog gerechtigheid plaatsvindt, hoor ik zijn stem de woorden uitspreken die op het papier staan. 'Zorg ervoor dat er gerechtigheid plaatsvindt, Noek. Beloof het me.'

'Ja!' schreeuw ik zo hard dat een meeuw die net was neergestreken verschrikt weer opvliegt. Ik weet wat me te doen staat. Resoluut sta ik op. Ik kan het niet meer opbrengen om achterom te kijken.

Ik stop de brief voorzichtig terug in mijn broekzak en pak mijn telefoon. Ik heb wat belletjes te plegen. Ik open mijn WhatsApp en scrol naar mijn bewaarde correspondentie met

Cé. Al snel vind ik het bericht waar ik naar op zoek ben. Het is aan mij gericht en aan iemand anders. Dat nummer sla ik op in mijn telefoon. Voordat ik het nummer bel, kijk ik naar de foto die bij het bericht is gevoegd. Cé staat er stralend op, samen met haar moordenaar.

40

Gabriela liep met een stuurs gezicht naar de voordeur van Johan en Mees de Leeuw. Het toegangshek stond open, dus ze hadden zo door kunnen lopen. Grimmig belde ze aan. Raimundo stond naast haar, eveneens met een strak gezicht. Hoewel het heel spijtig was dat de receptioniste van het hotel hen had gedwongen een huiszoekingsbevel te regelen, wist Gabriela diep in haar hart dat de vrouw gehandeld had zoals van haar verwacht werd. De privacy van haar gasten zou nooit en te nimmer mogen worden geschonden zonder een wettelijk bevel. Maar toch, het vertraagde alles ontzettend. Het feit dat Stevenson zomaar was vertrokken, zonder iemand in te lichten, was op zijn minst opmerkelijk te noemen. Mogelijk kon zijn achtergebleven bagage meer licht op de zaak werpen. Van haar collega had ze inmiddels te horen gekregen dat de taxi Stevenson op het vliegveld had afgezet, maar daar liep het spoor tot nu toe dood. Er was wel meteen een verzoek ingediend om toegang te krijgen tot de passagiersgegevens van alle uitgaande vluchten.

De deurbel klonk luid en duidelijk, toch werd er niet opengedaan. Gabriela belde nogmaals aan en hield de knop een tijdje ingedrukt. Ergens boven ging een raam open en een mannenstem schreeuwde dat hij eraan kwam. Toen Johan de Leeuw uiteindelijk opendeed en hen binnenliet, viel het Gabriela meteen op dat zijn pupillen vergroot waren en zijn ogen bloeddoorlopen. Ze wist bijna zeker dat hij iets had gebruikt, vermoedelijk cocaïne, maar ze besloot er niks van te zeggen. Ze kwamen niet voor hem, maar voor zijn zoon.

'Wat kan ik voor u doen?' De Leeuw kruiste afwachtend zijn armen voor zijn borst.

'We zouden graag nogmaals met uw zoon spreken. Is hij thuis?'

'Mees? Nee, die is er niet.'

'Weet u misschien waar we hem dan wel kunnen vinden?'

'Geen flauw idee. En nee, ik weet ook niet wanneer hij thuiskomt. Zeg, wat is er eigenlijk aan de hand? Waarom wil iedereen mijn zoon ineens zo dringend spreken?'

'Wat bedoelt u met "iedereen"?'

'Nou, eerder was Anoek Huizing hier ook al. Die heeft zelfs nog een tijdje op zijn kamer zitten wachten, tot ze er ineens als een razende weer vandoor ging.'

'Hebt u aan mevrouw Huizing gevraagd of zij wellicht contact heeft gehad met uw zoon voordat zij weer vertrok?'

'Nee, die kans kreeg ik niet. Ze was gewoon ineens vertrokken.'

'En u hebt dus echt geen idee waar we uw zoon zouden kunnen vinden?'

'Nee, het spijt me, ik weet echt niet waar die jongen de godganse dag uithangt. Maar ik kan u wel een belletje geven als hij weer eens komt opduiken?'

'Doet u dat.' Gabriela stak hem haar kaartje toe, dat hij afsloeg.

'Ik heb uw nummer nog wel ergens.'

'Pakt u het toch maar aan, dan hoeft u niet te zoeken. Ik heb liever dat u ons meteen belt als u uw zoon ziet.'

De Leeuw griste het kaartje uit haar hand en stopte het achteloos in zijn broekzak. 'Als u het niet erg vindt... Ik verwacht een zakelijk telefoontje.' Hij liep naar de deur en zette hem voor hen open.

Gabriela aarzelde even, maar Raimundo knikte dat het

goed was. Zodra ze buiten waren, werd de deur achter hen dichtgedaan.

'Die had wel erg veel haast om ons het huis uit te krijgen, hè?'

'Ik denk dat hij net zijn neus in de poederdoos hing toen we aanbelden.'

'Ja, dat was moeilijk te missen.'

'Precies, maar dat is nu even van ondergeschikt belang. We kunnen hem er later altijd nog eens naar vragen als alles weer rustig is.'

'Mijn idee.'

'Goed, Marie-Louise dan maar?'

Raimundo knikte instemmend. 'We kunnen onze tijd maar beter nuttig besteden totdat we aan de bak kunnen met die bagage van meneer Stevenson.'

Het huis van de familie Huizing was nog imposanter dan dat van De Leeuw. Maar Gabriela wist inmiddels van Marie-Louise dat aan het geluk achter de voordeur nogal wat schortte. Ze was uit de auto gestapt en stond op het punt om op de bel te drukken, toen het hek als vanzelf openzwaaide. Verbaasd keek ze even om naar haar partner die achter het stuur zat, haalde toen haar schouders op en liep erdoorheen, terwijl Raimundo haar stapvoets volgde.

Gabriela had slechts een paar stappen kunnen zetten toen de voordeur openvloog en Marie-Louise huilend naar buiten kwam rennen. Haar gezicht zag intens bleek en het zicht op haar hals werd ontnomen door twee sjaaltjes. Gabriela schrok van de wanhopige blik in haar ogen. Ze stapte op de vrouw af en pakte haar arm vast in een poging haar te kalmeren.

'Marie-Louise, gaat het?'

'Het spijt me. Het spijt me. Ik vind het zo erg,' jammerde Marie-Louise. Haar stem klonk schor en Gabriela moest haar best doen om haar te verstaan.

'Wat is er aan de hand? Waarom ben je zo overstuur?' Ze sloeg haar arm om de vrouw heen en loodste haar naar binnen. Raimundo liep achter hen aan en sloot zachtjes de deur. Terwijl Raimundo bleef staan, namen de twee vrouwen plaats op de sofa in de woonkamer. Marie-Louise bleef zachtjes snikken.

'Ben je alleen thuis?' vroeg Gabriela.

'Ja,' klonk het fluisterend. 'Gelukkig wel. Peter komt er niet meer in en ik wil niet dat Anoek me zo ziet.'

'Hebben jij en Peter ruzie gehad?'

'Ruzie? Ik zou willen dat het om zoiets banaals als een "ruzie" zou gaan. Was het maar zo eenvoudig.'

'Wat is er gebeurd? Wat is er met je keel aan de hand?'

Met trillende handen maakte Marie-Louise de sjaaltjes rond haar hals los. 'Anoek denkt dat ik een keelontsteking heb.'

Gabriela hield haar adem in toen ze de blauwpaarse sporen in Marie-Louises hals zag. 'Maar dat is niet zo.' Het was een constatering, geen vraag.

Marie-Louise schudde haar hoofd. 'Nee.'

De sporen in haar nek deden haar ogenblikkelijk denken aan de wurgsporen die waren aangetroffen in Cesária Oliveira's nek. 'Heeft Peter dit gedaan?'

Marie-Louise knikte.

'Wanneer is dit gebeurd?' bemoeide Raimundo zich ermee.

'Gisteren, na het gesprek met uw collega ben ik naar huis gegaan. Dat had ik beter niet kunnen doen.'

'Je bedoelt het gesprek dat we gisteren samen met Sven hebben gehad?'

'Ja, dat bedoel ik.' Marie-Louise keek onzeker naar Raimundo.

'Hij weet ervan,' stelde Gabriela haar gerust. 'Hij is te vertrouwen. Je zei dat je na ons gesprek naar huis bent gegaan, maar je had toch een afspraak? Daarom verliet je toch halsoverkop het ziekenhuis?'

'Ik had geen afspraak. Dat zei ik maar om met goed fatsoen weg te kunnen. Ik raakte in paniek van iets wat je me liet zien.'

'Wat bedoel je?'

'Die foto van dat schilderij die je me liet zien. Van jouw zusje met die man.'

Gabriela's adem stokte. 'Wat is er met die foto? Waarom raakte je daarvan in paniek?'

'Ik weet wie die man is.'

Gabriela voelde al het bloed uit haar hoofd wegtrekken. Raimundo zag het gebeuren en duwde haar hoofd tussen haar knieën. Ze verzette zich hevig, maar haar partner was sterker en dwong haar eerst op adem te komen. Toen liet hij toe dat ze zich weer oprichtte.

'Wie is het?' Gabriela's stem brak.

Marie-Louise keek haar met tranen in de ogen aan. 'Peter. Het is Peter,' zei ze met omfloerste stem.

Gabriela keek verrast op. 'Dat kan niet,' stamelde ze. 'Peter is een forse man. Gezet. De man op het schilderij was mager.'

'Peter was zeven jaar geleden nog slank. Ik herkende hem meteen toen je me de foto liet zien. Die karakteristieke schuine pose van zijn hoofd, die herken ik uit duizenden.'

'En je hebt hem met je vermoeden geconfronteerd?' nam Raimundo het gesprek over. Gabriela was even niet in staat iets te zeggen.

'Dit zegt genoeg, toch?' antwoordde Marie-Louise bitter, terwijl ze naar haar blauwe nek wees. 'Eerst probeerde hij het nog te ontkennen, maar toen ik bleef aandringen gaf hij het toe.'

'Wat gaf hij toe? Wat heeft hij met mijn zusje gedaan?!' Gabriela schreeuwde het uit en Marie-Louise begon weer te huilen.

'Wat is er met mijn zusje gebeurd?! Weet hij waar ze is?!'

'Het spijt me, ik vind het zo erg,' fluisterde Marie-Louise. 'Je zusje leeft niet meer.'

Het was alsof Gabriela een stomp in haar maag kreeg. Ze wankelde achteruit en Raimundo kon haar nog net opvangen voordat ze flauwviel.

De schok na zeven jaar onzekerheid was te groot geweest. Raimundo had Gabriela voorzichtig op de sofa gelegd en Marie-Louise had een glas water gehaald. Met zachte tikjes tegen haar wang had Raimundo zijn partner weer bij kennis weten te krijgen.

Gabriela liet zich zonder verzet rechtop zetten. De blik in haar ogen was doods, ze kon niet meer spreken.

Raimundo nam het woord. 'Mevrouw Huizing, heeft uw man Andreia Carvalho vermoord?'

'Ja.'

'Heeft hij ook verteld wat er precies is gebeurd?'

Marie-Louise kreeg een verbeten uitdrukking op haar gezicht. 'Hij heeft altijd al een zwak gehad voor jonge vrouwen. Meisjes nog.' Ze keek even naar Gabriela. 'Hij heeft me alles verteld. Dat Andreia smoorverliefd op hem was en dat hij haar van alles had wijsgemaakt om haar in bed te krijgen. Het probleem was alleen dat ze het ook daadwerkelijk geloofde. Ze was ervan overtuigd dat ze een toekomst samen hadden en dat hij serieus in haar geïnteresseerd was. Dus toen hij haar uiteindelijk vertelde dat hij al een serieuze relatie had, werd ze woedend. Ze dreigde aangifte te doen bij de politie van verkrachting. Ze was minderjarig.'

Marie-Louise was steeds slechter verstaanbaar en Raimundo bood haar daarom het glas water aan dat ze oorspronkelijk voor Gabriela had gehaald. Dankbaar nam ze een slok. Gabriela had al die tijd nog steeds niets gezegd en staarde nog steeds voor zich uit naar een verte die alleen zij kon zien.

'Ik dacht dat hij echt van me hield.' Marie-Louise barstte in huilen uit. 'Hij bedroog me al in de eerste maanden van onze relatie. Ik zat verdomme verliefd te wezen in onze hotelkamer. Ik was in de veronderstelling dat hij een zakelijke bespreking had terwijl hij met dat meisje...'

'Het moet heel pijnlijk zijn geweest om achter de waarheid te komen.'

'De afgelopen zeven jaar van mijn leven zijn een leugen gebleken.'

'De afgelopen zeven jaar van mijn leven waren een nachtmerrie,' fluisterde Gabriela. Het was alsof alle warmte uit de kamer werd gezogen. Gabriela draaide zich naar Marie-Louise toe. 'Jij had gisteren al een einde kunnen maken aan mijn onzekerheid, maar dat heb je niet gedaan. Waarom niet?'

'Gabrie...' zei Raimundo waarschuwend.

'Ik moest het eerst zeker weten. Ik moest het van hem zelf horen voordat ik het geloofde. Pas gisteravond laat brak hij en vertelde hij me het hele verhaal. Hij dreigde me te vermoorden als ik naar de politie zou gaan. Ik moest dit' – ze wees naar haar hals – 'maar als een waarschuwing beschouwen. Hij had eerder met zijn blote handen gedood.'

'Waar is uw man nu?' vroeg Raimundo.

'Dat weet ik niet. Hij is stomdronken in zijn auto vertrokken. Ik heb niets meer van hem gehoord. Ik wil ook niks meer van hem horen, niks meer met hem te maken hebben.'

'Heeft uw man ook gezegd wat hij bedoelde met dat hij eerder met zijn blote handen had gedood? Kan het zijn dat hij op mevrouw Oliveira doelde? Ze had net zulke wurgsporen in haar nek als u.'

Gabriela sprong woest op. 'Heeft hij mijn zusje ook gewurgd? Is dat hoe ze is gestorven? Heeft ze geleden? Wat heeft hij met haar lichaam gedaan?'

Hysterisch greep ze Marie-Louise bij haar schouders en begon haar door elkaar te schudden, maar Raimundo greep in en trok haar naar achteren. Hij draaide haar naar zich toe. 'Gabrie, hou op! Je gaat te ver! Ik wil dat je nu naar huis gaat om af te koelen. Ik handel dit verder af, ik bel de meldkamer wel voor assistentie.'

Gabriela wilde tegen hem in gaan, maar Raimundo weerhield haar daarvan. 'Ik meen het, Gabrie. Je bent te betrokken. Ik moet je nu tegen jezelf beschermen. Je gaat naar huis en ik handel dit af. Je kunt erop vertrouwen dat ik er alles aan zal doen om Peter Huizing te vinden.'

'Nee, Rai, dat kun je niet maken. Niet na al die jaren. Dit mag je me niet afnemen.'

'Ik weet hoe belangrijk dit voor je is,' zei hij zachtjes. Hij sloeg een arm om haar heen en duwde haar richting de deur. 'Maar als je weer helder kunt denken, zul je inzien dat ik gelijk heb.'

Met zachte hand werkte hij haar naar buiten. Ze zag nog net dat Marie-Louise Raimundo een briefje overhandigde met een kenteken, voordat de deur achter haar werd dichtgedaan. 'Rai! Hou me op de hoogte, hè?!' schreeuwde ze door de dichte deur heen. Toen was het alsof plotseling alle energie uit haar wegstroomde.

Gabriela belde een taxi die haar naar haar eigen auto moest brengen die op het parkeerterrein bij het bureau stond. Toen wachtte ze. Ze wist dat Raimundo gelijk had gehad door haar weg te sturen, maar wat was dat frustrerend. Daar kwam nog bij dat Peter Huizing nu een serieuze verdachte was van de moord op Cesária Oliveira. Hoewel de wurgsporen die het meisje had gehad niet direct gelinkt waren aan haar dood, pleitten ze niet in Huizings voordeel.

Op dat moment kreeg ze een appje binnen. De passagiersgegevens waren nagetrokken en Robert Stevenson was niet aan boord geweest van een van de uitgaande vluchten van die dag. Dit betekende dat hij hoogstwaarschijnlijk nog in het land was. Maar als hij niet aan boord van een vliegtuig was, waar was hij dan wel? Was de taxirit naar het vliegveld een dwaalspoor geweest, met de bedoeling iedereen die naar hem op zoek was van zich af te schudden?

De plotselinge verdwijning van Robert Stevenson werd steeds mysterieuzer en Gabriela hoopte maar dat Raimundo, ondanks de nieuwe informatie die ze zojuist hadden gekregen over Peter Huizing, het verzoek om Stevensons bagage te mogen doorzoeken niet zou intrekken.

41

Door een waas van tranen parkeer ik de BMW op de afgesproken plek. De smoes die ik heb verzonnen om deze ontmoeting te regelen, is zonder problemen geslikt.

Over een paar minuten sta ik oog in oog met Cé's moordenaar. Mees wist al die tijd wie het was. Hij was Cé gevolgd nadat ze op de bewuste avond met een taxi de discotheek verliet. Hij heeft alles zien gebeuren. Hij heeft gezien dat zijn grote liefde bewusteloos werd geslagen en van het klif stortte. Toen hij zijn vader bij thuiskomst vertelde wat hij had gezien, reageerde die anders dan Mees had verwacht. In plaats van met hem mee te gaan naar de politie, bedreigde hij Mees. Als hij aan iemand vertelde wat hij had gezien, dan zou zijn vader tegen de politie zeggen dat Mees het had gedaan. Dat verraad was bijna een nog grotere schok voor hem geweest dan de moord op Cé. De angst snoerde hem in eerste instantie de mond. Ik begrijp nu ook waarom hij me meed. Hij kon me niet meer recht in de ogen kijken.

Met zijn laatste brief aan mij heeft hij geprobeerd dat recht te zetten. Hij vraagt niet of ik hem begrijp. Het enige waar hij op hoopt, is vergeving. Wat kan ik anders dan hem vergeven? Ik zou hem dat zo graag willen vertellen, maar die kans heeft hij me ontnomen. Dat kan ik hem niet vergeven. Misschien ooit, als de tijd de scherpte van de pijn heeft verzacht.

Maar waarom heeft Mees niet ingegrepen voordat het helemaal uit de hand liep? *Het ging zo snel, Noek. Voor ik goed en wel doorhad wat er gebeurde, was het al te laat.* Dat is zijn verklaring in zijn brief aan mij en daar zal ik het mee moeten doen. Ik zal hem er nooit naar kunnen vragen, er nooit met hem over kunnen praten. Het schuldgevoel waar hij onder gebukt ging, werd met de dag groter. De reactie van zijn vader heeft hem voorgoed geknakt. Twee doden en zoveel leed door jaloezie. Het moet nu stoppen. Uit naam van Mees ga ik daarvoor zorgen. Hoe? Ik heb werkelijk geen idee.

Terwijl ik het laatste stukje naar de afgesproken plek loop, begin ik te twijfelen. Wat ik ga doen, is onbezonnen en gevaarlijk. Als je eenmaal een mens hebt gedood, is de aarzeling om het nogmaals te doen een stuk minder. Als je de grens tussen goed en kwaad bent overgegaan, dan is er geen weg meer terug. *Dus ik zal net zo gemakkelijk gedood worden.* Ineens weet ik het heel zeker. Dit is zo dom, om ongewapend en zonder plan erop af te gaan. Slechts een afspraak onder valse voorwendselen. Waarom heb ik ermee ingestemd om af te spreken op deze verlaten plek? Zal ik teruggaan? Afbellen? Nee, geen optie. Nu ik zo ver ben gekomen moet ik doorzetten. Ik kan alleen maar hopen dat ik de gerechtigheid aan mijn kant heb, samen met een beetje geluk.

Ik kijk om me heen. De zwarte rookpluimen in de lucht verontrusten me enorm. Het vuur is nog maar een paar kilometer verwijderd van de plek waar ik me nu bevind. Ik draai me om. Ik moet focussen op het doel waarvoor ik hier ben gekomen. Ik probeer mijn paniek voor het vuur te onderdrukken en speur de omgeving verder af. Niemand te zien. Slechts een veld met verlaten trailers. Van de trailer waar ik moet zijn, staat de deur open. Ik loop ernaartoe.

'Hallo?' Geen reactie.

Ik roep nog wat harder en steek dan mijn hoofd naar binnen. De trailer is leeg. Een unheimisch gevoel bekruipt me als ik naar binnen stap. Op deze plek zijn de dingen beraamd. Ik trek de deur achter me dicht. Dat gapende gat in mijn rug bezorgt me de kriebels. Er hangt een zoete geur in de ruimte. Het bed in de cabine oogt onbeslapen. In de pantry staat een luxe espressomachine, verder niks. Op een klein bureau ligt een stapel tijdschriften, met bovenop de *Entertainment Weekly*. Onzeker over wat ik zal doen, rommel ik wat rond. Ik trek de bovenste bureaulade open en zie een kettinkje met een hartje liggen. Het is de ketting die Cé van Robert heeft gekregen, die ze droeg tijdens de laatste avond dat ze in leven was. De ketting die niet op haar lichaam werd aangetroffen toen ze uit het water werd gehaald. Er werd aangenomen dat hij ergens op de bodem van de zee lag. Haar moordenaar heeft hem al die tijd gehad.

Een enorme moeheid overvalt me. Het verdriet om Cé en om Mees heeft me uitgeput. Voorzichtig pak ik het kettinkje uit de lade en sluit deze weer. Ter hoogte van het slotje is een schakeltje gebroken.

‘Wat ben je aan het doen?’

Ik sta als aan de grond genageld. Het is zover.

‘Ik was op zoek naar een pen,’ antwoord ik met een stem die zo vast is dat ik me er zelf over verbaas. Het kettinkje brandt in mijn gebalde vuist. Achteloos stop ik mijn handen in mijn zakken en draai me om.

‘Waarom heb je een pen nodig?’

‘Ik bedacht iets wat ik wilde opschrijven voordat ik het weer zou vergeten.’

‘Daar, op de tafel.’

‘Wat?’

‘Een pen. Wacht, laat mij maar.’ Ik word zonder pardon aan de kant geduwd. Mijn hart klopt in mijn keel en mijn mond is droog. Voordat ik op het bed ga zitten, haal ik mijn handen uit mijn zakken. Het kettinkje blijft achter in mijn broekzak.

‘Wat zie je eruit. Heb je gevochten?’

Ik laat mijn ogen over mijn lichaam gaan. Nu pas zie ik dat ik twee kapotte knieën heb en een lelijke schaafwond op mijn scheenbeen.

‘O, dat. Ik ben gevallen.’ De ene na de andere leugen komt probleemloos uit mijn mond, alsof ik niet anders gewend ben.

‘Hier, alsjeblieft.’

Ik pak de pen aan en zit er even onhandig mee in mijn handen.

‘Nou?’ klinkt het enigszins ongeduldig.

‘Wat?’

‘Je moest toch iets opschrijven?’

Cesária, ik kan dit niet. Wat wil ik hier nou mee bereiken? Ik moet dit overlaten aan professionals. Ineens moet ik aan het favoriete nummer van mijn vriendin denken, ‘Vida tem um so vida’. Het leven heeft slechts één leven. Een prachtnummer dat op haar begrafenis zou moeten worden gespeeld. Vlug krabbel ik ‘muziek regelen’ op mijn hand en geef dan de pen terug.

‘Goed, waar wilde je me precies over spreken?’

‘Cesária’s begrafenis.’ De perfecte smoes is me zojuist te binnen geschoten. ‘We komen nog een spreker tekort en aangezien ze jou zo bewonderde, vroeg ik me af of jij...’

Het is even stil.

‘Luister, ik voel me vereerd. Echt waar, maar ik werk altijd alleen met teksten die anderen hebben geschreven. Zelf een speech schrijven, ik weet het niet hoor.’

‘Maar het hoeft niks spectaculairs te zijn, hoor. Je kunt toch gewoon zeggen wat je van Cesária vond? Je hebt haar toch meegemaakt op de set?’

‘Wat ik van Cesária vond? Misschien wil ik dat wel voor mezelf houden. Ik ben niet zo goed in het, eh, uiten van gevoelens.’

‘Misschien zou je ze wat minder moeten opkroppen,’ flap ik eruit.

‘Wat bedoel je daarmee?’ klinkt het enigszins terughoudend.

Voorzichtig nou, niet te snel. 'Dat het heel ongezond is om je gevoelens weg te stoppen. Het kan leiden tot explosieve situaties. Als je iets dwarszit, kun je er beter over praten.'

'Dank je wel voor het advies, wijsneus,' klinkt het nu al wat minder vriendelijk.

Ineens bedenk ik dat het niet handig is dat ik op het bed ben gaan zitten. Daardoor ben ik duidelijk in het nadeel en kan ik minder snel vluchten mocht het nodig zijn. En vluchten is plotseling een heel aantrekkelijke optie. Ik sta op.

'Wat doe je? Je wilt toch nog niet gaan? Ik heb je nog geen antwoord gegeven.'

De bureaulade waar ik het kettinkje in heb gevonden wordt opengetrokken en er wordt iets uit tevoorschijn gehaald, ik kan niet zien wat, waarna de lade weer wordt dichtgeschoven. Een moment later ruik ik de rook van een aangestoken sigaret.

'Dus... jij wilt weten wat ik van Cesária vond?'

Als ik wil vluchten, moet ik het nu doen. 'Nou, eh, app me anders maar of je sowieso wilt speechen, of niet. Ik moest maar eens gaan, ik heb nog een afspraak, dus...'

'Blijf toch nog even, dan schenk ik iets voor ons in en kunnen we toosten op Cesária.'

Besluiteloos kijk ik toe. Mijn ogen schieten heen en weer, op zoek naar een manier om me hieruit te redden, maar ik kan niks bedenken. Mijn hoofd is leeg, ik kan geen smoes meer verzinnen. Een hand met een glas wijn wordt me toegestoken. Te laat. Ik heb mijn kans gemist. Nu moet ik blijven om het glas leeg te drinken. Ik reik naar voren, maar in plaats van een glas in mijn hand, voel ik plotseling de wijn in mijn ogen prikken. Van schrik stap ik achteruit en val weer op het bed. Te laat zie ik de wijnfles mijn kant uit zwiepen. Een keiharde klap tegen mijn slaap en dan verlies ik het bewustzijn.

Als ik weer bijkom, dringt de geur van wasbenzine mijn neus binnen. In paniek probeer ik overeind te komen.

'Zou ik niet doen als ik jou was,' klinkt het kil.

'Waarom...' begin ik, maar ik krijg geen tijd om mijn zin af te maken.

'Dacht je nou echt dat ik niet had gezien dat je het kettinkje wegnam? En dacht je dat ik dat stomme smoesje over die begrafenistoespraak niet doorhad?'

'Ik weet niet waar je het over hebt,' verdedig ik mezelf, terwijl ik ondanks de eerdere waarschuwing toch rechtop ga zitten.

'Je weet het, hè?'

Het moment van de waarheid is aangebroken. 'Wat weet ik?'

'Je weet van wie dat kettinkje is.'

Het spel is uit, ontkennen heeft geen zin. 'Ja, ik weet het. Ik weet dat dat Cesária's kettinkje is en ik weet dat jij haar hebt vermoord!' Er komt een waas voor mijn ogen en ik schreeuw de laatste woorden. Ik probeer te gaan staan, maar dan zie ik hoe een honkbalknuppel mijn kant op zwaait en me vol in het gezicht raakt. Ik hoor iets kraken en een warme stroom bloed loopt uit mijn neus. De pijn is zo hevig dat ik bijna weer van mijn stokje ga. Ik lig kreunend op het bed met mijn handen voor mijn bebloede gezicht.

'Homerun! Maak ik eindelijk ook eens gebruik van dit mooie ding. Het is een gesigneerd exemplaar van Alex Rodriguez. Die kwam ik vorig jaar tegen op een feestje tijdens het Tribeca Film Festival. Uitstekend verdedigingswapen.'

'Je komt hier nooit mee weg,' weet ik er met veel pijn en moeite uit te krijgen.

'Jawel, hoor. Niemand gaat hier ooit achter komen, want er zal geen bewijs meer te vinden zijn. De bosbranden zijn hier al vlakbij. Het enige wat ik hoef te doen, is het vuur een handje helpen, en dan fikt deze plek helemaal af. Een paar brandende lucifers en wat wasbenzine moeten genoeg zijn, het is hier kurkdroog. En zeg dan maar dag tegen het bewijsmateriaal.'

'De politie weet dat ik hier ben!' bluf ik. De angst in mijn stem is zo duidelijk dat ik het zelf ook niet zou geloven.

Er wordt me een smalende blik toegeworpen. 'Slaap lekker, Anoek.'

De honkbalknuppel raakt me opnieuw vol op mijn hoofd. Het laatste wat ik ruik voordat ik wederom het bewustzijn verlies, is de steeds sterker wordende geur van wasbenzine. Het laatste wat ik hoor, is een lucifer die wordt afgestreken. Het laatste wat ik me realiseer, is dat ik hier levend ga verbranden. Niemand weet dat ik hier ben.

42

Langzaam sla ik mijn ogen open. Waar ben ik? Marie zit naast mijn bed en houdt mijn hand vast. Er is slechts een klein lampje aan boven mijn bed, verder is het donker. Haar duim streelt onophoudelijk over de rug van mijn linkerhand. Ze heeft een lege blik in haar ogen en staart gedachteloos in de verte. Ze heeft niet door dat ik wakker ben. De gordijnen aan de overkant van mijn bed zijn open. Aan de schemer achter het glas merk ik op dat het avond is. *Wat doe ik hier?* Dan komt plotseling alles terug: de confrontatie met Cesária's moordenaar, de klappen op mijn hoofd, de brand. Hoe kan het dat ik gered ben?

Ik kreun zachtjes en Marie schrikt op.

'Noekie,' huilt ze zachtjes. 'Je bent wakker.'

Ik wil wat zeggen, maar er zit iets op mijn gezicht. Ik probeer het weg te duwen. Marie-Louise pakt mijn hand.

'Dat is een zuurstofmasker. Het moet nog even blijven zitten, je hebt veel rook ingeademd. Je ligt in het ziekenhuis in Faro.'

Ik beweeg onrustig heen en weer. Er zitten plakkers op mijn borst die verbonden zijn met draden die over mijn bed naar een plek achter me lopen. De wijsvinger van mijn linkerhand zit in een apparaatje geklemd. De druk op mijn schedel bezorgt me vreselijke hoofdpijn en ik heb het gevoel dat mijn neus zo dik is als een aardappel. Voorzichtig voel ik aan mijn hoofd. Er zit verband omheen.

'Je hebt een hersenschudding en een zwaar gekneusde neus.

Je bent behoorlijk toegetakeld,' verduidelijkt Marie.

Ik wil van alles vragen, maar het ontbreekt me aan kracht om dat verrekte zuurstofkapje van mijn gezicht te trekken. Hulpeloos kijk ik haar aan.

'Ik zal de verpleegster even bellen dat je wakker bent. Misschien kunnen ze het anders oplossen met die zuurstof, zodat je kunt praten.'

Ik knipper dankbaar met mijn ogen. Mijn wereld is in een paar weken tijd compleet op zijn kop komen te staan, maar Marie begrijpt me nog steeds. Ook nu is ze een rots in de branding. Natuurlijk Marie, wie anders? Niet mijn vader, die zie ik niet. Zou hij überhaupt wel weten dat ik hier lig? Marie weet het, dus dat betekent dat hij op de hoogte moet zijn. Misschien is hij koffie halen? Het feit dat er maar één stoel naast mijn bed staat, negeer ik gemakshalve maar even.

De deur zwaait open en een vrolijk kijkende verpleegster komt binnen, gevolgd door Marie. 'Zo, welkom terug.' Ze pakt een map die aan het voeteneind van het bed hangt en schrijft er wat in.

'Zou dat masker misschien af mogen, zodat ze kan praten?'

De verpleegster knikt. 'Haar waardes zijn goed, dus laten we het maar eens proberen.'

Het is een opluchting als mijn wangen worden bevrijd van de knellende elastieken die het masker op zijn plek houden. Ik wil overeind komen, maar de verpleegster grijpt in.

'Ho, ho, u moet in elk geval tot morgenochtend plat blijven liggen om uw hersenen wat rust te geven. Ze hebben een aardige optater gehad.'

Ik probeer iets te zeggen, maar mijn keel is zo droog dat er geen geluid uit mijn mond komt. De verpleegster stopt een rietje tussen mijn lippen. Ik zuig het water zo gretig naar binnen dat ik me bijna verslik. Als het brandende gevoel in mijn keel eindelijk afneemt, kan ik de vraag stellen die me het meest bezighoudt. 'Hoe kan het dat ik nog leef?'

'Inspecteur Carvalho heeft je op het nippertje uit de brandende trailer weten te krijgen.'

'Maar hoe wist ze dat ik daar was?'

Marie wil me net antwoord geven, als er een korte klop op de deur klinkt. De verpleegster loopt ernaartoe en doet hem open. De vrouw die mijn leven heeft gered komt binnenlopen. Haar ogen zijn rood, en er zitten zwarte vegen op haar gezicht. Om haar handen zit een dik wit verband. Ik moet hoesten van de schroeilucht die om haar heen hangt.

'Sorry, ik heb nog geen tijd gehad om me om te kleden,' verontschuldigt ze zich.

'Hoe kan... Hoe wist je waar ik was?'

'Je voicemail. Het spijt me dat ik hem niet eerder heb afgeluisterd.'

'Maar ik heb in die voicemail helemaal niet gezegd waar ik naartoe zou gaan.'

'Nee, dat klopt, maar we hebben je telefoon uitgepeild en zo je locatie vastgesteld. Toen ik je bericht had gehoord over Mees de Leeuw en de bekentenis die hij deed in zijn brief...'

'O, mijn god, de brief. Is hij verbrand?'

'Nee. We hebben jou én de brief kunnen redden. Hij is wat gekreukeld, maar verder ongeschonden uit je broekzak gekomen, samen met wat ik vermoed dat het ontbrekende kettinkje van je vriendin is.'

'Hebben jullie Mees gevonden?'

Gabriela knikt. 'Gecondoleerd. Ik weet dat hij belangrijk voor je was.'

Dan stel ik de vraag die ik eigenlijk niet durf te stellen. 'Hebben jullie haar ook gevonden?'

'Ja, we hebben Emma DeWitt gearresteerd. We hebben haar kunnen onderscheppen toen ze probeerde te vluchten in haar auto. Ze zit veilig opgeborgen in een cel en kan niemand meer kwaad doen. Mijn collega's hebben haar al verhoord en ze heeft de moord op mevrouw Oliveira... sorry, de moord op Cesária bekend.'

Hoewel ik al weet dat Emma me mijn beste vriendin heeft afgenomen en indirect ook verantwoordelijk is voor de dood van Mees, begin ik ongecontroleerd te huilen. Het duurt een paar minuten voordat ik weer kan praten. 'Waarom? Waarom heeft ze het gedaan?'

'Om te beginnen was ze gewoon jaloers. Ze had haar zinnen gezet op Robert Stevenson en in eerste instantie leek hij ook geïnteresseerd in haar. Dat was totdat hij Cesária ontmoette. Hij werd verliefd op haar en zette DeWitt aan de kant.'

'Maar moord? Kom op! Als iedereen met een gebroken hart zo te werk ging, dan was de halve wereldbevolking inmiddels uitgeroeid.'

'Ze heeft eerst op een andere manier geprobeerd om Cesária uit Robert Stevensons buurt te krijgen. Die sabotage op de set met verkeerde teksten, kleurstof in haar shampoo en die thee, allemaal door haarzelf in scène gezet. Ze had Cesária de schuld in de schoenen willen schuiven, maar kreeg daar niet de kans voor.'

'Dat mens spoort niet!'

'Laten we het er maar op houden dat Emma DeWitt anders in elkaar steekt dan de meeste mensen. We zijn erachter gekomen dat ze nog veel meer op haar kerfstok heeft. Drie jaar geleden heeft ze actrice Marilyn Sandford, die ze als haar concurrente zag, uit de weg proberen te ruimen. Ze heeft brand gesticht in het decor en de vluchtwegen geblokkeerd. Gelukkig zijn er geen doden gevallen, maar het had anders kunnen aflopen. Toen we haar eenmaal aan de praat hadden, gooide ze het hele verhaal eruit. Haar agent en de studio hebben toen alles in de doofpot weten te stoppen. En net als Marilyn Sandford zat ook Cesária DeWitts carrière in de weg. Tom Verbeek heeft, nadat wij zijn "ster" hadden gearresteerd, een verklaring afgelegd waarin hij alles uit de doeken heeft gedaan. Te beginnen met het feit dat hij had gedreigd haar aan de kant te zetten als zij zich niet beter zou gaan gedragen. Ze had nogal de neiging om negatief in het nieuws te komen. Dat haar eigen agent daarnaast met Cesária in zee wilde gaan, was voor DeWitt de beruchte laatste druppel.'

'Ze is knettergek!'

'Emma DeWitt blijkt nogal overtrokken te reageren als mensen haar in haar ogen dwarszitten,' zegt Carvalho droog.

'Dat is nogal een understatement. Tot aan de brief van Mees was ik ervan overtuigd dat Robert het had gedaan. Hij beweerde nooit een appje van Cesária te hebben ontvangen om op die avond naar Club Kadoc te komen, maar ze heeft dat appje toch echt aan hem verstuurd, daar was ik getuige van.'

'Ook dat raadsel hebben we inmiddels opgelost. Op het moment dat die app op Roberts telefoon binnenkwam, was Emma in zijn trailer. Hij stond zelf nog even buiten te kletsen met iemand van de crew en zijn telefoon lag onbeheerd binnen. Emma heeft het bericht gewist en Cesária later met zijn telefoon een bericht gestuurd om elkaar te ontmoeten bij Het einde van de wereld. Robert heeft van beide appjes dus inderdaad nooit iets af geweten. Gelukkig staat de techniek tegenwoordig voor niets en heeft de Technische Recherche de gewiste appberichten terug weten te halen. Daar had Emma niet op gerekend.'

'Ongelooflijk, hoe verzin je het!' roep ik uit. 'Maar hoe zit dat dan met Roberts plotselinge verdwijning? Dat was toch ook een verdachte actie.'

'Zeker. We hebben hem inmiddels gesproken en gevraagd waarom hij halsoverkop uit zijn hotel was weggevlucht zonder iemand te laten weten waar hij naartoe was. De reden van zijn plotselinge vertrek was een familieomstandigheid. Zijn zus had een ernstig auto-ongeluk gehad en lag in kritieke toestand in een ziekenhuis in New York. Hij was met een privévliegtuig van een vriend van hem vertrokken, vandaar dat we hem in eerste instantie moeilijk konden vinden.'

'Wat erg voor hem. En dan beschuldig ik hem ook nog bijna van moord.'

'Anoek, er is nog iets wat je moet weten. We zijn erachter gekomen dat je vader de carrière van Emma DeWitt al jaren sponsort. En hij heeft veel geld gestoken in een aantal films, waaronder *Let Me Love You.* Net als Tom Verbeek wilde hij DeWitt na *Let Me Love You* aan de kant zetten als ze zich niet beter ging gedragen. Ook jouw vader zag brood in Cesária.'

Ik laat het nieuws even op me inwerken. Ik wist niet eens dat mijn vader betrokken was bij de filmindustrie. Ik dacht dat hij die feestjes allemaal afliep om er een beetje bij te horen, maar hij speelde dus een rol in de financiering van een aantal projecten. 'Wist jij daarvan, Marie?'

'Nee. Ik heb me nooit bemoeid met je vaders financiën.'

'Investeerde hij dan ook in de andere films van Mees' vader?'

'Hij investeerde in *Let Me Love You* en wat andere projecten, maar Johan de Leeuw had ook een grote schuld bij je vader waar niemand iets van af wist. Hij is gok- en cocaïneverslaafd. Je vader had hem daarmee in de tang. Dat is ook de reden dat De Leeuw zijn zoon dwong om zijn mond te houden over wat hij had gezien. *Let Me Love You* mocht onder geen beding in gevaar komen, want dat zou leiden tot het faillissement van zijn productiebedrijf.'

'Allemachtig, waarom verbaast het me nou ook weer niet dat papa geen brave zakenman is. Waar is hij eigenlijk?' Ik kijk Marie aan, die een korte blik uitwisselt met de inspecteur.

'Papa is geweest toen je nog buiten bewustzijn was. Hij moest nog wat dingen regelen voor de zaak.'

'Weet hij dat ik wakker ben?'

'Dat ga ik hem zo vertellen.'

'Misschien komt hij straks nog even langs?'

'Hij heeft een aantal belangrijke besprekingen, hij komt

morgen,' zegt Marie met een stelligheid waar ik van schrik.

Er klopt iets niet, ik zie het aan hun gezichten. Ze houden iets voor me achter. 'Wat is er aan de hand, Marie? Waarom is mijn vader er echt niet?'

'Liefje, maak je nou niet druk, het komt wel goed,' probeert Marie het nog, maar ze weet dat ze dit gevecht met mij niet kan winnen. Ze begint zachtjes te huilen.

'Wat is het dat je me niet wilt vertellen, Marie? Zeg het me!'

Maar het enige wat Marie kan doen, is snikken.

'Je vader zit niet aan je bed omdat hij is gearresteerd.' Gabriela Carvalho kijkt me streng aan.

'Gearresteerd? Hoe bedoel je?'

'Hij is aangehouden vlak voordat hij de Spaanse grens kon oversteken. Hij wordt verdacht van ontvoering, mishandeling en doodslag.'

Ik kijk haar aan alsof ik een spook zie.

'We wilden het je op advies van de dokter morgen pas vertellen om je hoofd nog een beetje rust te gunnen.'

Ik weet even niet wat ik moet zeggen. Als ik mezelf weer bij elkaar heb geraapt, komen de woorden bibberend uit mijn mond: 'Mijn vader is een klootzak, oké, maar hij zou nooit iemand kunnen vermoorden.'

Marie huilt nog steeds als ze haar nek bevrijdt van de sjaaltjes die ze draagt. Ik word licht in mijn hoofd als ik haar paarse nek zie. 'Het is waar, Noek.'

'Heeft papa dat gedaan?' stamel ik.

'Ja. Ik was erachter gekomen dat hij een aantal jaar geleden een minderjarig meisje had vermoord en dit was zijn manier om me te laten weten dat ik mijn mond moest houden. Hij heeft gedreigd me te vermoorden als ik naar de politie zou gaan en toen is hij in paniek het huis uit gevlucht. Daarna heb ik de politie ingelicht.'

'Wat... wie...' Ik weet niet waar ik moet beginnen. Mijn hoofd tolt, het is te veel. 'Wie was dat meisje?'

'Een heel mooi, lief en levenslustig meisje,' antwoordt de inspecteur terwijl er een traan over haar wang stroomt. 'Mijn zusje.'

Mijn ogen worden zo groot als schoteltjes. 'Wat?!'

'Ze is zeven jaar geleden spoorloos verdwenen en naar nu is gebleken is je vader daar verantwoordelijk voor geweest.' Ik zie dat ze uit alle macht probeert haar gezicht in de plooi te houden en het zakelijk te houden.

'Maar... is het zeker? Hebben jullie bewijs?'

'Ik kan niet op de details ingaan, maar hij heeft een bekentenis afgelegd aan mijn collega. Johan de Leeuw was de enige die er al die jaren van wist en daar chanteerde hij je vader mee. Hij had geld nodig om zijn verslavingen te bekostigen. Je vader en Johan hadden elkaar in de tang.'

'Heb je mijn vader zelf ook gesproken over je zusje?'

'Nee, ik word bij hem vandaan gehouden. Misschien maar beter ook.' Haar gezicht krijgt een trieste uitdrukking en dan vlamt heel even woede op in haar ogen, voordat haar gezicht weer een berustende uitdrukking krijgt. 'Op dit moment wordt er gezocht naar het stoffelijk overschot van mijn zusje op de plek waarvan je vader heeft gezegd dat ze er begraven ligt.'

Ik weet, niet voor de eerste keer deze avond, niet wat ik moet zeggen. Mijn hoofd begint steeds harder te bonken en ik weet zeker dat ik scheel kijk van de pijn. De informatie die ik zojuist heb gekregen, is te veel om te verwerken. Dat gaat heel lang duren, als dat al ooit lukt. Ik wist dat mijn vader een overspelige zak was die zijn rijkdom waarschijnlijk niet op een helemaal eerlijke wijze had vergaard. Mijn vader was geen lieverdje, daar had ik me al lang geleden bij neergelegd. Maar ik had ergens diep vanbinnen toch altijd de hoop gehad dat het niet echt was, dat hij een soort rol speelde waar hij op een dag genoeg van zou krijgen, en dat hij dan weer de papa zou zijn die hij vroeger was. Een goed mens, althans dat dacht ik.

Ik kan nu niet anders dan concluderen dat het juist in de beginjaren van mijn leven was dat hij een rol speelde. Net als in een film was het te mooi om waar te zijn. Die leuke man die ging wandelen met zijn dochter in het park heeft nooit bestaan. Niet echt. De man met wie ik mijn hele leven onder één dak heb gewoond, heeft me bedrogen en verraden. Ik snap nu hoe Mees zich voelde toen zijn vader hem hetzelfde aandeed. *Maar daarmee houdt de vergelijking op.* Ik weet dat ik er anders mee om zal gaan dan Mees. Ik verklaar mezelf niet dood, maar mijn vader. Ik wil hem nooit meer zien.

Mijn oog valt op de paarse nek van Marie en met een schok realiseer ik me nog iets anders. Ik weet in mijn hart wat het vreselijke antwoord zal zijn, maar moet het toch vragen: 'Was mijn vader ook verantwoordelijk voor de wurgplekken in Cé's nek?'

Marie slaat haar ogen neer en aan het gezicht van de agente zie ik dat ik de spijker op zijn kop heb geslagen. En eindelijk dringt alles wat er gebeurd is helemaal tot me door. De stinkende, vieze ellende die zich hier in Portugal heeft afgespeeld. Die Cé én Mees het leven heeft gekost. Die jaren geleden in gang werd gezet door mijn vader die met zijn tengels niet van een meisje kon afblijven en haar de dood in joeg. Ik slaak een kreet die uit mijn tenen komt. En nog een. En nog een...

Epiloog

Ik lig op mijn bed en staar naar het plafond. Een paar dagen geleden ben ik uit het ziekenhuis ontslagen. De artsen en verpleegkundigen hebben me op het hart gedrukt het voorlopig rustig aan te doen. Ik heb ze beloofd dat advies op te volgen. Niet zo moeilijk als heel je leven aan diggelen ligt.

Het was raar om thuis te komen in een huis dat nu van Marie en mij is. Ons thuis. Ik probeer me voor te stellen dat het altijd zo geweest is. Dat gaat natuurlijk niet. Mijn vader spookt continu door mijn hoofd. Hoe graag ik hem ook uit mijn leven zou willen wissen, hij heeft er nou eenmaal ruim negentien jaar deel van uitgemaakt. Marie worstelt met hetzelfde probleem. De wurgplekken in haar nek beginnen eindelijk een beetje te genezen. Ze is dapper en ik heb bewondering voor de levenslust die ze ondanks alles nog steeds heeft. Ze zorgt voor me als een moeder en vader tegelijk.

De dagen gaan langzaam, maar ze gaan voorbij. Voor elke dag die ik ongeschonden doorkom, zet ik een streepje op de muur. Een meetlat die steeds een stukje langer wordt, tot het moment dat ik mezelf weer sterk genoeg voel om te kunnen leven. We praten veel, Marie en ik. Over alles wat er gebeurd is, maar ook over vroeger, toen we dachten dat we gelukkig waren. Ze heeft me alles verteld over Sven en ik schaam me diep dat ik hem net als al die andere meelopers heb veroordeeld op basis van een uit de lucht gegrepen gerucht. Ik wil het graag goedmaken met hem, maar ik weet niet hoe. Sven mocht op dezelfde dag het ziekenhuis verlaten als ik. Hij logeert nu bij ons omdat zijn huis na de vernielingen voorlopig niet bewoonbaar is. Marie en ik zorgen samen voor hem. Marie een beetje meer dan ik. Hij geniet zichtbaar van haar aandacht. Soms vraag ik me af of hij wel echt homo is.

Mijn fotocamera heb ik niet meer aangeraakt. Het is net alsof ik het nut niet meer inzie van het vastleggen van de dingen om me heen nu ik heb ontdekt dat de wereld zo lelijk is. Sven bestrijdt dat en probeert me te laten inzien dat tussen al dat lelijks ook nog steeds mooie dingen te vinden zijn. Ik wil geloven dat het waar is, maar ik voel het nog niet. Misschien dat dat later nog komt.

Ik draai me op mijn zij en kijk naar de foto's op mijn nachtkastje. De eerste is er een van Cé en mij, in een innige verstrengeling. De tweede is een uitbundige van Mees en mij. Het is de laatste foto van ons samen, gemaakt tijdens de dolfijnentocht. Mijn hart krimpt ineen en ik voel de tranen alweer komen bij de aanblik van mijn beste vrienden die ik nooit meer zal zien. Boos wrijf ik in mijn ogen. *Je hebt genoeg gejankt, Anoek Huizing.* Ik pak mijn iPod en zet het nieuwe album van Adele op. Ik zing 'Hello' mee terwijl ik door mijn schriftje met favoriete uitspraken van Johan Cruijff blader. Tussen al zijn oneliners zit er niet één die past bij de situatie waar ik me nu in bevind, maar ik blijf zoeken.

Ik schrik als mijn kamerdeur openzwaait. Gabriela Carvalho staat in de deuropening. Ze is vandaag geen moment uit mijn gedachten geweest. Vanmorgen heeft ze haar zus eindelijk naar haar laatste rustplaats mogen brengen. Haar stoffelijke resten zijn inderdaad gevonden op de plek die mijn vader had aangegeven. Ik heb haar aangeboden met haar mee te gaan naar de begrafenis omdat ik me op de een of andere manier verantwoordelijk voel voor de daden van mijn vader. Ze heeft mijn aanbod afgeslagen.

'Ik heb zeven jaar alleen voor mijn zus gevochten en ik wil

ook alleen de strijdbijl begraven. Dat moet om de cirkel rond te maken.'

Ik trek mijn oortjes uit. 'Hé, ik had je helemaal niet horen binnenkomen.'

'Ik stond anders al aardig lang op je deur te kloppen. Hoe gaat het met je?'

'Dat kan ik beter aan jou vragen.'

'Ik heb het overleefd. Het is goed zo.'

Ik klop uitnodigend op mijn bed en ze komt naast me zitten. 'Hoe is het op je werk?' vraag ik aarzelend. Ze heeft me verteld van de problemen die ze heeft vanwege haar privéonderzoek.

'Ik heb in elk geval de komende maand vrij.'

'Vrij genomen of gekregen?'

'Het was meer een dienstbevel. Mijn chef is me gunstig gezind en hij is ook bereid de overtredingen die ik heb gemaakt over het hoofd te zien, maar hij kon niet alles onder het tapijt vegen. Als ik me een maand gedeisd hou, dan gaat hij proberen de gemoederen een beetje te sussen.'

'Klinkt fair.'

'Hij is top. Ik weet zeker dat Sven dat ook vindt als ik hem zo vertel dat we een oogje dichtknijpen ten aanzien van zijn valse identiteit.'

'Echt?' Voor het eerst in dagen verschijnt er een lach op mijn gezicht die ik ook in mijn binnenste voel.

'Echt. Toen ik mijn chef het hele verhaal vertelde, was hij eigenlijk meteen om. Ik had een karrenvracht aan argumenten om hem te overtuigen, maar dat was helemaal niet nodig; hij bleek een persoonlijke afkeer te hebben van geldwolven. Dergelijke types hebben zijn vader in het verleden behoorlijk dwarsgezeten.'

'Vandaar dat hij jouw "persoonlijke betrokkenheid" bij de zaak van je zusje zo goed begrijpt en door de vingers ziet,' zeg ik samenzweerderig.

Ze lacht en dan wordt haar gezicht weer ernstig. 'Hoe is het met Sven?'

'Hij krabbelt langzaam op. Hij trekt zich veel terug in de kamer hiernaast die tot atelier is omgedoopt. Marie en ik mogen er niet komen. Schilderen is zijn manier om dingen te verwerken en zijn hoofd weer leeg te krijgen.'

'Is zijn pols genoeg hersteld om te schilderen?'

'Hij is linkshandig en die pols hebben ze ongemoeid gelaten.'

'Misschien moet ik de komende maand maar eens een cursus bij hem gaan volgen. Tijd zat.'

'Leg het aan hem voor zou ik zeggen.'

'Zullen we hem eerst het goede nieuws gaan vertellen?'

Ik knik en ga haar voor naar de gesloten deur die ons de toegang tot Svens heiligdom ontzegt en klop op de deur. 'Sven, heb je even? Gabriela is hier. Ze wil je graag iets vertellen.'

'Eén seconde. Ik kom er zo aan,' klinkt de stem die me na een paar dagen al zo vertrouwd is. Na iets meer dan een paar seconden zwaait de deur open.

'Kom binnen, kom binnen. Ik heb iets voor jullie beiden.' Hij zwaait galant met zijn arm en wijst naar twee schildersezels die naar de muur gedraaid staan. 'Links is voor Anoek, rechts voor Gabriela.'

Onzeker kijken we elkaar aan. Marie is ook boven gekomen en leunt met een tevreden gezicht tegen de deurpost. Ze knikt ons bemoedigend toe.

'Weet jij hiervan?' vraag ik haar.

'Kijk nou maar.'

'Jij eerst,' zegt Gabriela tegen me.

Ik loop om de schildersezel heen. Als ik het portret van Cesária zie, vergeet ik even te ademen. Sven heeft zich laten inspireren door de foto die ik van haar heb gemaakt toen we 's avonds bij Het einde van de wereld zaten. Net als op mijn foto zet de ondergaande zon Cé's gezicht in een gouden gloed. Ze spat levensecht van het schilderij af en even lijkt het alsof ze zo van het doek kan springen, recht in mijn armen. Dit schilderij roept verdriet op door het grote gemis, maar het biedt ook troost.

Ik ben zo opgeslokt door de pracht van het schilderij dat Sven voor me gemaakt heeft dat ik schrik van de kreet die Gabriela slaakt als ze het hare ziet. Ze slaat haar hand voor haar mond en begint zachtjes te huilen.

Sven kijkt ongemakkelijk. 'Vind je het niet mooi?'

'Niet mooi? Dit is het mooiste wat ik ooit heb gezien.' Gabriela's stem slaat over.

'Ik weet niet of het klopt, maar zo stel ik me voor dat Andreia er nu zou hebben uitgezien.' Hij kijkt verlegen naar zijn schoenen. 'Ik wilde je een stukje toekomst geven.'

Gabriela lacht door haar tranen heen. 'Dank je wel, het is een prachtcadeau. En ik doe graag hetzelfde voor jou: je een toekomst geven. Je mag je identiteit houden. Er zal geen zaak van worden gemaakt.'

Svens ogen worden groter, hij lijkt wat te willen zeggen en begint dan ook te huilen. We laten hem even begaan tot hij weer gekalmeerd is.

'We hebben trouwens de jongens die jou en je huis hebben gemolesteerd ook opgepakt, Sven. Het bleken vriendjes van Ricardo Carneiro, de ex van Cesária, te zijn. Johan de Leeuw had Ricardo ingefluisterd dat jij mogelijk iets te maken had met Cesária's dood.'

'Hoe kent Johan Ricardo dan weer?' meng ik me verbaasd in het gesprek.

'Johan kocht weleens cocaïne van Ricardo. Johan wilde er alles aan doen om de aandacht van Stevenson af te leiden, gezien het verleden van de acteur. Het was voor hem van groot belang dat zijn film niet in gevaar kwam. Vandaar dat hij op deze manier heeft geprobeerd om de focus van de politie op

Sven te leggen, die toch al de naam had pedofiel te zijn. Toen dat niet werkte, was hij zelfs bereid om zijn eigen zoon te offeren.'

Sven heeft met grote ogen staan luisteren en begint weer te huilen als Gabriela het over zijn vermeende pedofilie heeft. 'Kom ik daar dan nooit van af?' Zijn stem klinkt wanhopig. Dan loopt Marie naar hem toe en ze slaat een arm om hem heen. Ze troost hem en belooft hem dat het allemaal goed gaat komen. Ze richt haar woorden in eerste instantie specifiek tot Sven, maar kijkt ons daarna allemaal stuk voor stuk aan. Ik word warm vanbinnen. Ik geloof haar. Alles komt goed, met ons allemaal, dus ook met mij. Niet vanzelf, maar met deze lieve mensen om me heen kan het niet misgaan.

Als ik weer naar het schilderij van mijn vriendin kijk, valt mij ineens de gelijkenis met haar moeder op. Mijn hart krimpt ineen als ik denk aan Doroteia en me weer realiseer dat zij echt niemand meer heeft. Ik neem een besluit.

'Sven,' zeg ik aarzelend. 'Ik hoop dat ik je niet voor het hoofd stoot, maar ik zou mijn schilderij graag aan Doroteia geven. Ik denk dat het haar veel troost biedt en dat zij het nog harder nodig heeft dan ik.'

'Wat een mooi gebaar van je. Weet je het zeker?'

'Ja, heel zeker.' *Gelukkig heb ik de foto nog.* 'Zullen we hem samen naar Doroteia brengen?' stel ik Gabriela voor.

'Goed,' zegt ze enthousiast, 'maar dan moeten we nu wel meteen gaan. Ik heb vanavond nog een afspraak.'

'O, met wie?'

'Gaat je niks aan.'

'Laat me raden: met Raimundo?'

Ze probeert het te ontkennen, maar ik weet dat ik raak geschoten heb. 'Het is gewoon maar één afspraakje, hoor,' zegt ze uiteindelijk schoorvoetend. 'Het was onderdeel van een deal die ik met hem heb gesloten. Echt, het blijft bij deze ene keer.'

Ik kijk haar streng aan. 'Geloof je het zelf?'
'Ja,' zegt ze op serieuze toon. 'Maar hij niet.'
We kijken elkaar aan en beginnen tegelijkertijd te lachen.

Ontdek de beste en mooiste nieuwe boeken met de gratis *Lees dit boek*-app

Wil je als eerste de beste en mooiste nieuwe boeken ontdekken? Vaak nog voordat die boeken zijn verschenen en de pers erover heeft geschreven? Download dan gratis de *Lees dit boek*-app voor Android telefoons en -tablets, iPhone en iPad via www.leesditboek.nl.

Blijf je graag op de hoogte van de nieuwste spannende boeken?
Volg ons dan via www.awbruna.nl, f en t en meld je aan
voor de spanningsnieuwsbrief.